軍記文学研究叢書1

軍記文学とその周縁

編者　栃木孝惟・長谷川端・山下宏明・梶原正昭（本巻主幹）

軍記文学とその周縁

軍記文学研究叢書全十二巻の刊行に際して

明治二十年代初頭をもって近代軍記文学研究の始発期と考えるならば、近代軍記文学の研究もようやく百年の歳月を経過した。折しも、文字通り激動の世紀と呼び得るであろう二十世紀も転換期の混沌のままにまもなく新しい世紀を迎えようとしている。そうした歴史の一つの節目に際して、私達は近代軍記文学研究百年の総点検を行い、一世紀に及ぶ軍記文学研究の軌跡を省みつつ、来るべき新しい世紀における新たな研究の地平の構築をめざそうと考える。先学の営々たる努力によって遺された様々な学問的見解のうちに、今日埋もれてしまった有用な提言はないか、研究の《進展》が言われ得るならば、その《進展》の具体相はどのような点にみさだめられるか、方法の上から、資料の発掘の上から、あるいは、解釈上、認識上の問題として、その様相の解明が期待される。そして研究史の現在においては、軍記文学諸作品の上で、どのような課題が研究者の解明を待っているか、そして、研究史の未来において、いかなる視座が新たな問題展開の拠点たり得るか、そうした諸点を考慮しながら、軍記文学の体系的、総合的考察をめざして、本叢書は刊行される。過去の研究史の達成を確認しつつ、なお残る過去の研究史の可能性をたずねながら、同時に新たな軍記研究の展開をめざし、新しい世紀の到来が軍記文学の研究にとって実りある、より豊かな発展の季節の訪れとなることを祈り、本叢書の刊行に関するおおかたのご支援をお願いしたい。

一九九六年四月一日

梶原　正昭　　栃木　孝惟
長谷川　端　　山下　宏明

軍記文学研究叢書1

軍記文学とその周縁　目次

学際研究の中の軍記

軍記文学の概念

戦乱と文学

——軍記にとって「いくさ」とは何か——

正木信一

はじめに

あらかじめ私自身に言い聞かせておかなければならないことの第一は、ここに言う「軍記」が記録でなく「軍記物語」という文学であること（おそらく「軍記」という略称を多用すると思うが）、第二は「軍記の作者にとって」でなく、「軍記そのものにとって」であること、そして第三は、「軍記にとって「いくさ」とは何か」であって、「何であったか」でないことである。とくに第三の点は、過去の問題でなく、それぞれの軍記を成り立たせた「いくさ」が何であり続けてきたか、そして現在何であるのかを問うことであり、それはやがて研究者自身のあり方が問い詰められる問題であるに違いない。

ところで、個々の「いくさ」はそれぞれの歴史の条件の中で起こった個性的な事件であり、したがってそれらを主材とする『軍記』も一つ一つ違った個性を持っている。それらを一括りにして論じるとすれば意味のない抽象論になってしまうだろう。本稿は数世紀にわたって生み出されてきた軍記を、便宜上初期・大成期・後期・末期という四期に区分して考えてみたい。

ところでもう一つ厄介なことには、『軍記』は本来といおうか原則としてといおうか、あるいは成立事情による宿命といおうか、一つ一つがそれぞれ複数の、時には膨大な数のテクストを持っているという特質がある。いわゆる異本によって「[いくさ]とは」にずれを生じるのである。が、本稿では詳しく論じる余裕はあるまい。

一　初期軍記

まず「軍記のいできはじめの祖[1]」である。しかし『将門記』論をここに展開するのではない。前半が同族間の私闘、後半が公権力に対する反逆という常識的な（といっていいと思うが）読み方に頼りながら、その意味を歴史の問題としてでなく、文学『将門記』の中にさぐってみたい。ひょっとして、そこに所与の課題の解明への原初的な（更にひょっとして典型的な）手がかりがありはしないかというかすかな期待が、私を惹きつける。

私闘の原因について、伯父良兼との不和を『将門略記』では「女論ニ依リテ」と言い、『今昔物語』では「聊かに良からぬこと」で仲違いし、更に「田畠の争い」から「遂に合戦に及」んだとする。女論についても田畠の争いについても、従来さまざまな推測が行われてきたが、今は梶原正昭氏の所説[2]に従いたい。まず女論だが、彼の妻は「良兼の娘」であり、この二人は「良兼の意に背いて夫婦となったものらし」い。便乗してあえて想像を付け加えれば、良兼は娘を常陸大掾という官職にある源護の息子にめあわせようとしたのではないか。彼の他の子女は皆護の一家と婚姻を結んでいる。しかし娘は無官の将門のもとに走った。良兼が許すはずはない。将門の妻との愛情が伯父（妻にとっては父）の圧力――それは愛しあう人間を引き裂き・縛りつける歴史的な重圧であった――に反発したわけである。当時の結婚のあり方としては良兼の意向に従うのが常識であった。だがこの場合、人間的なのは将門夫婦であり、良兼は非人間的と言わざるをえない。二十世紀までの多くの若者たちが、涙をのんで諦めた、古くて新しい問題である。

将門夫婦は歴史の制約を突き破って人間の愛を貫いた。のちに彼が脚病のために戦やぶれて妻が良兼軍にとらわれたところでは、二人の愛情がこまやかに描写され、『将門記』を記録ならぬ「物語」とするにたりるだけの鮮やかな光彩を織りなしている。

また『今昔物語』は、同族合戦を決定的にしたのが「田畠の争ひ」とするが、それは農民たちの生活に直接かかわる問題であろう。彼が常に農民たちを権力の強圧から守る防波堤になったらしいことを、『将門記』は「素ヨリ侘人ヲ済ケテ気ヲ延ブ。便無キ者ヲ顧ミテ力ヲ託ク」という彼の性格から伺わせる。常陸国司が藤原玄明の身柄を要求してきたのを拒否して玄明を庇うところの地の文である。「国ノ乱人・民ノ害毒」として玄明の悪行が列挙されるが、それは国側の一方的な視角という可能性もあろうし、将門には官人より国人に肩入れする傾向がある。将門はこの玄明の請いを容れて常陸国府を襲った。そこに蓄積されていた財宝のおびただしさはすべて権力者の構造的な苛斂誅求と農民たちの怨嗟の象徴であった。後に貞盛らの妻女を捕らえた時、将門は部下の婦女暴行を戒めた（これも彼のヒューマニズムである）が、常陸国府を占拠した時には、部下が財宝を奪い合うのを制止していない。

悪名高い玄明さえ庇護した将門は、一般の土着住民と権力との間にトラブルが起こった場合には、ためらうことなく住民の側にたって権力に対立したと思われる。少なくとも調停の労を惜しまなかったことは、武蔵権守興世王と郡司武芝を和解させた実績が示している。地元で国王神社に祀られ、広範な民衆の間に長く人気があるのもうなずけよう。

さて、真福寺本『将門記』は将門が源護の息男扶らの待ち伏せというアンフェアな挑戦を受けて立ったところから始まる。連続する二度の戦闘の中で、扶らはおそらく討死、将門の伯父国香は焼死した。

国香の嫡子貞盛は公に賜暇を請うて帰郷、父を葬り、母を慰めた後、自らは将門と戦うよりむしろ親交を結び、官途の栄進を求めようと決意する。

冒頭部に登場する平氏一族は将門を除いてみな源護の姻戚である。将門の伯父良正もその一人で、彼は「偏ニ外縁ノ愁ニ就キ、卒ニ内親ノ道ヲ忘レ」て将門と戦い、大敗した。そこで「姻婭ノ長」を自任する兄良兼に「合力」を訴える。外縁について肉親を忘れた良正は、事の根源が「将門ノ乱悪」にあるかのように言う。しかし『将門記』の描く将門は終始公明潔癖、きわめてフェアーであるのに、彼の敵は、護父子も忠正・良兼も陰険で卑劣である。一、二の例をあげよう。

まず、伯父良兼が下野国庁に逃げ込んだ時、将門は包囲軍の一方を開いて良兼を脱出させた。北山茂夫氏は現職の国司を殺せば「いかなる罪科を蒙るかを、彼は十分心得てい」て、「近親との合戦には全力をあげて戦い、敵方を粉砕しながらも、国府・中央政府を」「おそれはばかっていた」と説明する。[3] 史実でなく、文学『将門記』が描く将門を私たちは追ってみたい。

(1)　夫婦者親而等瓦、親戚者疎而喩葦

(2)　欲逃彼介独之身

(3)　厥日件介無道合戦之由触在地国日記已了

(1)は、「夫婦」と「親戚」とを対句として並べているけれど、先の「女論」に関連して垣間見られたように、夫婦による姻縁が同時に「脉」に連なる「骨肉」でもあり、それは彼にとって二重の枷となっていた。外縁と内親とどちらをとるかという単純な矛盾ではない。しかし目を止めておかなければならないのは良兼が国司であることへの将門の

配慮がここの文面にはないことである。また、(2)で彼が逃がそうとしたのは良兼だけ、恐らく一緒にいたであろう良

正やとくに中央官僚の貞盛に全くふれていないことは指摘されている[4]とおりであり、それは将門が彼らを顧慮してい

ないからにちがいない。

(3)はしばしば彼の用心深さとしてとりあげられる。中央の権力を十分計算していて、いざという時には、彼の正当

性と良兼の非を証明する有力な公文書となる。彼はしかしそれらをもって伯父を訴えようとはしなかった。諸国の日

記は彼の自衛のためにのみ準備したものだったからである。彼が京都の体制を基準ないし規範と考えていたことは確かであるが、それは「おそれ」や「はばかり」ではなく、彼の眼中には国司の権威も権力もなかったと見ていいのではないだろうか。王孫としての自覚が彼の意識の中に住み着いていたことは、後の忠平への書状に明らかである。藤原玄明や興世王の口舌によって国家権力への反逆者となるのが突然の変身に見えるが、将門自身「将門ガ念フ所モ啻斯レ而已」と言っていることからも、それはむしろそれより以前からの彼の意思であったと思われる。

若年で父を失った彼には、従兄弟の貞盛のように官途に就く機会がなかったろうし、太政大臣忠平を私君として仕えた在京時代があったにしても、任官にまでは至らなかった。そういう環境は、彼を権力に対してしばしば周囲の農民たちと共通の立場に立たせたはずである。彼を取り巻く農民とは、かつて山上憶良がいたく同情した貧農・窮民の末裔であり、そこに登場する里長はいうまでもなく国家権力の末端、しかし将門は農民の組織者・指導者で、時として支配者といえる場合もあったかもしれないが、彼が権力機構を通しての支配者でなかったことは重要である。そこには彼が権力によって痛めつけられている農民たちを庇護し、農民たちが彼を支えている構図が考えられる。その中で、前引「素ヨリ侘人ヲ済ケテ云々」という彼の性格が形成され、農民の側に立って権力に対する抵抗の傾向性を身につけるのはきわめて自然の結果といえよう。

彼が伯父の権威や圧力に屈せず抵抗・反発の姿勢を貫いた基底に、妻との愛があった。「彼介独之身」を包囲から脱出させたのも中央へのおそれやはばかりでなく、良兼が伯父であり妻の父であるが故に、「遠近」の「譏」を「おそれ」「はばかった」のである。さまざまな条件や紆余曲折はあるにせよ、彼のヒューマニズムが農民と結びついたところに後半の公権に対する反逆が組み立てられる。『将門記』が単なる戦争の記録でなく、「軍記物語」であるゆえんは、将門の人間が彼の「いくさ」の核となっている点に淵源する。そしてそれを基本的なレールとして、後続の軍記物語がさまざまなバリエーションを展開しながら引き継いでいった。

たとえば『陸奥話記』の安部頼良は東夷の酋長、長男貞任が陸奥守兼鎮守府将軍源頼義の部下から人種差別の屈辱を受けた事に端を発して、権力に対する安部一族の反逆の戦いが始まった。反逆者の側に人間の主張がある。さらにこの終末部分貞任の子千代童子や則任の妻の哀話、また都に貞任らの首が届けられた時、彼の従者が垢に汚れた自分の櫛で主人の髪を梳りながら嗚咽する姿など、聞く者の涙を誘う。「官」の論理を押し通そうとする権力に対して、その経《たていと》の間毎にあらわれる緯《よこいと》が「民」の人間的な主張であった。「衆口之話」によって伝えられたのであろうこれらのエピソードが、この作品を『記』と区別される『話記』とし、「物語」に近付けていった。衣川での義家と貞任の連歌が『古今著聞集』にあり、王朝歌物語風ではあるものの、しかし義家がその場では貞任を射殺《いころ》さなかったというのは武士の世界での人間的な物語と言えよう。『陸奥話記』はこれを記録していない。「国解之文」にはなじまない話柄であろうし、「衆口之話」の一つと思われるが、『陸奥話記』の「漢文」では拾い切れなかったのであろう。

続いて『奥州後三年記』をみよう。陸奥十二年戦争の功績で鎮守府将軍となった清原武則の孫真衡に一族は臣従するようになったが、その一人出羽の吉彦秀武は真衡の傲慢な思いやりのなさに腹を立て、真衡の叔父武衡および異母兄弟家衡さらに家衡の異父兄弟清衡を糾合して真衡に対する反逆の兵を挙げた。折しも陸奥守として着任した義家は、真衡を援けて武衡らを討滅した。

ここまでの初期軍記における［いくさ］は、「人間」否定の圧力をはねのけるたたかいであり、しばしば権力あるいは体制に対する反乱となった。「人間」であろうとする主張は多く反権力の側に認められるが、これを鎮圧する側にも、武将や兵士たちがその人間性とともにすぐれた戦術や武技を通じて、やがて「武者の世」を建設する理想的人間像として描かれていく。それは時として新しいモラルの提示でもあった。「人間」の尊厳を主張する鎌倉の権五郎景正のようなエピソードも生まれている。『軍記物語』にそれを可能にさせたものが［いくさ］だったのである。

二　大成期軍記　Ⅰ

保元のいくさは新院崇徳上皇の「御謀反」であった。『保元物語』は崇徳に同情的で、鳥羽法皇が彼をそこへ追いこんだ経緯を詳細に語る。が、鳥羽の崇徳に対する感情に影を落としていたはずの事件、帝位交代劇のはるか以前に鳥羽の女御となり中宮となった待賢門院璋子と白河院との天下周知のスキャンダルは不問にしている。また、崇徳の憤懣を当然の事として描き出しはするが、崇徳に譲位させた鳥羽側の策謀には触れようとしない。

崇徳を扇動して「御謀反」に点火したのは左大臣頼長であった。『物語』はまた関白忠通と左府頼長兄弟の対立を描き、その底流に二人の父忠実の頼長偏愛を位置づける。しかしそれ以前の白河院と忠実との確執までは遡らない。

こうして見ると、保元の乱を歴史として記述する場合には見過ごしてはならないいくつかの重要な事実が、『保元物語』には欠落している。歴史書でなく、文学なのである。

『保元物語』における最初の［いくさ］は、宇治橋守護に向かう安藝守基盛と大和源氏親治との、法性寺一の橋辺における小規模な一戦である。内裏と院といずれに従うのかと基盛がつきつけた選択肢に対して、親治は「弓矢とるもの丶、聊もいつはりたるは後代の武勇のきず」と考え、左大臣殿の召集に応じて院へ参ると答えた。偽って生きるか、真実を告げて死ぬか、彼は後者を選んだ。生を否定することによって永遠の生を得るという、以後の軍記物語を一貫する論理は［いくさ］の中で発見されたものであった。『平治』の須藤俊通・佐渡式部大夫、『平家』の実盛・義仲・敦盛など、みずから死を求めた武士は枚挙にいとまがない。後述する女性についても同じである。

軍評定の場。為朝や義朝が上皇や天皇に直接意見を述べることはそれまでの常識ではありえなかった。二人とも最善の策として夜討を主張、とくに為朝は天皇の御所に放火し、避難する天皇の「御輿に矢を射かける」とまで言う。義朝もその軍議の場で即座の昇殿を要求した。旧世界の貴族たちが夢にも思わなかった事態が繰り広げられている、それもこの文学『保元』が告げる新時代の夜明けであった。

戦端が開かれてからの超人為朝の姿をここでなぞる必要はあるまい。『保元物語』の語る［いくさ］がこの『物語』をして歴史の巨大な変革者を創造させたのである。

またこの「御謀叛」の張本人崇徳上皇は御所に火をかけられた時、「東西を失」ってしまったが、如意山中で落ち着きを取り戻し、為義ら武士どもを身辺から去らせた。その後家弘らに負われて山を出、「いづくへ」と問うと「阿波のつぼねがもとへ」という。しかし、そこが門を開かないと、「さらば左京大夫がもとへ」と命じる。そこもまた主人の行方がわからず、「さらば少輔の内侍がもとへ」というがここにもだれもいなかった……。はじめ「東西を失」った上皇が、山を出てからは「そこへ行け」「あそこへ行け」と、てきぱきと指示を与えている。さらに讃岐に流された上皇は、「てづから書き写」した五部の大乗経を都に置く事さえ拒否された時、天狗の姿になった。「いくさ」が「高貴な」

身分の上皇という人間をさえ変革したことを『物語』はしっかり書き留めている。

「御謀反」のもう一人の核、左大臣頼長は逃走の途中流れ矢に当たって致命傷を負う。最後に父忠実に会おうとするが、忠実に拒否され、自ら舌を噛み切って最期をとげた。

為義は逃走中出家し、嫡男義朝に助命されることを期待して投降した。が義朝は父を処刑しなければならなかった。義朝に父の斬首を命じたのは後白河天皇である。

忠実・頼長にせよ、為義・義朝にせよ、いや当時のだれにも、その経験や常識では予想もつかなかった現実が、いくさを通して姿をあらわにしてきたと言えよう。同時に彼等もこのいくさをくぐり抜けることによってみずから変わらざるをえなかった。

男性ばかりではない、為義北の方は夫と子どもたちが切られたことを聞いて、桂川に身を投げた、乳母子（半井本）の制止にもかかわらず。金刀比羅本では、乳母は「死んでもあの世で愛する人と会うことは出来ない」とまで言ったのに、である。おそらく『平家物語』の小宰相の投影であろう。そこまで到達しなかった半井本が原形と思われるが、それでも出家して死者の菩提を弔うべきだと言う乳母子の常識的勧告には従わなかった。『平家』からの移入の有無にかかわらず、投身は彼女が今までの仏教の常識を乗りこえたことを意味しよう。[5]軍記『保元物語』はいくさの中（あるいはその周辺）で、女性についてもまた幼い十三歳の子どもについても、新しい人間を創造したのである。

彼等に残虐な最期を与えたのは後白河天皇である。彼は実兄崇徳に対する処置も残虐をきわめた。[6]半井本『保元物語』は、「いくさ」という異常な状況の中で、この高貴な人物の嗜虐的な姿を赤裸々に洗い出したのである。ところが、後出本はその非人間性をすべて信西に肩代りさせ、後白河を菊の煙幕で覆い隠してしまった。[7]

『平治物語』は「王者の人臣を賞する」際の心得を、まず「文武二道を先と」し、とくに末代には「勇悍のともがら」を抽賞しなければならないという。保元のいくさを経験した貴族たちの実感であろう。王者への戒めを説いたあとに、「文にもあらず、武にもあらず、能もなく、又、芸もな」い右衛門督信頼を登場させる。そこには彼を寵愛する後白河への痛烈な批判がこめられる。その後白河の寵を恃んで近衛大将になろうとした彼の野望は、信西の反対によって阻まれ、以後信頼は信西を除くために、個人的な殺害でなく、義朝の武力を利用して、大規模な戦乱を企画した。一人の敵を倒すのに、際限のない多くの人を殺戮するという、無差別皆殺し戦争である。義朝もまた清盛に対する嫉妬と怨恨からこれに加わった。私憤・私怨が発火して戦乱となるのは中世軍記のいくさのパターンの一つと言えるだろう。『将門記』の場合もその可能性は十分あるし、『陸奥話記』『後三年記』もそれであった。『保元』では崇徳の初期の目的は王権の奪回にあったから、それまでの諸軍記とはやや異質の要素を含むとしても、その初発点はやはり崇徳の私憤である。『平家』の頼政がクーデターを起こした原因も息子が権力者宗盛に侮辱されたという私憤にあった。『陸奥話記』の安部頼時と同型であるが、『陸奥話記』ではそれが人種問題と絡まっている。頼政の場合はもっとスケールの小さい個人的な原因である。それが大きな歴史変革につながっていったことは後述する。

『平治』に戻ると、まず上巻で、上皇も天皇も脱出した事を知りながら、義朝は信頼との盟約を守った。信義を重んじたというべきか、愚直というべきか。

中巻では、頼政が戦況を観望しているのを義平が「二心」と見て取って突撃する。蹴散らされた頼政はこれを機に六波羅方に加わった。次に対戦した義朝との間に「二心論争」が繰り返される。義朝が頼政を「二心によりて当家の弓矢に疵」をつけたと非難すると、頼政は「十善の君に付奉る」こそ源氏「累代弓箭の芸」、「御辺、日本一の不覚人信頼卿に同心するこそ、当家の恥辱」と反論、義朝は「詞もなか」った。

下巻、義朝は東国への逃走の途中、内海で身を寄せた累代の家人長田に謀殺された。長田の娘で郎等鎌田の妻は父と夫との板挟み、それは将門の妻と同じであったが、状況はもっと厳しかった。いかに身を処すべきかが、彼女自身につきつけられた。彼女は壮絶な自害を遂げた。義朝の首を持って恩賞を求めた彼女の父長田を、清盛は一喝した。『平治物語』は、この［いくさ］が作りだす状況の中で、人間としてどのように生きなければならないのかを、ケース バイ ケースではなくて、体系的イデオロギーによって追求するものとなった。

三 大成期軍記 Ⅱ

大作『平家物語』である。ここにはいくつかのメモを書き留めるだけにしておきたい。

『平家』の［いくさ］らしいいくさのはじめは、頼政のクーデターであろう。原因は、頼政の嫡子仲綱が宗盛から屈辱を受けたためという。それも、仲綱の所有する名馬を宗盛が見せてほしいと言ってきた時、仲綱が偽ってこれを拒否した。その「嘘」を知った宗盛が怒ったのである。以後頼政が私憤を隠して後白河第二皇子以仁王に平家打倒の挙兵をたきつけたこと、信連・競の活躍、三井寺での阿闍梨真海の永僉議など、取り上げるべき問題に事欠かないが、狭い意味での［いくさ］の場面に限定すれば、宇治橋合戦から平等院の決戦ということになろう。その前半、「橋合戦」は勝敗や生死には直接関係はなく、むしろショーを見るような楽しさを享受者にサービスする。後半はそれとは隔絶された血なまぐさい戦争のおぞましさに満ちている。『平家』は頼政自害の悲壮な場面を、彼の辞世の歌によって王朝和歌の世界と結びつけようとした。無論過去の栄光がよみがえるはずはなく、逆にその衰滅を象徴する光景となった。

舞台を急転回させたのは、平家軍二万八千を指揮して一騎も流さず宇治川を渡しきった足利又太郎忠綱の勇姿である。それは新しい歴史を切り拓く人間の、今まで知られなかった新しい美を開花させている。既に見た軍記の武士たちはほとんどやはり新時代建設の担い手であり、従来にない新しい美の創造者であった。しかし頼政のクーデターから始まる治承・寿永の戦い――『平家物語』の「いくさ」――がとくに注目を要するのは次の点である。頼政は政治や社会の変革を企てたわけではなく、私憤を晴らすために以仁王を利用し、その令旨として諸国の源氏に檄を発したのだが、それが予想外の波紋を広げ、結果は彼の意図をはるかに越えたスケールと質の「いくさ」になってしまった。それは今までの軍記よりももっと直接に明確に『平家』を歴史変革の渦の中心に巻き込んだ。

頼政らが三井寺に結集した日から三か月後、伊豆に頼朝が平家打倒を唱えて目代山木兼隆を討ち、翌月信濃に木曾の義仲、甲斐の武田もつづいて反平家の旗をひるがえした。平家から派遣された追討軍ははじめこそ優勢を思わせたが、やがて敗北の連続、明けて治承五年二月になると、鎮西・四国の武士どもが次々と平家離反ののろしをあげた。天下騒然、四面楚歌の中で閏二月、清盛が「あッち死に」する。まもなく義仲が破竹の勢いで北陸道から都に迫って来ると、一門都落である。

北陸のいくさにも見逃せない武士とその戦いがあった。平家方の高橋判官長綱は越中の入善小太郎を組み敷いたが、この若者が去年死んだ息子と同年と知ると、殺すにしのびず助け起こし、一休みして味方を待った。一方入善は、自分を助けてはくれたけれども、あまりに立派なこの敵を、何としても討ちとって手柄にしたいと隙をうかがって飛び掛かり、うちかぶとを二刀……。このあと一の谷の戦場でも、剛勇で聞こえた越中前司盛俊を、武蔵の猪俣小平六が討つ同型の説話がある。がこれは、筋に曲折を施し、猪俣が盛俊をだましうちするまでを二人のユーモラスなやり取りによって展開する。入善も猪俣も、決してフェアーではないが、戦場での彼等の功名には、郷里に残した家族の生活がかかっている。場面は陰欝さがなく、徹底して明るい。それは彼等の階級の未来を象徴する明るさである。

北陸にはもう一つ、敵味方を問わず、多くの武士たちを感動させたエピソードがある。故郷の地での戦いに、赤地錦の直垂にもよぎおどしの鎧を着、くわがたの甲に金作りの太刀、白髪を黒く染めて出陣した斎藤実盛の最期は、それまでのどんな文学や美術にもあらわれなかった史上はじめての「美」であった。それはやがて木曾および今井の最期や、一の谷での平家諸将の最期、小宰相身投げまでを含めて、様々な多様さと彫琢を加えながら完成されていく。治承・寿永の［いくさ］は、『平家物語』にとっては、今まで知られなかった新しい「美」の源泉であった。巻九、一の谷［いくさ］における平家公達、敦盛や忠度の「死」には王朝的世界の、とくにその滅びの美学がある。(8)

次の戦場屋島では、王朝絵巻のつづきに「扇の的」を位置づけることができる。「夕日のかゝやいたるに、みな紅の扇の日出したるが、しら浪のうへにただよひ、うきぬ沈みぬゆられ」る光景は、一幅の画面である。しかし感動して船中に舞い始めた男を、義経はすかさず殺せと命じた。射手は与一である。「扇の的」の直前または直後、それはテキストによって違うが、義経の矢面に立って敵の矢に倒れた「嗣信最期」が置かれる。こうした配置から見ると、屋島は王朝絵巻が荒々しい現実に呑み込まれていくプロセスであった。そこには、今までの軍記が歴史的経過をたどりながら準備して来た異質の美が芽を吹きだしている。

最後、壇の浦合戦は修羅・地獄のちまた、この世の終わりを告げているかに見えた。一の谷の敦盛や忠度の戦死はさながら王朝の雅びの終焉を象徴していた。重衡が生捕りになる場面、知章が父を逃がすために敵を防いで討死する場面など、もとより和歌や管弦の世界ではないが、そこにはまだ「あはれ」に通じるものが漂っていた。が、壇浦ではそれらは皆過去に押しやられて目の前にあるのは冷厳な現実だけ、まさに生滅の世の無常そのものであった。平家を全滅させた功績随一の義経さえ、「無常」の運命をたどらなければならなかった……。そして、清盛の曾孫六代が斬られ、「それよりしてこそ、平家の子孫はながくたえにけれ」とこの長大な物語は結ばれていた。そもそも巻一冒頭に

「諸行無常」の「鐘の聲」をかかげ、この偈の後半を切り捨てて、世界が救いのない衰亡・消滅に収斂されるものと主張した(9)『平家物語』は、その思想を最後まで貫いたと言えよう。

しかし［いくさ］は、『平家物語』に、古い秩序の後退・崩壊と表裏して、新しい世界の誕生を予告させた。「無常」とは、瞬時もとどまることのない新旧世界の交替を意味するからである。

四　後期軍記

残り少なくなった紙数と時間の中で、『承久記』と『太平記』に簡単にふれよう。そこまでの鳥瞰によって、以後の軍記についても大まかな見通しはつけられるのではないかと思われる。

『承久記』は後鳥羽上皇の、『太平記』は後醍醐天皇のそれぞれ時の権力に対する反逆である。従来の反逆は天皇または天皇の政府、あるいは形式的にもせよ天皇を頂点とする権力に対するそれであった。ところがこの二つの「反逆」は、上皇あるいは天皇が武家に奪われた権力を取り返すことを至上の目的とし、初期軍記に見られた人間性の回復とは異質の［いくさ］である。

天皇政治の復活か、幕府政治の存続か、承久いくさでは、幕府側の大義名分論が、尼将軍政子の大演説によって御家人たちの結束を固めた。彼女の説くところは頼朝の恩義であった。農村を離れた武士たちは、城下に居住するようになったとはいえ、彼らの足は農村の大地をふまえていた。彼等を支える農民たちは、かつての貴族政治時代に後戻りすることを拒否した。そして武士も彼等に支持されなければ全く無力だったはずである。

さらに、実朝の死という源氏将軍の断絶をそのまま鎌倉幕府の終焉と早合点した判断の甘さもさることながら、『承久記』は後鳥羽の私生活を暴露して、それがこのいくさの発火点になったとする。「帝王でありながら武芸を好み、帝王らしからぬ振舞いも多かった後鳥羽院（太上天皇）」が「この義時を討とうとして起こした兵乱」が承久のいくさで、「その発端は、院がその寵女亀菊に与えた土地の権益を放棄するよう、義時に迫ったのに対し、義時がこれを峻拒したことにある」[10]というわけであった。また『八幡愚童訓』は卿二位と亀菊が義時討伐を「理不尽に内奏し……無益の合戦を思召立て、ただ一日の間に天下は暗となりはて」たと言う。これも当時の世間一般の目だったのであろう。

後醍醐についても同様な事情があった。『太平記』は彼の善政をいくつかあげてはいるが、しかしそれにもかかわらず、「惟恨ラクハ齊桓覇ヲ行、楚人弓ヲ遺シニ、叡慮少キ似タル事ヲ」と批判する。やがて政略結婚で西園寺実兼の娘を皇后にしたが、この夫婦の間に愛はなかった。やがて彼の心が中宮に仕えていた三位の局に移ると、彼は朝政を怠り、とくに彼女に准后の宣旨を与えてからは、「准后ノ御口入トダニ云テゲレバ、上卿モ忠ナキニ賞ヲ與、奉行モ理有ヲ非ト」する乱脈が続いた。

批判のよりどころは儒教思想である。『承久記』から『太平記』第一部までの［いくさ］はそういう視点で観察され・評価される。後鳥羽院ははじめの計画がはずれて勝算を見失った時、「和人共サテモ麿ヲバ軍セヨトハ勧ケルカ」と責任を他に押しつけた。この［いくさ］の中には、上皇・天皇方にも鎌倉方にも奮戦する武士が描かれはするけれども、それは『平家』に見られた絵巻の美しさではない。一族に裏切られてもなお院への忠誠を貫いた胤義は「口惜マシ〳〵ケル君ノ御心哉」と恨みながらやがて自害する。そこには古代神話以来の天皇像は消えている。

武家政治・承久の戦乱・元寇を経験した後、『太平記』の［いくさ］は『平家』のそれとは違っていた。第一部で幕府を倒し、高時を滅亡させた力として、名門新田・足利の大軍団とともに、楠木ら本来反体制的な悪党が無視できない存在として登場する。また楠木の奇計に見るように、一騎打ちよりも集団戦が多く描かれるのも、この部分の特徴であろうか。戦争技術だけでなく、「いくさ」を、多少強引にでも儒教道徳によって処理しえた最後の一幕であったことも注目しておこう。問題はその先にある。

第二部、まず「公家一統」の政権を取り戻した後醍醐の親政は乱脈理不尽な失政の連続で、たちまち武士大衆の不満をくすぶらせた。尊氏がこれらを組織して反後醍醐に踏み切ると、天下は再び騒然、もっとも頼りになるはずの護良親王や正成・義貞を死地に追いやった後醍醐は吉野へ敗走すると、尊氏が光厳院を立てて南北朝の対立となる。義良親王に譲位した後醍醐は、北闕の空を仰いで足利を恨みながら「崩御」した。

ここまでで、大義名分は崩れはじめているが、『太平記』はなおそこに儒教の道理を見ようとする。しかし逆に『太平記』の「いくさ」は、現実に対して旧イデオロギーが敗北する場となったといえよう。

第三部、足利方でも尊氏と直義が対立する中で、配下にいた大名が次第に権力を握り、婆裟羅大名が横行しはじめる。道義も愛情も見失われ、一族の分裂抗争、いつ果てるともしれない私闘が続く。未来に一筋の光明もない現世に、古代以来のさまざまな怨霊が跳梁し、もはや儒教でも仏教でも救いようのない状況が繰り広げられる。統制力のなくなった将軍が、三代目義満となった時(今まで主としてみてきた西源院本にはこの事がない)、管領細川頼之が執事に補任され、「中夏無為ノ代ニ成テ目出度カリシ事共也」とこの長篇はあっけない形で結ばれる。

五　おわりに

以上に多少の補足を加えながらまとめることでこの未熟な稿を終わりたい。

第一はいくさの質、第二はその中で生きまた死んでいった「人間」、第三に彼らがいくさを通して歴史変革の事業にどのように関わっていったか、第四に軍記はそれらをどのようにとらえ、描いているかという問題である。それらは相互に関連している。

軍記のいくさは権力または体制に対する反逆で始まる。これは軍記の基本的な条件と言えそうである。そして初期軍記の反逆者には人間的な要求ないし主張があって、それをバネとしていることが特徴的である。

大成期の軍記、『保元』『平治』『平家』のいくさの発端は権力の争奪であることが初期軍記との段差を示す。そのうち『保元』は権力側後白河の反人間性が反権力側の反逆を誘発するが、反逆そのものを人間性の主張として構想してはいない。次に『平治』の反逆者信頼はむしろ人間として非難され、彼に引き込まれた義朝に同情が注がれる。『平家』ではまず清盛の非人間的な「悪行」が虚構を交えて強調されるけれども、その具体的な叙述は彼の人間らしさを浮き彫りにさえする。しかし戦争自体はやはり政権の争奪であった。保元・平治のいくさが旧体制の中で政権の座を争ったのに、『平家』の戦争は結果的に体制そのものを変えてしまった。いくさの中で人間の真実あるいは美しさが輝くようなエピソードは初期軍記にも見られたが、この期の軍記では特に豊富に語られる。それらはまた歴史の変革者・新時代の創造者の姿でもあった。

『承久記』・『太平記』に至って軍記は爛熟から退廃へ向かう。上皇や天皇の神話以来の権威は消え、個として、人間として批判される。『太平記』第一部まで辛うじて形式だけにもせよ保たれてきた大義名分が、第二部では次第に色褪せ、道理もようやく見失われてゆく。こうして混乱の第三部が、全く収拾のつかない「下剋上」の進行を描きながら、三代将軍義満と執事細川頼之との出会いを「中夏無為ノ代」として強引に「目出度カリシ事ドモ」と収めてしまう。そこには何の解決のめどもないのだが、この中で既存の権威や権力を徹底的に否定する婆裟羅者の姿は、出口の見えない混乱の世の象徴であった。混乱はその後の末期軍記に引き継がれてゆく。

ここに末期というおびただしい数の軍記は、未来への展望よりも、個人に焦点を絞る傾向が多くなった。軍記はすでにその歴史的使命を終え、変革と創造の事業は、庶民の中に溶け込んで、古典文化を民衆に伝え、民衆とともに新しい社会と文化を作りあげる新しいジャンルとそれを担う人々によってなし遂げられていくのである。

注

（1）永積安明「『将門記』の成立」（『軍記物語の世界』朝日選書）

（2）梶原正昭『将門記』1・一〇～一一、一四、一七三～一七五、一八一～一八二頁。

（3）北山茂夫『王朝政治史論』一四五～一四六頁。

（4）注（2）の一〇七頁。

（5）拙稿「軍記物語の女性」（法政大学第一中高研究記要一四号　一九七八）

（6）拙稿「保元物語の後白河天皇」（日本文学誌要　五七号　一九九八）

（7）拙稿「保元物語の信西」（法政大学第一中高研究記要二二号　一九八六）

（8）拙著『「平家物語」——内から外から——』（新日本新書　一九九七）

（9）拙稿「祇園精舎の展開」（日本文学誌要　五〇号　一九九四）

（10）『保元物語・平治物語・承久記』の中の『承久記』の梗概（新日本文学大系）

右のほか多くの先学から多大の学恩を蒙ったことへのお礼と、非才・怠惰のゆえに更に多くの方々のお仕事をふくめて十分に消化出来なかったことをお詫び申しあげたい。

軍記文学成立の諸条件

武久　堅

はじめに

設定された課題「軍記文学成立の諸条件」は、おそらくは本シリーズ『軍記文学研究叢書』の「軍記文学」に基づく論題であろうと思われる。しかし、「軍記文学」「成立の諸条件」を問うに先立って、先ず問うておきたい課題に、「軍記」「成立の諸条件」がある。しかる後、問いは「文学」「成立の条件」へと限定を被って昇華されるであろう。が、どのジャンルであれ「文学」「成立」の「条件」を問い、これに応えることは至難である。そもそも「文学」は、「条件」を前提に、「条件」を充たして、あるいは「条件」に適って、はじめて「文学」として「成立」するという性格のものなのかどうか、疑問なきにしもあらずである。

そこで本稿では、先ずは問題を「軍記成立の諸条件」として、事柄を一旦普遍化して課題とする。「軍記文学」という、芸術的価値認識を前提とする対象認識に対して、「軍記」という著作物の実態把握を前提とする対象認識に基づこうとするからである。いわば人文科学における、「価値」としての「文学性主義」からの脱却である。「軍記」という括られ方で取り扱われる膨大な量の記録的著作群は、狭い意味での「文学性主義」では認識し尽くすことのできない幅広い歴史的・政治史的・文化的作品価値を秘めており、「軍記」はまた、それらが制作された時代の広範自在な学芸観を反映していて、その真価の再発見や、それらに表される知的作業としての文筆活動、記録欲求の意義については、多分に近代の狭い芸術的文学観に邪魔されて、まだ十分に正当に評価認識されているとは言えないのである。

しかしである。こうした問題点にもかかわらず、一旦成立した記録は、作品として、あるいはもっと、ある条件を充たすことによっては文学作品として、自立していることも確かである。そして今、それらの作品は作品として呼び出されてきたとき、自らに充たしている「文学としての成立の条件」の内実を、彼ら自身が「作品」という身を以て明かしもしているのである。単なる記録的著作に止まらないという、その成果の示す「作品性」によって、「軍記」「成立の条件」から、「軍記文学」「成立の条件」へと論題を進めねばならない必然の発生する所以でもある。つまり「軍記」における「文学とは何か」、必ずやこの問いに向かい合わねばならない。

次に、「軍記成立の諸条件」を問うというとき、その方法が問題になる。「成立」の「諸条件」であるから、文化史的には「軍記」という著作の様式的伝統と、直接的にはその「成立」時点前後の政治的権力構造の状況、内容的には題材となる出来事そのものへの制作者の関与の仕方あるいは立脚点、等々の、引っくるめて政治的社会的文化的状況そのものに、一旦は立ち返ることを求められるということは当然である。だが、これもまた、多くの作品において、「作者」・その「時」・その「場」の問題を初めとして「成立事情」そのものが明るくはない。つまり、出来事としての「成立」を不明のままに、今、「成立の諸条件」を問わねばならないのである。これもまた難題である。が、逆に言えば、そうした個々の作品の成立事情が不明なればこそ、今、一括して、或る抽象化されたものとしての、「軍記成立の諸条件」を問うという課題が課題として立ち上がるともいえる。解決の途の一つとして、わずかに残る外側の資料もさることながら、もっぱら作品の内側から、内側に潜むもろもろの「特質」を梃子としてその答を引きずり出すという方法がある。今回はこの方法を重要視する。

第三に「軍記成立の諸条件」を問うというとき、「軍記」というジャンル的括り方への懐疑の視点の確立、ジャンルという境界を自在に乗り越えることの出来る、諸領域との流通関係を保つ視点の確立の課題がある。内とか外とか言う発想そのものに問題があるが、外側には、一例を拾えば、歴史書関係の、あるいはもっと近接する歴史文学関係の諸著作成立の諸条件との相関の問題がある。問題意識の設定においても、研究交流面においてもこれからの課題が多い。

内側には、「軍記」のほんの一部である「軍記物語」的作品の発散する特性に縛られて「軍記」全般を括ろうとする文学観もしくは研究姿勢の問題がある。あるいはこれもどちらかと言えば軍記物語的作品の場合に相関の濃密な、語りもの芸能、語りもの文芸との密着と離れの問題がある。一部の語りもの化された、あるいは語りものから発生した軍記物語における「語り」「芸能」「唱導」の現場との関連が、常に「軍記」全体を覆う特性に連なる条件となり得るとは限らない。内外両面の束縛から「軍記」を解放する用意が必要となる。

しかし、これらの問題を一挙に充たすことは筆者の準備の限界もあって到底かなわない。成果のいくつかは歴史文学成立の諸条件に適応しうるであろうという予測を述べるに止める。また後者「軍記物語」の特性からの解放、語りの呪縛からの脱却については、これも研究史の実績が「軍記物語」に比重が傾き、軍記物語というと『平家』、語りものというと「平曲」を規範とするという観念と実績先行から、相当に強い束縛を受けざるを得ないであろうということは初めにお断りしておく。

一　「軍記の特質」とは

先ず、対象とする「軍記」とは何か、から始めねばならない。いろいろな導入の仕方が考えられるが、「軍記」の概観的・辞書的「特質」の確認から入ることにする。こういう問題は、最新のものだけに意味があるとは限らないので、初めに概観的把握として少し時代を遡る「軍記物談話会」草創期に組まれた『軍記と語り物』の特集「軍記物の本質」の巻頭論文での、水原一の、「総括的問題について」と題して「軍記物」の概観を行っている規定を取り上げる。水原はその二、「軍記物の性格」で、「平家・太平記を二頂点とする軍記物の諸作品はどのように規定されるべきであろうか」という問いを起こし、「軍記物」とは、

「封建武士社会の形成動揺期における武士相互の闘争に取材した作品」

と規定し、「補足条件」として、

(1)　武士が作品の主要人物である事
(2)　主要人物である武士は武士社会に位置づけられる実在者である事
(3)　作品に武士特有の倫理が反映する事
(4)　闘争は事実性と絶縁しない事
(5)　闘争は一場面の断片に終わらぬ事

の五条件を補っている。(1) キーワードを押さえると、「武士」「倫理」「闘争」「事実」に絞れるかと思う。

次に辞書的把握として永積安明は、多分に対象を「軍記物語」あるいは「軍記文学」の「特質」に傾斜させた総括

と目されるが、「軍記」の「特質」として次のような七つ傾向を抽出して掲げている。(2)

(1) 主材は合戦を内在的な与件とする社会的事件と、事件を担う人物及び集団であり、

(2) 伝承に媒介されて具象化されることが多く、表現も、一般に個性的であるよりは、衆の構想力に支えられて実現する傾向があり、多様な異本群を擁し、それぞれ文学としての独自性を主張する場合が多い。

(3) 原則として、年代記的様式によって整序され、歴史的事件において展開される。

(4) 説話的構想力とともに、伝統的な物語的構想に拠る傾向がある。

(5) 一般に口誦的性格があり、語りや読みに媒介されて形成・流布している。

(6) 構想は仏教・儒教等の外来思想に支えられることが多く、文体的にも和漢混淆文が優越する。

(7) 叙事詩的性格(対立する状況中に格闘する英雄的人物・集団の行動および彼らの運命の追求に伴い、現実的・意欲的「民族的」な時代精神を表現する傾向)。

辞典の解説であるから、これ以上に簡約することはここでは行わないが捉え方は十分に生かしたい。

最近の著作では本研究叢書の第3巻『保元物語の形成』で安藤淑江は、「軍記物語の特質」を、必ずしも辞書的に網羅しようと心掛けて記されたものではないが、次のように概観して『保元』研究の現在と課題の把握に入っている。(3)

歴史語りであること。

武士による時代の切り開き、合戦による歴史の変革を語っていること。

素材としての体験談から、伝達・享受形態としての「語り」まで、「どこかで、様々なレベルで」としか言いようがないが、人の口を介していること。

各作品毎に多様な諸本が存在し、多くが作者・成立事情が明らかでないこと。

また、諸本のそれぞれが作品としての主張を持ち、ある作品の全体像は、諸本の共通要素の集大成としてしか把握できないこと。

キーワードを押さえると、「歴史」「武士」「合戦」「語り」「諸本」「作者不明」等であろう。

水原は「平家・太平記を頂点」と例示し、永積・安藤ともに多分に前期軍記（特に四部合戦の書あたり）を意識の中核に据える「軍記物語」の特質規定と考えられるが、〝はじめに〟で提起しておいたように、本稿では、諸作品に内在する、こうした包括的な意味での「軍記」「軍記物語」の「特質」を、軍記作品の、今となっては消えてしまって既に不明の、成立の段階での、作品を生成に向かって胎動せしめたはずの諸条件を、遡って透視する方法として、その有効性を検証しつつ、存分に活用することにする。すなわち、これらの「特質」を、いわば結果を通して成立要因を推す一手順として、つまり確実な内部徴証として、本稿では相当に活躍してもらうことにする。

二　「軍記史」の時代区分

次に、「軍記成立」というとき第二の課題として、具体的に広義の日本文学史において、軍記作品の史的沿革をどのように把握し、またその流れをどう区切ってたどろうとするのか、すなわち「軍記史」総体の認識法が問われる。沿革の大枠での把握は、研究史の早くから、ここでは研究史をたどることが目標ではないので、その精密な後付けは省くが、「後期軍記」という括り方と、これに対応して「初期軍記」という括り方が発生し、そのどちらでもないいわゆる軍記物語と呼ばれて親しまれてきたその間の部分、つまり軍記文学の圧倒的中心部は、括る呼び名も、その中心部の時期区分も定説を確立させないまま、後期軍記に対しては前期軍記に該当するとみる今日に至り、やがて「後期軍記」は「室町軍記」と「戦国軍記」に分割把握する呼び方が次第に定着してきている。しかし、「軍記成立の諸条件」を、本書における《軍記文学の概念》の枠組みの内に論としての定位を志すには、「軍記史」総体の認識法は不可欠であるから、通説を尊重しつつ、見取り図をここに一つの試案として提示しておくことにする。(4)

但し、軍記史の時代区分といっても、出来事のあった時と、作品の成立した時は異なるので、個々の作品の成立そのものが、指定の時期にすっぽりはまるということを意味するものでないことは、現今の研究段階として贅言を要すまい。なお、軍記の研究が専ら、中世文学の枠組み内で行われ、その中に押し込むことのできるもの、または当てはまるものをもって軍記・軍記物語・軍記文学等々と考えられがちであったが、ここでの試案は、文学史の時代区分の枠組みや近代になって設けられた研究上のもろもろの枠組みを取り払った上で、広い意味での古典文学史における「軍記史」の沿革の把握を目指すものである。

初期軍記(平安中期から院政期)…………①「草創期」

――『将門記』『陸奥話記』『純友追討記』『今昔物語集』(巻二十五)等

前期軍記(鎌倉・南北朝・室町初期)…………②「開花期」

――『保元物語』『平治物語』『平家物語』『承久記』から『曽我物語』『太平記』『義経記』等

後期軍記(室町中期から近世初期)

室町軍記(室町中期から八代義政時代まで)…………③「展開期」

――『明徳記』から『応仁記』まで

戦国軍記(室町後期から近世初期あたりまで)…………④「拡散期」

——『長享年後畿内兵乱記』あたりから『信長記』『太閤記』等

晩期軍記（近世前期）……………………………………………………………⑤「終息期」

——『天草軍記』とその類い

日本古典文学史におけるジャンル史としての「軍記史」を、通説として固まっている、初期軍記と後期軍記という呼称を生かすかたちで踏まえた上で、まず平安中期に始まる初期軍記を、東国を出来事の主要舞台とする『将門記』を始発点としてこれを①「草創期」として認識し、鎌倉初期に始まる前期軍記を、畿内を中心としつつ次第に全国化した四部合戦の書から南北朝争乱を題材とする『太平記』、準軍記といわれる鎌倉期の『曽我物語』から室町時代の『義経記』までを②「開花期」として把握し、室町中期以降、いわゆる後期軍記は二分割して、前半、京を舞台としてやがて地方へ拡散する多面的争乱を、全体的にあるいは個別的に題材とする諸作品を室町軍記の③「展開期」、後半の戦国時代を④「拡散期」として認識し、終着点として九州を出来事の主要舞台とする近世前期の『天草軍記』を⑤「終息期」に置く、全五期把握である。

これまでは『天草軍記』の類いを包括する第五期への取り組みがやや遅れており、特に「天草もの」の軍記体・実録体（場合によっては同題材の草子類をも視野にいれて）の作品群を「軍記」として認識して、「軍記史」に組み込み、新しく一期を立てて全五期の史的体系的把握を構築することについては、あまり関心が寄せられていないように見受けられる。(5)

つまり、日本古典文学史における「軍記時代」とは、これを最も長く切り取るとき、古代後期（九四〇年代）から、中世全期間を挟んで、近世前期（一六〇〇年代後半）に及ぶ七百数十年間を指すことになる。また、その舞台も関東・京都・畿内・全国各地・天草へと、広域的に空間拡張が行われている。

よって、この間に制作された諸作品の作品傾向、すなわち「特質」も、「素材の発生」から「成果の流布・享受」までの展開過程のいずれかに重点がかかり、また時代も①〜⑤のいずれかに焦点を集め、そに中でつかまえる作品によって、浮かび上がる側面・特質は異なり、つまり成立の条件を異にすること必定ということになる。よって厳密には、本稿の課題への取り組みも、上記の各期に対応して、まさにその条件を検証し、最終的に「軍記成立」の諸条件を整えて把握するという手続きを要請されることになる。それだけの課題の射程を認識した上で、各期の作品の特質の差異を踏まえ、論述を展開したい。なお、中世を中心とする軍記・軍記物語を戦記・戦記文学と呼ぶ場合もあるが、この方はどちらかというと近現代にまで適応する場合に使用することにする。

三　「成立」概念の多様性

第三に確認を求められる前提に、「軍記成立」という場合の、そもそも「軍記」にとって、「成立」とは何ぞやという、研究史の上でも特に議論の賑やかな用語概念への定義付けの問題がある。また、作品あるいはテクストは、通例として「成立」は一回限りの現象として理解されるが、多く「軍記成立」の場合、これを一回限りの現象として特定することが困難な場合が多い。研究史をたどるに、「成立」「形成」「生成」「誕生」「発生」つまり「成立過程」を含む現象としてその用語は理解され使用されている。また、これはあくまで一部の軍記物語の現象にかぎられる現象ではあるが、書かれたテクストとしての作品理解を退け、あるいはこれを軽視し、むしろ語り物の芸能領域にこれを封じ込め、芸能領域に還元してのみ本来の姿を把握し得るという見解も、対象によっては尊重しなければならない見解のように思われる。

こう考えると、「軍記成立の条件」は、よくよく説きにくくできている課題といわねばならない。しかしこの場合、「軍記発生の条件」とか「軍記形成の条件」とか「軍記生成の条件」では課題の限定力が曖昧である。なぜなら「軍記」はテクストを呼び出している。「記」はここでは、「言語をもって筆録する」意に先ずは限定して対象化することを求めているからである。「軍記物語」という呼称も、ここでは優先順位としては「軍記」にあると認定することが求められる。しかし、「軍記成立の条件」を「記」に拘泥して、テクストとしての「成立」にのみ事柄を限定して論ずる意図は毛頭ない。それでは、先に掲げた「軍記」の「特質」のうま味の大半を取り逃がすであろう。ここにいう「軍記成立」はその意味では「軍記発生」「軍記生成」「軍記形成」そして「軍記誕生」の全過程を、時に「軍記変容」までを射程に入れて課題とする。眞の「軍記成立」とは、事柄を限定しつつ、なお極めて広義の概念であらねばならない。語りの諸段階を包摂することは言を待たない。

四　軍記文学の「要件」と「内実」

以上に取り上げてきたいくつかの前提的課題を確認した上で、それらの概略を尊重しつつ、私見に基づき、軍記文学の特質を把握するための、八項の「要件項目」を設定して、この要件項目に盛り込まれる「軍記文学」の「内実」を「要素」としてキーワードに整理しなおして提示することにする。

ここで手順をいきなり「軍記」の「内実」ではなく、「軍記文学」の「内実」へと対象を絞り込むのは、本稿の最初にも述べたように対象の範囲は絞り込まれて限定されるが、課題とする「内実」は、「軍記」が要請する諸要素よりも

「軍記文学」が要請する諸要素の方がはるかに要件が多様化し複雑化するためで、「軍記文学」は「軍記」の要素をすべて包摂して充足するが、「軍記」が「軍記文学」のすべての要素を包摂して充足しているとは限らないからである。つまりここで提示する諸条件は、「軍記文学」にはより本格的に備わるが、「軍記」がその大概を充足しているとは限らないからである。

要件	内実
(一) 素材・題材………	(歴史的事件・政治的権力的対立・武士・軍事的集団・合戦・勝者・敗者・乱後処理)
(二) 発生・発想………	(直接体験・目撃体験・伝聞・伝承・民衆・筆録・合戦記)
(三) 作者・担い手……	(一族・側近・知識人・儒者・宗教家・唱導家・琵琶法師・修験・瞽女・御伽衆)
(四) 表現様式・文体…	(編年体・実録性・口誦性・和製漢文・和漢混淆文・漢字片仮名表記)
(五) 構想・主題………	(叙述主体・主題・歴史観・史実の組み替え・説話収集配列・作品化・序文跋文)
(六) 想念・思想………	(乱世・野心・流離・望郷・鎮魂・仏教教理・儒教思想・歴史哲学・道理・因果観・運命観)
(七) 本質・特性………	(叙事詩的性格・歴史文学性・説話文学性・唱導文芸性・物語文学性・行動的意志的人物・集団的個人的運命・和歌的情趣性・在地的民衆性)
(八) 流布・享受………	(口誦・語り・管理集団・原本・異本・聴衆・著述活動・読み本・読者・改作・諸本・編纂・出版)

ここに「軍記文学の特質」として摘出した「要件」と、そこに盛り込まれる「内実」を支える「要素」が、軍記文

学を軍記文学として成立せしめるための条件となる。これらのいくつかの条件を組み合わせて具備する作品が「軍記」であり「軍記文学」である。軍記文学の成立とは、これらのいくつかを組み合わせて作品を生み出すに至る社会的文化的精神的現象のことであり、その行為、営みのことである。論旨を軍記に還元すれば、軍記という文献を「文献」たらしめる条件であり、軍記文学に置き換えればその「文献」をして「作品」たらしめる条件でもある。

しかも、ここからここまでは「軍記」、ここからが「軍記文学」と、単純に線引きの可能な課題ではない。が、私見として敢えて提示するとすれば、どちらかと言えば、

（一）「素材・題材」、（二）「発生・発想」、（三）「作者・担い手」、（四）「表現様式・文体」、の四項目は、全ての軍記がその成立のために備えている必要条件、つまり「軍記成立の諸条件」で、事件としてのいくさの記録化のためには、この四条件は不可欠である。文学であるかないかは問わない。そして「軍記文学」は、当然これら四項目を必須としつつ、なおこれらの上に立って、

（五）「構想・主題」、（六）「想念・思想」、（七）「本質・特性」、（八）「流布・享受」、の諸条件を、必ずしもその全てとは言わないまでもそのいくつかを充足させることによって、「軍記」が「文学」としての資質をより完備するための要件、つまり「軍記文学成立の諸条件」となると考える。

かくて「軍記文学成立の諸条件」は「軍記成立の諸条件」を合わせ備えるという意味で、これより「軍記文学成立の諸条件」の各論の検討に入ることにする。

上記の（一）から（八）までを個別に説く方法もあるが、既に下段に各要件を盛り込んで明示しているので、一々の説明はこれを省き、ここでは括ることの出来る項目は一つに集約し、成立条件となる見出しを設けて、一から四までの四つの項を立てて論述する。

五　軍記文学成立の条件

一「題材としての武力衝突」

「軍記成立」の第一の条件は「出来事」の発生である。発生した「出来事」は「素材化」されやがて「題材化」される。つまり「軍記」の「成立」は「出来事」を素材としてこれを「題材化すること」から開始する。「出来事」の「題材化」を始発点として、「軍記」はその「特質」の「要件項目」の、

（一）「素材・題材」から、おおむね（四）「表現様式・文体」あたりまでの「諸条件」を充たして「軍記」は記録体の著作物として、あるいは素朴な伝承・語り・説話の筆録体としての成立を遂げる。

「史的事実」としての「主題材」の、出来事としての「発生」は、その意味で「軍記成立に不可欠の条件」である。この場合、出来事の発生とは政治的権力的対立の衝突を意味し、この衝突を武力に訴える解決策で打開しようとする。その前提に、武者の家系の確立と弓矢の道への自覚のあったろうことは言をまたない。家・氏・党の集団力の形成と、そうした集団と集団の対立、戦闘が出来事の発生を促す。こうした対立の発生期を水原一は「封建武士社会の形成動揺期」と呼び、武力衝突を「武士相互の闘争」と呼ぶ。永積安明は古くからの呼称「合戦」を使用し、山下宏明は「もののふ（武士）」「いくさ」と呼び、軍記・軍記物語に代えて『いくさ物語』の呼称を立て、必ずしも「封建武士社会の形成動揺期」に限定せず、『いくさ物語』の表現史としては『古事記』『日本書紀』の「いくさ物語」からたどり始める。(6)

しかし、こうした集団力の形成に対して、これとは正反対の力、すなわち個の確立、あるいは個の台頭、個の活躍、個の救済、これらをまとめて「個の運命への関心の発生」と呼ぶとして、これを合わせ前提条件としておく必要がある。集団と個の観念は、おそらく二つにして一つの課題であったであろう。

ここに武力衝突の展開を呼び起こし、武力衝突は歴史的事件として、必ずしも一定の歴史観の確立を待たずに、事実としての主要人物たちの勝敗の跡が追尋され、敗者は野心の主として裁かれ、その末路が展叙され、多く処刑・流刑あるいは領地支配をもって出来事は終結する。いわゆる乱後処理である。怨念、同情、哀惜の情の胚胎は、家の情念の形成を呼び起こし、敗者の詩、一方では勝者の鑑をかたどっていく。

出来事が終結しても、心情・情念は相当に長く、時には数百年引きずる。しかし、事実の範囲を超える心情への着目は素材の範囲を逸脱し、作品化レベルでの条件となり、

(五)「構想・主題」、(六)「想念・思想」

の問題として扱われることになる。これを文学的条件と名付ける。

政治的権力の衝突としての「史的事実」は、歴史が継続する限り連綿と発生し続け、そしてこれを「武力」に訴えて解決を図ろうとする思考法もまた連綿と継続してきた。「武力」に訴えれば解決し得ると考える思考法は、日本歴史において国内的対立においても「封建武士社会」の崩壊期、維新期まで長く続き、それ以上に対外的には間近くは数十年前まで数次にわたり反復されて「敗戦」を通して「終戦」という観念に到達し、しかし現今国際的には、国や民族によっては国の内外で今も連綿と継続している。上述の「天草軍記」までを区切る時代把握は、あくまで日本古典文学史の範囲に限っており、それも近世の、例えば『南都水谷闘諍録』などは対象から外してある。近代・現代文学までを視界に収めるとき、これらは「戦記」「戦記文学」として認識され、日本文学の場合に限っても、当然、太平洋

戦争の戦記類は勿論、朝鮮戦争、ベトナム戦争の影にまで及ばねばならない。

二 「体験者の報告」

「素材」としての出来事、すなわち解決を武力に訴えた権力闘争が、軍記生成の第一条件であったとすれば、第二条件は軍記発生への胎動の開始としての、直接体験や目撃体験の口頭伝承化である。かかる行為を、軍記にとって、これは擬人的表現であるが、みずからを思いつく業としての「発想」と呼ぶ。出来事が軍記へと発動するためにはこうした体験者・目撃者の報告活動を不可欠の条件とする。よって諸研究者の指摘する口頭伝承も、この段階では必ずしも職能的語りを意味しているわけではない。また「平曲」などの特例を除外すれば、最終段階まで、軍記の前提もしくは流布に職能的語りの参画の認められる作品は多くはない。

こうした体験・目撃を前提とする合戦譚伝承は、しかも単に狭く合戦の伝承のみではなく、しばしばもっと広範な歴史事実・歴史説話の類いを、あたかも渦潮のごとくに作品の中央部に引きずり込みつつ、最終段階の結果がそのとおりであるかどうかは別として、これも諸家の要求するように事実性を軍記の生命線の保証とすることによって作品化を目指していくことになる。こうした口頭による報告は、場合によっては最初から、もしくは比較的早期に筆録の対象としてたまたま選ばれて文字化されて定着することもある。

また合戦譚伝承の記録化・作品化に引き込まれる歴史事実・歴史説話には、軍記に先行する強固な枠組みとして、すなわち歴史文学の半固定的様式として年代記の構造をもつ。合戦譚伝承がその作品化に歴史事実・歴史説話を渦潮のごとくにその中央に引きずり込むとはいえ、しばしば事柄は逆に発生し展開する。逆にとは、合戦譚伝承の記録化・作品化とは、年代記という歴史文学の渦潮に、合戦譚伝承を呑み込ませる作業に似てくるということである。歴史文学における年代記、すなわち編年体の構造は、歴史著述史上あるいは日本文学史上においてそのようにも強固である。軍記文学はほとんどの場合、年代記に身を預けて初めて自立の契機を掴む。

このような意味での「筆録の対象化」として「文字化」を呼び込む行為を今、曖昧な、あるいは漠然とした行為ではあるが「発想」と名付けておくことにする。

発生期の様相は恐らく千差万別で、百あれば百の発生期があるはずである。民衆の無自覚的な参画は不可欠で、それだけに史実離れも容易に招来される。ここでは現象としての「軍記」の発生、創成期の「発想」段階をのみ問題とすることにする。

しかもいずれの軍記も、先行する言語表現の様式を自覚的に継承して成立しており、同時にいずれの軍記も、自覚的あるいは無自覚的に記録的・説話的である。この意味で、軍記発生の条件の一つに、言語表現の様式としての、事実の伝達としての記録化もしくは説話化の発想を指摘しておかねばならない。軍記の本質としての説話文学性はこうした成立条件に既に規制されている。

同じく表現様式の問題として、軍記文学がしばしば軍記物語と呼ばれる。この場合の発想は、物語文学の伝統を継承していることは歴然としている。松尾葦江は『軍記物語論究』第一章に「軍記物語史の構想」を据え、その一に「物語文学の伝統」、その二に「歴史語りの系譜」を置いている。[7]「物語文学」と、この場合の「歴史語り」を「歴史文学」に置き換えて受け止めるとして、この両文学様式の先行を前提とするという見解を立てると、すべての「軍記」は独創の産物ではなく、先行様式の継承者と言えることになる。記録する行為は、様式の所産であり、そうした先行作品を「文学」と呼ぶなら、すべての軍記は先行する「文学」の伝統の継承として誕生してくる。この意味で「軍記文学」は様式史としての広義の歴史著述史と文学史の滝壺に成立する。

三「叙述主体の構想」

言語を用いて文章的にあるいは固定的な詞章の語りとして行う表現活動を、諸種の、例えば色彩を用いた絵画的表現活動や、身体を用いた舞踊的・演劇的表現活動と区別して、叙述的表現活動と捉えるとき、その活動に立ち向かう主体は叙述主体と規定し得るであろう。

軍記の表現活動の確立における叙述主体は、何をもって確認されるか。おそらくは、叙述行為の全体に対する予めの自覚的認識をもって叙述主体の確立とし得るであろう。そういう叙述行為の全体の認識をここで見出しに掲げた特質の「要件」の一つとする「構想」と呼ぶことにする。

叙述行為の全体の認識の欠如した叙述を単なる記録の累積とするなら、叙述行為の全体の認識を伴う叙述行為、即ち「構想」を伴う叙述活動は、これを「文学行為」とし、これを「軍記」にあてはめた場合に、単純なる記録の累積を抜け出る叙述行為の成果、「軍記」にたいして「軍記文学」と呼び得るであろう。かかる意味での「構想」の有無を軍記文学成立の第三条件とすることが出来る。

野中哲照は「構想の発生」を機軸に「歴史文学の系譜と展開」を論じて、「軍記文学」をも包摂する「歴史文学」の、本稿にいう「叙述主体」に近い存在を「表現主体」と呼んで、「歴史文学」をその「表現主体」の「歴史認識の所産」として把握している。(8) 野中の例示する歴史物語・史論における「構想」の有無を巡る評価には当然批判もあろうが、(9) 本稿にいう「軍記文学成立の諸条件」に該当する要件の一つとして「構想」の観点から「文学」を認識する着眼点を打ち出している点は極めて示唆的である。軍記の本質としての物語文学性もまた、こうした「構想」を機軸とする成立条件に強く規制されてもたらされる成果であったに違いない。

ただし、文学の成立において「構想」の働きを重視もしくは優先しようとするあまり、歴史叙述あるいは歴史文学、ここでの中心的対象である「軍記文学」に近似する歴史物語等が、「構想」に先立つ要件として抱える年代記的性格、すなわち編年体史の様式までを、「構想」に従属させようとする歴史文学論は、歴史文学ひいては軍記文学における「叙述様式」と「構想」についての本末転倒を呼び込みかねない。また、軍記文学が文学諸領域のなかで、題材面から指摘し得るジャンルの独自的条件を主張しようとするあまりに、叙述面において抱えるこうした編年体による歴史記述、すなわち年代記の具有する要件を軽視する把握の仕方となることは、軍記が発生条件として抱える歴史文学との相関の軽視につながりかねない。

四　「負の処理」

軍記文学の成立に不可欠の条件に敗者の情念の行方の問題がある。第四条件としてこれを「負の処理」として掲げる。いくさに勝ち負けはつき物である。「負の処理」は文学に託されている主要課題であり、「負」を生み出さずに事態の決着を見ない合戦は、常に「負の処理」を伴うという意味で、出発点から文学を目指す宿命を抱える。上記の「要件」としては「想念・思想」の範疇に属する文学的課題である。

「負の処理」は「敗者の情念」に向き合う戦後処理の問題であり、軍記文学はこうして常に「戦後文学」として発生しなければならないという条件を負わされている。四部合戦の書を擁する前期軍記の代表作のいずれもは、物語の出発点、すなわち冒頭文は比較的に共通性が高いにもかかわらず、終結部は実にまちまちである。なぜそういうことが発生し、容認され、いやむしろ歓迎されるのか。これは偏に、今ここで問題としている、軍記発生の条件の一つである「負の処理」の問題に関わると考えられる。と同時にこの問題は、軍記文学が歴史文学と袂を分かつ主要要素ともなる。すでに言い古されたことではあるが、歴史は勝者が生産する。文学は「負の処理」を請け負うことを通して歴史に抵抗する。勝者の歴史を裏切ることをとおして、軍記文学は被支配的なるものと結託する。この時、軍記文学は軍記より更に歴史を裏切り、歴史に抵抗する要素は濃密であると言える。逆に言えば、軍記は軍記文学に比してどちらかと言えば歴史に柔順もしくは忠実であると言えよう。

敗者に付与される汚名は、その志として無理やりに「野心」を注入され、敗れては「流離」に晒され、最後の最後まで徹底した「望郷の念」の主であらねばならず、すなわちどんな事があっても「流離」を「達観」して受容する心に到達してはならず、死しては「鎮魂」の対象となる「怨念化」を義務ずけられている。やがて敗者は「因果律」として、こうした「果」に相応しい「因」の形成者でなければならず、生前あるいは全盛期の「因」は徹底的に形成付与され、これに耐える強固強欲を備えさせられる。敗者は敗れたというそのことを通して、軍記的主人公としての資質を充たされていく。

敗者はこうして、世界の原理に奉仕する。すなわち、仏教の教理に適応する存在、儒教倫理の反面教師、道理と因果の標本への悲劇の道程を歩む。「同情の念」の設定なくして到底実行し得ない敗者待遇であろう。かくして軍記文学の底に淀んで流れる「哀惜の情」は「負の処理」の墓標となって人々の鎮魂の思いを集めることになる。軍記の本質としての唱導文学性は、軍記成立のこうした成立条件の側面からおのずからに付与される特質である。

「負の処理」への自覚の希薄な軍記は軍記に留まり、「負の処理」の情念の濃密な軍記は軍記文学への志向性を高くするとも言える。

「負の処理」への志向性の濃密な軍記文学は、多くの場合、作品の終結部が一定しない。この意味で、軍記文学の定立にとって「負の処理」は発想の最後の課題であり、構想実現の試金石ともなる。

六　軍記文学成立と「状況の触発」

以上のように軍記文学の成立は、八つの要件項目を充たす多面的な内実の複合成果としてもたらされるものであり、中でも「武力衝突」「体験者の報告」「叙述主体の構想」「負の処理」の四つは最小限の成立条件となろうが、こうした軍記作品の内側にある特質から割り出される成立条件とは別に、軍記が成立するためには、その成立を促す、成立時点の外側に広がる、もしくは外側を取り巻く「状況」のバックアップを必要とするもののように思われる。これを「状況の後押し」と呼ぶことにする。恐らくは、内実からの条件に先行する成立条件と考えてよいであろう。あるいはこうした外的条件の備えを待って始めて内的条件は意味を発揮すると考えてよいであろう。

こうした見解の顕著な事例の指摘の一つに、弓削繁の「中世において歴史意識が著しく高揚をみせるのは、一に承久の乱前後（特に乱後）の時期であろう」という発言は参考になる。[10]「歴史認識と中世文学」と題するシンポジウムでの見解であるから、「歴史意識」が問題とされるが、そして歴史文学としての軍記に、こうした「状況の後押し」を受け、「状況の触発」によって自覚的に推進された、「歴史」を「認識」することを余儀なくされる「状況の迫り」のあったことは、軍記文学の成立に不可欠の条件であったと言って過言ではあるまい。研究者によってはこれを「歴史観」とも呼び、「歴史思想」とも捉えている。「歴史認識」「歴史意識」「歴史観」「歴史論・政治論」「歴史思想」「歴史批評」等々で示そうとする当代の「状況認識」が、直前に展開した武力衝突とその結果として組み立てられた政治情勢、政治体制を、総体として叙述しようとする発想を胚胎させ、構想から叙述へ、やがて作品成立へと向かう創造活動を促したと考えることは、中世前半期の諸作品の成立の実態に照らして極めて妥当な認識と言えるであろう。軍記の帯する歴史文学性は、こうした「状況の触発」という成立条件に密着して抱え込む特性として、発生段階から既に内蔵されている本質であったと言えよう。

註

（1）水原一「軍記物の本質　一、総括的問題について「軍記物」概観」（『軍記と語り物』4号、一九六六年一二月刊）。
（2）永積安明・笹川祥生執筆『日本古典文学大辞典』「軍記」の項参照（岩波書店、一九八四年一月刊）
（3）安藤淑江「『保元物語』研究の現在と課題」（軍記文学研究叢書3『保元物語の形成』汲古書院刊、一九八七年七月、所収）
（4）『日本古典文学大辞典』（岩波書店）では、「軍記」の沿革を、

「古代末期―草創期」

「中世前期―成熟期」（四部合戦の書）

「中世後期―転換期」（『太平記』から室町軍記まで）（以上、永積安明執筆）

「戦国期」（笹川祥生執筆）

として把握している。
（5）『戦国軍記事典・群雄割拠篇』古典遺産の会編（和泉書院、一九九七年二月刊）では、巻頭の「凡例」及び総説に当たる「戦国軍記の概念」で、戦国軍記の前半を「群雄割拠篇」とし、続く後半を「天下統一篇」として刊行する旨の予告があり、併せてその「天下統一篇」に、寛永のキリシタン反乱（いわゆる天草・島原の乱）に関する軍記も視野に入れて扱う旨の予告がなされている。
（6）山下宏明『いくさ物語の語りと批評』（世界思想社刊、一九九七年三月）

（7）　松尾葦江『軍記物語論究』（若草書房刊、一九九六年六月）

（8）　野中哲照「〈構想〉の発生」（「国文学研究」百二十二集、一九九七年六月）「歴史文学の系譜と展開」（梶原正昭編『軍記文学の系譜と展開』汲古書院刊、一九九八年三月、所収）

（9）　福田景道「平成九年国語国文学界の展望（I）中世・歴史文学」（「文学・語学」一六〇号、一九九八年九月）

（10）　弓削繁「承久の乱と軍記物語の生成」（シンポジウム・歴史認識と中世文学）（「中世文学」42号、一九九七年六月）

［追記］本巻編集主幹の梶原正昭氏から執筆依頼を受けた本稿を、しかしご生前の氏にお目にかけることはかなわなかった。無念極まりない。黙してご霊前に捧ぐ。

軍記文学の基本精神

——その神話的構造をさぐる——

桜井好朗

一　原初か仮初《かりそめ》か——徴証としての作者へ

軍記文学というジャンルがまずあって、それにふさわしい作品が書かれる。その際、その作品が成立するよう促し、その創作を支えるのが、軍記文学の基本的精神であり、それはおよそ平安時代から戦国時代、もしくは織豊や江戸時代あたりまで存在していた。さらにいえば、その精神は個々の作品の作者もしくは作者グループが保持していたはずで、それは作品を通じて、これを聴いたり読んだりする受容者に伝えられ、中世ならば中世の日本人の共有するところとなる。本稿の課題は、まさにかかる精神を掘りおこし、その形態をあきらかにし、現代の読者の享受に役立てるよう、ひいては研究に資するように努力するところにある。なぜならば、文学を生み出すのは創造的精神であり、とくにその基本的な部分こそ重要なのだから——。ちょっと待った、という声が、ほかならぬ軍記文学の研究者の間から出たとしてもおかしくはない。軍記の場合は、しばしば作者は未詳とされる。ただ未詳というだけでなく、未詳なりに原作者の立場とか生活環境とかを推定することさえ、容易ではない。伝本も多様で、そのなかのどれが初稿本、とまではゆかずともそれに近い原態本であるか、議論が分かれ、特定しがたい。

そうはいいながらも、他方では『平家物語』の諸本の本文批判が、そのまま作品論の枠組を決定し、作者論における作者推定の根拠とされていったような動向が見られるのは否めない。山下宏明による次のような的確な要約は、『平家物語』というよりは、『平家物語』研究そのもの、まさに基本精神とでもいうべきものを指摘していた。[1]

個々の研究者が〝原態〟や〝古態〟を論じる際に、何を意図していたかを考えるべき段階に来ているように思われる。具体的に言うならば、渥美かをる氏が提起した、初期諸本の中、特に性格が対照的に異なる四部本と延慶本とをめぐる論である。今、すべてをあげる余裕も無く、ここ数年の成果から、その動きを探るにとどめざるをえないが、各論者がそれぞれの立場から〝古態〟を主張する。そこには、各論者の考える、成立当初の物語がいかなるものであったと考えるか、その原本のおもかげ（〝原態〟）を現存諸本の中のいずれに想定するか、もしくは現存諸本の中のいずれが、〝原態〟をもっとも濃く伝えるかをめぐって、それぞれの思い入れがあったろう。その結果、論争があったわりには、お互いに共通理解を深めるには至っていない。むしろ、それぞれの思い入れにとじこもるといったむきがありはしなかったか。

山下のいう「それぞれの思い入れ」、私のいう基本精神なるものは、しかと自覚されぬままに基本的でありつづけ、かえって『平家物語』という作品を見えにくくさせてゆく。研究があいまいで粗雑になるからではない。逆である。「研究の細分化が進められる中で感じることは、次第に論の目標が見えなくなるのではないかとのおそれである」と山下はいう。私が〈諸本群の本文批判→作品論→作者論〉というかたちを基本とする『平家』研究に対してお手挙げの状態で、これを敬遠していったのは、非才と怠惰以外の何ものでもないが、すでに一九六九年、小西甚一が「具体的にはほとんど正体不明の『原平家』と現存する『平家物語』諸本とを、テクストの系譜として結びつけることは、神話と史実とをつらねて皇室系譜を作るようなものでなかろうか」[2]と説いていたのは、刺激的であった。そういえば、神武天皇の絵姿は、明治天皇をモデルとしていた。それはさておき、山下宏明が第二次大戦後に見られた『平家』叙事詩論への批判を意識しながらも、あえて「ヨーロッパ文学研究の概念から言っても叙事詩に分類しうる軍記物語が、その名称にふさわしく物語としての原態をとっていることを見るべきであろう」といい、同時に「戦乱期という変革期の推移に規定されながら、とにかく物語としての構造を持っていることをどのようにとらえるべきか。おそらくこの点を考えることが、ともすれば史料学の側にひき込まれがちな虚構論をも越えて行くことになるだろう」と述べたのは、(3)「論の目標」を見定めねばならぬという、研究上の課題と直結している。「史料学」的な付言を試みれば、消息をふくめた文書《もんじょ》、日記をふくめた記録、それに秘密とされて本来は文字化されぬはずの口決《くけつ》の類をあわせ、それら史料を博捜し利用することは、同時代にはごく限られた関係者以外ほとんど不可能で、史料内容と作品内容との同一・類似は、史料と作品成立の同時代性をかならずしも証明しない。現代でも外交上の機密事項等々は、一定の年月を経て公開され、初めて史料として使用することが可能になるわけで、中世の場合を同一水準では論じえないが、史料の伝来の仕方と利用の実態を考慮しないような、性急な「実証」は、かえって成立年代の推定を誤らせる。

このように考えてみると、山下宏明とひとしく、「原態」とは何か、改めて問い直すことになろう。それは文学の起源論を呼びおこす。すなわち、文学作品に先行して作者の創造的な精神的活動があり、それを口語りで、さらには文字化して表現したのが作品であると考え、作品の起源として作者の意識を想定し、作品を聞いたり読んだりすることによって、享受者は作者の意識の微妙なヒダまで見分けるように心がけ、起源を作者の意図するとおりにとらえなくてはならないと思いこむ、——おおよそ、そういう考え方を私は文学の起源論と呼ぶ。この起源論に「作者」は不可欠である。『平家』の原態論は、この考え方を基本とし、当然の前提としている場合がすくなくない。なるほど、作品が存在する以上、その作者の存在は疑えない。『道草』や『こころ』は「漱石」の雅号を持つ夏目金之助によって創作されたのであり、「鷗外」を号する森林太郎という人物ぬきにして『舞姫』や『雁』は存在しえない。「作者」なるものの死もしくは不在を論じたロラン・バルトやミシェル・フーコーの論述にしても、バルトやフーコーを無視したり、論者の名を無条件にジャン・スタロバンスキーやポール・リクールに置きかえることは許されない。その意味では、作者（あるいは論者）の存在はいささかも疑われておらず、今後新資料の発見でもあれば、ますますその存在は確認されてゆく、というべきであろう。残念ながら、『平家物語』の場合は、その辺の事情が明確でなく、原作者と原『平家物語』の実態があきらかでない。しかし、現存諸本の内部徴証を厳密に探究し、そして、ひょっとすると将来新資料が発見されたら、その実態が一義的な理解や認識を可能にするであろう。――そういう期待が、「原態」という観念を生み出し、それよりややゆるやかな「古態」という用語を成立せしめる。山下宏明はいう。(4)

〝古態〟の探究の行方に〝原態〟志向がひめられていることは言うまでもない。〝原態〟の模索を通して、原作者の、対象となった時代把握の方法を考える。と同時に、その原態から以後の物語の生成・展開をたどり、その意味を問う。語り物は、人々の享受の場で作品としての展開を見せるのであり、むしろ、この生成・伝承――口承の外に書承をも含めた――の過程に『平家物語』の実態があると言えるからである。単に原態の特定や、諸本の位置づけに意味があるのではない。（傍点桜井）

ここでは作者論と作品論とが、「と同時に」という挿入句を間において、二元的に併立している。むろん、一読してあきらかなように、山下は作品論を重視している。その重視の仕方は、民俗的乃至歴史的・社会的な領域へと、この作品を還元するのでなく、あくまでも『原態』から以後の物語の生成・展開」をとらえようとするもので、作品の成立がその内容と関連するのだという、強い主題性を保持している。それにもかかわらず、なお、「原作者」を「原態」の向こうに見ようとする「志向」のはたらくことを認めている。そこに私どもの直面する困難な問題がある。作者の存在を、当然のことながら承認することと、起源論から脱却することとは、そうやすやすと両立するわけではない。

山下がその相克の間に、あたかも身を投じるようにして、論述を進めたことを、尊重すべきであろう。私なんぞは、己れをかえりみて忸怩《じくじ》たるものがあるが、[5]この相克の間を身を挺してくぐりぬけなければ、研究者たるもの、大なり小なり権威に支えられた気楽な評論家になってしまう。山下の論述は、のっぴきならぬところへ私どもを導く。

水原一は「平家物語の生成のし方が果して一作者の一括作業を機軸とする一元的文芸活動であったかどうかという根本前提から疑ってかかる」立場から、「事実として『原平家物語』または『平家物語原本』なるものはかつて存在しなかった」と断言した。[6]それはほとんど画期的な発言であったといってよい。水原は「〝平家資料〟をそこへ次々と投入する」というのが「平家物語の最も根幹的方法」であると考え、以下のようにいう。

『平家物語』とは、現存の諸本の現象の上にも影を落しているとおり、まさにそのような生成・成長の動態を切離せぬ宿命として負った作品なのであり、いわば宿命の〝混沌《カオス》〟を如何に〝固成《コスモス》〟化して行くかという所に、文芸としての『平家物語』の課題があったのであるが、その混沌の動態、すなわち作品の素材としての文章資料の蒐集・排列整理の機械的作業の跡を最も濃厚にとどめるのが平家現存諸本中、延慶本なのであり、それは他諸本とかけ離れた特色なのである。

逆に「濃厚にとどめ」ないのも、重要な徴証だと思われ、改めて諸本の総体をとらえ直してゆかねばなるまいが、[7]水原が原『平家』という観念を断ち切り、それとの関連で「『平家物語』のような歴史文学にあっては、『まずはじめに作者ありき』という前提は正しくない」といって、在来の作者論そのものを否定したことは、まことにもっともであったと思う。それと同時に、起源論的思考も研究そのもののなかで、克服さるべきではなかったか。[8]水原は「平家物語研究に従来顧みられていなかった〝素材論〟という部門を置くべき必要性」を指摘し、「それは〝作者論〟に対して大きく優先させるべきであり、〝諸本論〟の土台に据えられるべきものである」という。この「土台」という操作概念が実体視され、実体と錯覚された起源という観念に横すべりする危うさはないであろうか。さらにいえば、「素材」自体は文学ではありえない場合もすくなからず、よしんば文学であったとしても、伝存諸本の『平家』のようなかたちで文学であったわけではない。それがどこかで飛翔し、あるいは転換する。その決定的なポイントを、どのように方法化・理論化してとらえたらよいか。断るまでもないことと思うが、水原一は「素材」と「作品」とを同じ水準でとらえているわけではない。在来の安易な「作者」論を批判すべく、勢い余って……という傾向はなきにしも非ず、それがここにいう「決定的ポイント」をややあいまいにしてしまったように思う。

むろん、中世に文学と文学でないものとの境界がはっきりしていたわけではない。文学という概念も近代の場合とは異なる。私どもは近代の文学概念についてさえ、さして検討することもなく、ただもう文学というものが存在することにして、その中世的な形態を予測し、想定してきた。そして、岩田豊雄（獅子文六）の『海軍』、阿川弘之の『山本五十六』、大岡昇平の『レイテ戦記』、さらには石原吉郎の詩集『サンチョ・パンサの帰郷』、司馬遼太郎の『坂の上の雲』（これは日清・日露戦争を秋山好古・真之兄弟をとおして描いているが、同時にいわゆる太平洋戦争の文明論的な批判にもなっている）や、あるいは文語体で書かれた吉田満『戦艦大和ノ最期』といった作品とは、あきらかに異なる軍記文学なる概念を継承し、『平家物語』や『太平記』をいまもそれに帰属させてきたのである。そのことを問い直さずに、いきなり飛翔とか転換とかいってみても、ないものねだりになってしまう。その問いは百科事典や教科書に記されているような答えを予想していない。そういう答えが与えられ、それを受容した刹那、すべては停止する。問いは問われつづけることで、問いたりうる。「決定的ポイント」についても、同じことがいえるであろう。ついにそれをつかんだぞ、と思って掌を開いてみたら、何と死骸が出て来たからといって驚いてはいけない。しかもなお、決定的ポイントは求められつづける。そのポイントに食いこんでくる何ものかを、仮初《かりそめ》に「作者」と呼んでおく。その「作者」は「紫式部」と呼ばれ、「西鶴」と名乗り、「漱石」であったり「鷗外」であったりする、あの作者なのだ。「作者未詳」と名づけられてもよいし、作者群というような多数の集合体であっても構わない。彼らの存在なしに、作品は成立しがたいのである。それならば、話は振り出しに戻ってしまったことになるのか。

そうではない。軍記文学、例えば『平家物語』の作者を確定できないのは、『平家』の成立過程が、他の領域の作品に比べて複雑だから、というのは一応の理由になるが、それに比べて単純な成立過程を経た『方丈記』の場合でも、略本『方丈記』をどう位置づけるか、果たしてそれを長明の作と見てよいか、議論は尽きまい。根本的には起源としての「作者」論に、『平家』研究自体が囚われてしまったところに陥穽があるのであって、既成の文学観の枠内で「作者」なるものを追いかけることの、いわば制度的欠陥が、作品成立過程の複雑さによって増幅され露呈した、と評すべきであろう。つまり、作品のなかから読者（あるいは聴衆）が作者と思われる存在を想像し、その心情や主張（あるいはときに行動までも）を、作品に先立って存在する作者と同一視し、そこに描かれた作者像を作者と錯覚し、それを起源として作品を読み解こうとする。そして、そういう転倒した方法を、文学の核心に迫るものと思いこんでしまう。さらに悪いことに、史実として存在した鴨長明《かものながあきら》や卜部兼好《うらべのかねよし》、夏目金之助や森林太郎の伝記的な史料を、「実証」の手つきで作者像なるものに付着させてゆく。こうして起源としての「作者」は疑いえない確固たる人物として、どこにも存在せぬままに、存在しつづける。そして、「この文（あるいは作品全体）で作者は何をいおうとしたか、考えてみよう」という、制度化された問いが、あきもせず反復される。そのような状況のなかで、転倒した制度の呪縛から解放される条件に、軍記とくに『平家物語』研究は恵まれていた、といえよう。二系統の原作『平家物語』を想定する水準にまで達していたのだから。しかし、制度的な問いは持続し、解放は部分的にしか起こらなかった。不遜なことではあるが、そういってよいかも知れない。私のいう「決定的なポイント」は、そういう問いによっては見えてこないはずである。

よくいわれるように、作者はただ作品を書く（語る）だけでなく、同時にほかならぬ作品の読み手（聴き手）でもある。書きながら読み、読みながら書いている。その読みは一義的とはいえず、作者の思考を超えて多義的であり、何が何やら作者自身にも予見しかねる、とらえどころのない運動態としての創作活動の一部なのだ。そういう多義的で乱雑な読みがなかったら、同義反復するほかはなく、書く力はたちまち涸渇する。まして、時空を同じくした場合も、異《こと》にした場合も、作者以外の人々の読みは測りようもないほどに多様であり、強引に一義的に律することはできまい。単一の答えの強制、――それはつねに権力的である。それはそれとして、『平家物語』における四部合戦状本と延慶本との、あるいは異なる作品『方丈記』と『徒然草』との間の差異、すなわちそれぞれのテキストに刻みつけられた徴証としての、ある種の特異性を、作品の読み（乃至は解釈）における仮初の「作者」の実現と見てよいと、私は考える。仮初の「作者」はテキストにおける表象であり、その限りで「決定的なポイント」たりうるから、「仮初」の語感から、不当に軽視されてはなるまい。

『平家物語』の叙述は歴史・文学・思想等の領域へ引き寄せられて、いわば多極化した表現として成立する。私がたまたまドミニク・ラカプラの、一九八〇年に発表された論述を読んでいて、いずこも同じか、とつぶやいたのは、しかし偶然ではない。ラカプラはほんのすこし、用心深い態度を見せて、「わたしとしては意図の重要性を否定するつもりはないし、意図と、テクストの中で、あるいはもっと一般的にいって言説の中で、起こることとの関係を明確にしようとする試みの重要性を否定しようとも思わない」といって相手を油断させ、いきなり切りこむようにして、「この見方には、ひとつの発話にはひとつの意味しかないとする傾向ばかりか、著者とテクストとの関係は私有の関係であるとする傾向がみられる。この見方によって許されるのはせいぜいのところ、ひとつのテクストの中の分裂や対立傾向とか、テクストとそのテクストの分析的分類との関係とかいういずれも極度に単純な観念にすぎない」と説いている。[9]思想史のほうは、文学と比べて具象性に乏しく、抽象性が強いことが多いので、著者（思想家）とその著述（論述）との関係は見えにくいように思うが、ここでも著者と著述との関係で前者は後者に対する起源と見立てられがちであろう。しかし、ラカプラによれば、そういう見立ての有効範囲は「極度に単純な観念」に限られる。同時にそれは「圧倒的に規範的な姿勢」として、否定的に評価される。[10]ラカプラはいう。

テクストについてはいろいろな考え方があるにせよ、なによりもテクストは言語の歴史における出来事である。このような多価値的出来事を複雑な言語使用として理解するには、そのテクストの中で、そしてそのテクストを現に読んでいる読者の中で「実際になにが起こっているのか」という問いを改めて提起することを知らねばならない。

『平家物語』と限らず、私どもは「テクスト」について、存在としての、それこそ書店や図書館や書斎の書架から取り出すことのできる書物としての意味に呪縛されてはならない。ここにいう「テクスト」は、書き（語り）、読む（聴く）という運動態において、「多価値的な出来事」として出現する。その場合、その「出来事」へ向けて「何が起こっているのか」という問いをたえず生起させることが必要である。そのことを理解するのに、何もラカプラを手がかりとしなくともよいではないか、といわれたら、まったく仰せのとおり。ラカプラはこれを思想史の方法として述べているのだが、しかしこれは文学にも歴史にも、あてはまると思うので、ことさら引用した。そして、私のいう徴証としての、仮初の「作者」とか「決定的なポイント」とかいうものは、この「テクスト」の実現されるなかで、出会いうる。[11]

二　神話と宗教――もしくは混迷への誘い

いま、私はかなりしんどい作業を始めてしまい、恥も外聞もなくじたばたしているのだが、文学に思想（宗教）や歴史を重ね、その上起源論なんぞといいつのると、何がどうなってゆくのやら、見当もつきかねる。起源論とはすべてこの世界とそこに生起する森羅万象を起源の力によって説明しようとするもので、人力を超えた起源なるものを神といいかえれば、根源的な神によって存在と出来事を解釈する物語、つまり神話を意味する。抱え切れないものを、身の程を知らずに全部抱えこんだ気がするが、窮余の一策、ロラン・バルトの一九七一年の講演という「天使との格闘――『創世記』三二章二三～三三節のテクスト分析」（『物語の構造分析』花輪光訳。みすず書房、一九七九年）のごく一部を、かいつまんで読み直してみたい。まずテキストとなる『創世記』三二章からバルトが引用したところを、さらに抄出する。ヤコブが家族たちを連れ、ヤボク河を渡らせるときの話である。

（二四節）彼は彼らを連れて急流を渡らせ、自分が所有しているものもすべて渡らせた。（二五節）そしてヤコブは一人だけ残った。そしてある者が夜の明けるまで彼と格闘した。（二六節）彼は自分が勝てないのを見て、相手の腰の関節を打ち、ヤコブの腰は格闘しているあいだに脱臼した。（二七節）彼は言った。《夜が明けたので、わたしを放せ》。しかし、ヤコブは答えた。《わたしを祝福してくれなければ放さない》[12]。

彼「神」はヤコブを祝福する。ヤコブはこの場所をペヌエル「神の顔」と名づけた。

（三二節）日が昇ったとき、彼はすでにペヌエルを通り過ぎ、その腰のためにびっこをひいていた。（三三節）だから、イスラエル人たちは、今日にいたるまで、腰の関節のところにある座骨神経《すじ》を食べない。というのも、彼がヤコブの腰の関節の座骨神経《すじ》を打ったからである。

神が人の世にその姿を現わすのは、異例中の異例の出来事である。人の世の現実の在り方をおびやかすといってもよい。それゆえ、その儀礼は秘儀とされる。神話では「天つ神」としてのホノニニギは、「瑞穂の国」に降臨して「現《あき》つ神」となる。後述するごとく、即位した天皇は大嘗祭において、ホノニニギの降臨を演じて「現つ神」となる。それゆえ大嘗祭は秘儀なのである。たんに重要な儀礼だから秘儀なのではない。沖縄久高《くだか》島のイザイホーも同様であろう。ヤコブと格闘した神は、ヤコブを持て余し、反則気味にヤコブの腰の関節を打った。そのことで、神が現前した印《しるし》、聖痕を遺したのである。その出来事は聖なる秘儀となりうるが、他方では現実にはあってはならない行為として、秘匿されねばならない。禁忌《タブー》はこうして生ずる。恐らくイスラエル人たちが羊の腰の関節のスジを食べないのは、そのためであろう。しかし、ここで、徴証としてのロラン・バルト、あるいは論述それ自体としてのバルトがこだわるのは、そのような禁忌ではなくて、「テクスト」が読みにおいて多価値的な運動態として現象すること、つまり『テクスト』を、何であれ一つの記号内容（歴史的、経済的、民間伝承的、ケリグマ的）に還元せず、テクストの表意作用《シニフィアンス》を開かれた状態に保つようにすること」である。そういう状態のなかから、「ヤコブ（イスラエル）に標識を与えることによって、『神』（または『物語』）は、秘儀解釈的な意味展開を可能にする」のであって、神はイスラエルを選ぶというメッセージを機能させ、その意味で「言語創設者《ロゴテート》」となる。いいかえると、テクストは新しい運動態として現象し、ヤコブはその「形態素《モルフェーム》」となる。バルトはそのようにいう。

いかにも、「われわれはテクストの《真実》ではなく《生産》を読みとるのである——《生産》は限定ではない」と述べているバルト、というよりはそういう論述としてのみ出現するバルトに、まことにふさわしい読みといえよう。運動といい生産というのは、単一の意味を決定するのでなく、その逆を志向しつづける。したがって、その読みは、ときにテクストの同一部分を神話たらしめ、あるいは宗教たらしめる。同時にこの読みは神話と宗教の区別を怠り、安易に両者を重ねあわせた論述を、根本からくつがえす。問題は格闘がヤコブ自身の渡河の前か後か、いつおこなわれたか、にある。河を渡る前と解すれば、「神話的指向が圧倒的に強い」民話的な読みが可能になる。「格闘の試練（たとえば、竜や河の精との格闘）は、主人公が障碍を乗り越える前に課せられる」（強調傍点バルト）というわけなのだから。ヤコブが一族とともに河を渡り、一人そこに残っているとしたら、「渡河に構造的目的性がない」と考えうる。そのかわりに、渡河は「宗教的目的性」を持つことになる。「孤独によって標識を与えられるためである（孤独は、神に選ばれる者のよく知られた偏差なのである）」（同前）からだ。しかもその先に混迷が仕掛けられている。神話なり宗教（思想）なり、あらかじめ領域が明確に区分され、個々の著作（作品）がそのいずれかに帰属することが決定しておれば、我々は安心してその分類に服従すればよい。しかし、そううまくはゆかない。バルトの記述にはいささか唐突に、「しかしテクスト分析者は、わたし自身の印象から判断すると、こう言わざるをえないが、二つの理解可能性のこの種の摩擦を賞味するであろう」（同前）とあり、そこには文学まで喚起されている。すなわち、我々は「摩擦」を「賞味」するよう期待される。

くどい申しようになって恐縮であるが、どうやらエウリピデスの『バッコスの信女』のごとき世界に迷いこんでしまったらしいな、と覚悟して、かえりみれば、『平家物語』を軍記と名づけられた文学としてとらえ、その起源を原作者や原作『平家物語』に求め、文献操作上それが困難な状況のなかで、できる限りそれに近似した伝本を想定しようとするのは、軍記テキスト群の持つ有利な条件を、ことさら不利な条件として限定し、その読みの展開を阻止することになってしまう、と覚《さと》ることになる。

三　王権神話の転換——中世の創始とは何か

軍隊の凱旋を私は見物したことはないが、国内と国外とを問わず、敵軍を打ち破り、栄光に輝く将軍は胸を張って馬上にあり、戦士は隊伍を組んで威風堂々と行進する。群衆は歓呼してこれを迎え、君主はその功を嘉《よみ》す、といったところであろうか。しかし、こういう風景ほど、日本の伝統的王権にそぐわぬものはない。近代を別とすれば、である。その近代でも、日中・太平洋戦争中に小学校（当時国民学校）の生徒だった私が、教師に引率され学友たちと迎えたのは、戦死者の遺骨を胸に抱えた兵士の隊列、いわゆる英霊の「無言の凱旋」であった。「凱」は勝つ、「旋」は還るの意である。「敗退」「退却」を「転進」といいくるめた軍部やこれに同調した新聞は、死者の葬列をも「凱旋」と称した。グスタフ・マーラーの歌曲集『子供の不思議な角笛』の「死んだ鼓手」（「起床合図」）を、耳傾けて聴くべきであろう。私どもには構造的な何かが欠落していたし、それはいまも社会全体で共有されていないように思われる。伊藤喜良《きよし》は天慶三年（九四〇）将門の乱を鎮めるべく派遣された征東使大将軍藤原忠文が入京するときも、翌年純友の乱を平定した山陽南海両道追捕使小野好古が入京するときも、いずれも河辺で祓《はらえ》（解除）をおこなったことを指摘している。伊藤によれば、その法的根拠は『貞観儀式』にある。[13]『貞観儀式』と推定される『儀式』[14]巻第十にしたがえば、将軍は出発に際し、勅書と節刀を授けられ、帰還すると節刀を返上する。むろん、将士に応分の行賞はあろう。しかし、「将軍進ス二節刀ヲ一儀」より前に、まず左のごとき儀礼がおこなわれた。

其将軍入京之時、去レ京一駅、先遣二軍曹一申二事由一、仰二大蔵省一（設イアリ）幄於便河辺、遣二神祇官一祓禊、久経二戦場一、多二戮殺裁一之故、

其《そ》の将軍入京の時、京を去ること一駅、先《ま》づ軍曹（戦時編成軍の職の一つ）を遣《つかは》して事の由《よし》を申せ。大蔵省に

仰せて、幄《あく》（天幕）を便なる河辺に設け、神祇官を遣し祓禊《はらへ》す。久しく戦場を経て、戮殺の裁（切る）多きゆゑなり。

大祓の祝詞にいう「国つ罪」のなかの「生膚断《いきはだたち》」「死《しに》膚断」のおこなわれた現場から帰還する将士は、穢れをその身にいっぱい付着させている。清らかなるべき天皇のいる都へ入るためには、国家的に見て大功ある軍隊といえども、いや大功あるがゆえにかえって、神話上の罪を負う者どもとして、祓い清められねばならない。まるで陰陽師によって祓われる疫神なみの扱いようである。それゆえ、宮廷内での「いくさ語り」なぞ、問題外である。将軍はこう復命するだけである。

征㆓某賊㆒大将軍姓名奏久、賜志節刀進止、

某《なにがし》の賊を征したる大将軍姓名《（だれそれ）》奏すらく、賜《たまはり》し節刀進《まゐら》すと。

戦闘の状況報告は不必要である。というよりは控えなくてはならない。穢れにみちみちた物語は、けっして語られてはならない。大将軍藤原忠文が平将門という賊を討ち、出陣に際して授かった節刀を返上したことが確認されれば事足りる。反乱の報に接した天皇や貴族が、どれほどおびえ、うろたえたか、その痛切な体験は、あたかも返上された節刀が兵庫に収められるように、どこか政治的な意識の及ばぬところへしまいこまれ、制度的に忘却せしめられる。念のためにいえば、『儀式』の記す儀礼では、登場人物の発語はけっして多くはない。しかし、それらはほとんど年中行事に相当する儀礼である。異常事態としての兵乱とは違うはずである。だが、将軍以下の凱旋は年中行事と同じ水準におかれ、尋常の年中行事の秩序が回復されるのだ。こうして、時間は季節的な循環におきかえられ、歴史から遠ざけられる。

『養老軍防令』(15)の印象は、これと異なる。

凡《およ》そ大将《だいしやうしやう》征に出《い》でば、皆節刀授《たま》へ。辞訖《をは》りて、反《かへ》りて家に宿《しく》すること得じ。其れ家京に在らば、月毎に内舎人《ないしやにん》

を遣《や》りて存問せよ。若《も》し疾病《しちびやう》有らば、医薬給へ。凱旋の日には、奏して使を遣りて郊労《けうらう》せよ。

「若し疾病有らば」というのは、『令義解』[16]によれば、大将の父母妻子のことである。そこまで行届いた思いやり。

『令義解』はさらに注していう。

郊労者。邑外曰レ郊。賓至迎二労之於郊一。是也。

郊労は、邑《いふ》の外を郊といふ。賓至らばこれを郊に迎へ労《ねぎら》ふ、これなり。

壬申の乱のとき、大海人皇子（天武天皇）側の諸将は大友皇子の首を不破《ふわ》の大海人の本営に持参し、これを献じた。死や血の穢れが忌避された様子はない。軍防令の語る凱旋も、触穢の観念にがんじがらめにされているというよりは、むしろこれに近い。客を迎えるがごとくに凱旋する軍団を迎え、その労をねぎらうのである。令によれば、三千人以上の軍団の出発の日には、「侍従《じじゆ》を使に充《あ》てて、宣勅慰労《ゐらう》して発《た》て遣《や》れ」とある。凱旋の日の郊労は、これと対応している。しかし、平将門の乱のときは、いささか違ってくる。将門の旧主といわれる藤原忠平の日記『貞信公記抄』[17]天慶三年（九四〇）正月七日条には次のごとく記されている。

奉レ遣二使者於伊勢大神宮一、令レ祈二申兵乱事一、但無二御幣一、縁レ有二宮中穢一也、是故実也。

使者を伊勢大神宮に遣《つかは》し奉る。兵乱の事を祈り申さしむ。ただし、御幣無し。宮中の穢有るによりてなり。これ故実なり。

国土のうちに兵乱がおこったことは穢れである。それは大祓《おおはらえ》という儀礼がそうしたように、「天の下四方《よも》の国」から祓い清められなくてはならない。その大祓の祝詞《のりと》には「天の下四方の国」の前に、「皇御孫《すめみま》の命《みこと》の朝庭《みかど》を始めて」「天皇《すめら》が朝庭に仕へ奉る官々《つかさづかさ》の人等《ひとども》を始めて」という一句があった。[18]繰り返し述べてきたように、天皇は即位すると三種の儀礼をおこなう。践祚《せんそ》と狭義の即位と大嘗祭とである。践祚では天皇の位を象徴する宝器（レガリア）を継承する。狭儀の即位の礼では天皇は大極殿の高御座《たかみくら》に立ち、即位の宣命が読みあげられる。大嘗祭では新帝は高貴の人からいったん「天つ神」に変じ、「天上《あめ》」（高天《たかま》の原）から「瑞穂《みづほ》の国」へ皇孫ホノニニギが降臨する所作を象徴的に演じて、「天つ神」とも「国つ神」とも異なる「現《あき》つ神」となる（これを「現人神《あらひとがみ》」と呼ぶのは正しくない）。大祓の祝詞に「天皇が朝庭」とあるのは、現実の君主が即位し、律令国家の王権の核心にあることを示唆し、「皇御孫の朝廷」とあるのは、「現つ神」の降臨を王権の起源に回帰するかたちで確認するのであり、両者は重ねあわせてとらえられている。大嘗祭はたんなる収穫を感謝する農耕儀礼や服属儀礼ではない。[19]それはそれとして、話は一〇世紀前半、もはや記紀神話や令制祭祀がそのまま王権‐国家を神話的に支えうる時代ではないが、はるか東国の兵乱は「皇孫」の「宮中の穢れ」とされ、その穢れが皇祖神を祭る伊勢神宮に及ぶのを避けなくてはならない、というわけだ。それゆえ、兵乱の鎮圧を祈るにも御幣を捧げることは、「故実」として禁じられる。

このような事情があっては、「いくさ語り」の成立は、なかなか困難である。『本朝世紀』[20]の記事であるが、大慶四年八月、藤原純友を討った小野好古が凱旋、入京したとき、藤原忠文の入京の例にならって、山崎の津で祓えがおこなわれたという。

去年征東使大将軍藤原忠文朝臣入京時、公家遣二神祇官等一、相二迎使河辺一、行二解除事一。

去年征東使大将軍藤原忠文朝臣入京のとき、公家、神祇官等を遣はし、使（征東使）を河辺にあひ迎へ、解除《はらへ》の事を行ふ。

郊労にも戦場での殺戮の形迹を神話的・儀礼的に除去するという、隠された機能が、まったくなかったとはいい切れまい。しかし、王朝儀礼国家の権力側に、こうまで穢れにこだわられると、鼻白む心地になる。『貞信公記抄』には天慶三年五月十五日に忠文は入洛し、節刀を返上したとある。注目すべきはその二日後、十七日条の記述である。

大将軍来、良久談説、

大将軍来たる。やや久しく談説す。

ここで忠文は忠平に対して非公式に、といってもたんなる私的な会話にとどまらぬ「いくさ語り」をおこなった、と私は推察する。それは半《なか》ばは公式的な戦闘の経過・状況の報告であり、論功行賞への布石でもあったろう。忠文の場合は、現地へ到着する前に将門が討たれてしまったので、直接自分が経験したことを語ったとは限らないし、弁明する必要もあったかと推察されるが、だからといって「節刀をお返し致します」と奏するだけですむはずがない。将門を直接討伐した下野押領使藤原秀郷らにいたっては、なおさらであった。彼らは反乱の首領将門の首級を東国から都へ持ちこんだ。『師守記』(21)天慶三年五月三日条には、

近日、坂東賊首平将門頭、於二東市一令レ見二諸人一。

近日、坂東の賊の首《かしら》平将門の頭《かうべ》、東の市《いち》にて諸人に見せしむ。

とある。東国の武士たちにしてみれば、「こっちは生きるか死ぬかの修羅場のなかで戦い、朝廷を大騒ぎさせた賊の親玉の首をとり、はるばるひっさげてきたんだぜ。やれ穢れだの肝魂を消すだの、よくいうよ。へっ、白粉《おしろい》ぬったオエラガタに何ができるか。さあ都の衆よ、盛り場にさらしとくから、とくと見てくれ」といった権幕であったと思われる。忠平はまずいなあと感じ、何とか手を打とうとしたが、すでに時機を失していた。市に群集する見物は「いくさ語り」の受容層となってゆく。聞きかじりの噂話も、尾鰭をつけて彼らの間に広まる。それも「いくさ語り」の一部と化す。軍記の基本精神を求めるとしたら、それはこの辺りから出てくるように思われる。それは予想もできぬ不意討ちのようにして現われる。

『将門記』(22)はこの「不意討ち」に応えて成立した。それはたんなる反乱の叙述にとどまらず、東国に王権が成立する

仕方を、神話的に構造化しようとする果敢なる試みであった。それでなくては、かの「不意討ち」に応えがたい。

　時ニ一昌伎《カムナギ》アリ、云ヘラク、「八幡大菩薩ノ使ヒ」ト懴《クチバシ》ル。「朕《チン》ガ位ヲ蔭子《オンシ》平ノ将門ニ授ケ奉ル。其ノ位記《キキ》ハ、左大臣正二位菅原ノ朝臣ノ霊魂表《ヘウ》スラク。右八幡大菩薩、八万ノ軍《イクサ》ヲ起シ朕ガ位ヲ授ケ奉ラム。今須《スベカラ》ク卅二相ノ音楽ヲ以テ、早ク之ヲ迎ヘ奉ルベシ」ト。

この記述の前に、上毛野《かみつけぬ》（上野《こうずけ》）の介であった藤原尚範《ひさのり》が国庁の印鎰《いんやく》（国印と正倉の鍵）を将門に奪われたとある。印鎰を掌中にしたことは、将門がその国の治政の公権力を掌握したことを意味する。すでに将門は常陸・下野の国衙を攻略し、国司を任命していた。「諸国ノ除目ヲ放ツ」（傍点桜井）とあり、ほしいままに発したの意をうかがいうる。これに、

　斯《ココ》ニ於テ自《ミツカ》ラ製シテ諡号《イミナ》ヲ奏ス。将門ヲ名ヅケテ新皇《シンクワウ》ト曰《イ》フ。仍テ公家《コウケ》ニ、且ハ事ノ由ヲ奏スル状ニ云ク。

という記述がつづく。「自ラ」とは武蔵権守や常陸掾藤原玄茂《はるもち》のことで、将門は輩下に推戴され、都の「本天皇」に対抗するかたちで「新皇」の諡号を贈られた。生前の諡号は異例であり、また諡号としても異様であろう。(23)「公家」への奏状というのは、この度の出来事の次第を述べたもので、「抑《ソモソ》モ将門少年ノ日ニ、名簿《ミヤウブ》ヲ太政《ダイジヤウ》ノ大殿ニ奉リテ数十年、今ニ至ル」とあるように、私的に主従関係を結んできた藤原忠平にあてている。書状に「将門国ヲ傾クルノ謀ヲ萌《キザ》セリト雖《イヘド》モ、何ゾ旧主ノ貴閣ヲ忘レム」とあり、将門は忠平とのこの関係を重視している。そこには、たしかに「本天皇」の王権‐国家へのとりなしを期待するという趣意もあろうし、時間かせぎをするという策略もないわけではあるまい。「将門已《スデ》ニ柏原《カシハハラノ》帝王（桓武天皇）ノ五代ノ孫ナリ。縦《タト》ヒ永ク半国（日本の国土の半分）ヲ領スルモ、豈《ア》ニ運ニ非ズト謂《イ》ハンヤ」と豪語するのも、伝統的な王権を背景にしており、『将門記』本文に坂東八ヵ国と伊豆の除目を発し、内《ない》印（天皇御璽）と外《げ》印（太政官印）を定め、「天位ニ預カルベキノ状ヲ太政官ニ奏」したというのも、甘いといえば甘い状況

判断であった。果たせるかな、「仍テ京官大ニ驚キ、宮中騒動ス」という事態になった。これらの記述をひとまず史実としてとらえ、将門の乱の経過をたどるようなやり方に、私はにわかにはしたがいがたい。後代の『平家物語』や『太平記』を読む場合と同じような扱いをすべきであると考える。ただし、現実の平将門について、上横手雅敬の説くごとく、「新皇が本皇によって承認され、本皇に朝貢する関係を将門は考えていた」というような、中途半端で未熟な政治的立場が認められるとすれば、この場合はある程度作中人物としての将門にも、同じことがいえるであろう。

しかしながら、あえていえば、将門を「新皇」とする東国国家の本領は別なところにあった。『将門記』の語る、その王権―国家神話は、律令国家や王朝儀礼国家の伝統的王権とは異質であり、構造の上で対極をなす。さかのぼれば七世紀後半から八世紀初め、さらに限れば天武・持統朝を中心とする律令国家の成立期に、天皇は「現つ神」であることを示すべく、「瑞穂の国」に降臨する「皇孫」ホノニニギを演じ、大嘗祭の秘儀をおこなった。記紀神話によれば、降臨に先立ち、地上では罪・穢れをもたらす神々は平定され、神話的に祓い清められた。王権―国家を拡大・強化すべく、君主が先頭に立つようにして征服戦争をおこない、さらには水田稲作農耕と限らず、狩猟を生業とする人々と生活をともにするということは、日本の王権においても、当然ありえたのであるが、それらは神武天皇や雄略天皇の物語に封じこまれ、基本的には王権の神話と祭儀から排除された。殺戮をふくめた死や流血は穢れとして忌避された。

ルネ・ジラールは人間的な社会としての「共同体」が成立するためには、人間的な力を超えた「創始的暴力」が発動し、その力を転換することで、これまた人間的な力を超えた「聖なるもの」が「共同体」の起源において現われなくてはならない、と述べている。そういう「共同体」の起源を、いちはやく掌中に収めとるのが王権であり、逆にいえば王権とはかような神話的観念に包まれて、初めて成立する。ジラールは「王はきわめて不吉なものであり、また、きわめて良きものなのである」という[24]。その意味では日本の伝統的王権は、人間的な「共同体」を発生せしめる起源の力を回避し、これを欠落せしめたといいうる。大祓では穢れを生ずる「天つ罪」「国つ罪」を排除するのは、「現つ神」としての天皇ではない。そもそも天皇はこの儀礼に出席しないのである。さりとて、その役割を果たすのは、アマテラスやタカミムスヒのような「天つ神」でもなく、土着の「国つ神」でもない。これらの神は「瑞穂の国」が祓い清められたことを聴くばかりである。祝詞のなかのセオリツヒメからハヤサスラヒメまでの四神は、祓われた「罪」を「根の国、底の国」まで順送りに運び、消滅せしめるのであって、祓い清める行為の主体ではありえない。むろん、中臣は一定の所作をするが、アマテラスやホノニニギをはじめ諸神に代わって「瑞穂の国」を清めるというほどの力はない。中臣の駈使するのは、言霊としての祝詞の威力であろうが、それにしても、どんな「聖なるもの」を呼びおこす力がそれを「宣《の》る」のか、はっきりしないままである。そのような神話と儀礼のなかで、「創始的暴力」は「聖なるもの」へと転換されがたく、「怨霊」として畏怖され、鎮撫されるにとどまる。それさえ、神祇官による令制祭祀だけでは非力で、律令仏教の力に大きく依存した[25]。班田制が崩壊し、王朝・儀礼国家の形成期に入っても、「創始的暴力」は宮廷儀礼のなかにとりこまれず、それを矮小化した「怨霊」の恐ろしさだけがますます強調された。仏教（とくに密教）や陰陽道の儀礼がしきりにおこなわれたが、王権が世界の中心に位置したり、これを動かしたりするという観念は、律令国家よりも保ちがたくなり、天皇（のちに院も）・貴族・社寺等の諸勢力の構成する王権-国家の中枢では年中行事が宮廷で「公事」として重視され[26]、すでに指摘したように、歴史的な時間は季節的な循環へと置換され、最初に春夏秋冬の四季の部立をすえて構成される勅撰和歌集は、国家の中枢を美的共同体化した。

　これに対抗するようにして将門の東国国家の王権はその神話性を示そうとする。忠平あての書状のなかで、「昔ハ兵威ヲ振ヒテ天下ヲ取ル者、皆史書ニ見ル所ナリ。将門、天ノ与ヘタル所既ニ武芸ニ在リ。思ヒ惟《ハカ》ルニ、等輩誰カ将門ニ比セム」といい、みずから勅して、「将門苟《イヤシ》クモ兵《ツハモノ》ノ名ヲ坂東《バンドウ》ニ揚ゲテ、合戦ヲ花夷（都と地方）ニ振フ。今ノ世ノ人ハ、必ズ撃チ勝テルヲ以テ君ト為ス。縦《タト》ヒ我ガ朝ニ非ズトモ、僉《ミナ》人ノ国ニ在リ」といい放った。伝統的王権と違って、国外に視野を広げ、「兵威」「武芸」の実力によって君主となることができるのだと断言したのである。その権威を観念的に支えるのが、八幡大菩薩であり、菅原道真の御霊であった。八幡については養老の隼人討伐において武神としての役割を果たしたとされており、さらに応神八幡信仰の発展とともに、異国を降伏《ごうぶく》せしめた戦神《いくさがみ》として、その地位はいよいよ高くなった。神仏習合の深まる過程で、八幡は隼人を殺した罪を負ったとされ、放生会をおこなうよう託宣するのだが、宇佐放生会は殺戮のなかから現われた神が蜷《にな》放生による供養を受け、阿彌陀信仰とつながる迎講により神格を変じ、小椋《おぐら》山の本宮に入るという祭儀であった。それこそ、神話上の暴力的な起源が人間の「共同体」に秩序をもたらすべく転回をとげるという構造を隠していたのだ、といいうる。(27) 石清水放生会はこのような構造を持っていないようであるが、北野天神創祀に関与した巫女多治比文子《たじひのあやこ》の名を冠した文江《あやこう》自在天神の神輿や宇佐八幡大菩薩の神輿が一団となり、遷却祟神すなわち村送りのかたちで各地を巡り、最終的に石清水八幡へ送りこまれた。天慶八年のことであった。その神格は特定しがたいが、将門王権を支える神と呼応し、共通するものがあった。

　しだら打てと　神は宣《のた》まふ　打つ我等が　命千歳

神輿を囲んだ人々が舞いながらうたった童謡《わざうた》の一節である。(28) ここからもうかがいうるように、道真の御霊であれ、将門の乱の奥にある神であれ、すでにジラールのいう「暴力」から「聖なるもの」への、起源における転換が認められると思う。

敗死した将門に対して、『将門記』は「天罰」と評するが、なおも、

　哀《カナ》シキ哉《カナ》、新皇ノ敗徳（徳にそむく）ノ悲ビ、滅身ノ歎キ、譬《タト》ヘバ開カムト欲スルノ嘉禾《カクワ》（めでたく開花する穀類）ノ早ク萎《シボ》ミ、将《マサ》ニ輝カムトスルノ桂月（月の異称）ノ兼ネテ隠ルルガ若《ゴト》シ。

とあるように、その死を悲しみ惜しんでいる。しかし、それとても、仏教思想に出会うことによって、作中人物将門はかえって宇佐放生会の八幡のごとくには転回できなくなり、「悪趣」に堕ちることになる。

痛マシキカナ、将門悪ヲ造リシノ時ハ伴類ヲ催シテ以テ犯シキ。報ヒヲ受クルノ日ハ、諸ノ罪ヲ蒙《カウブ》リテ以テ独リ苦シム。

わずかに『金光明経』の功徳により、ひとときの救いがあるばかりだという。将門を追慕する東国の人々の信仰を離れて、もはや八幡も道真の御霊も出現しない「受苦」の冥界に、将門の「亡魂」は閉じこめられる。神と格闘したヤコブの話とは異なり、「やっぱり『公《おほやけ》』にそむいては、ろくな結末にはならないね」という、出来事を語りながら出来事たりえない物語になってしまうのだ。

四　不在と遍在——豊《とよのあかり》明の宴果てて

軍記文学の基本精神というものがあるとすれば、それはこのような物語にどう対峙するであろうか。いや、対峙それ自体のなかで、基本精神は多様なかたちで顕在化するといったほうがよい。例えば、『平家物語』はまず「諸行無常」という仏教思想を引っぱり出すところから始まり、季節的循環を仏教的な時間の流れに移行させるが、得長寿院を造進した功により、平忠盛に昇殿が許されたとき、これに憤慨した殿上人が忠盛を五節豊《とよのあかり》明の宴の夜に「闇討」しようと相談したと記す。酒宴にまぎれてとはいえ、内裏で暴力沙汰に及ぶ蛮勇が殿上人にあったとは考えられない。相手は武士であり、一方的にたたかれるとは思われず、万一にも血など流れたら、王権-国家をゆるがす一大事である。年中行事の重要性から見ても、触穢を忌む観念から申しても、そんなことはありえない。「闇討」を「暗殺」とする解釈もあるが、実際にはとても想像もできない。これに対して、忠盛が木刀に銀箔をぬって本物に見せて殿上人をふるえあがらせ、後日の訴えを予測して、木刀を主殿司《とのもづかさ》に預け、鳥羽上皇がそのやり方に感心した、という記述も、話を面白くするための虚構であろう。合戦という穢れが、都はもとより、東国西国全土に及ぶような状況をとりあげるべく、『平家物語』がまず提示したのは、「諸行無常」の教えであり、穢れと見えたものが、いささかも穢れではなかったという虚構のお話であった。物語の展開としては面白いけれども、さて、かの基本精神はどうなったであろうか。『平家物語』には「現実の肉体をもった者が殺されて血を流すという場面は、まったく現われない」(29)といわれるが、このことは、木曽義仲の討死や能登守平教経の入水をふくめた『平家』の合戦の叙述とどうかかわるか、そして『太平記』以降はどうなってゆくか、何とかたどってみたいと思う。

それはそれとして、とりあえず、私は中世神仏習合の世界の、未整理分をふくめ、厖大なテキスト群から、伊藤聡が抽出した伊勢灌頂の口伝の一つをとりあげておきたい。神宮文庫蔵『神道関白流雑部』所収「諸社大事」はいう(30)。

　蛇形とは三毒を表す。迷ふ時には流転の根源、悟る時には法性の源底なり。三毒とは貧瞋痴《とんじんち》なり。此の三毒は即ち一仏二明王なり。

伊藤によれば、「ここでは三毒の内証を阿彌陀（大日と同体）・不動・愛染（羅誐）とする解釈に立っている。そしてその根拠を、三尊の種子が各々三毒の象徴たる蛇を意味する訶字を父字としていることに求めている」と解される。梵字の「訶」字は「吽《うん》」字の父字であり、蛇形であると知覚される。そして、「同灌頂の中心たる吽字観とは、理智冥合・両部不二を表す吽字の中に、三毒にまみれた父母所生身たる我等の本体（神＝愛染明王＝法身）を見出すことに外ならなかった」とされる。この難解で錯綜した宗教的であり思想的でもあるテキストは、しかし意外に単純で明快な神話的構造を保持している。問題はそれがどのような表現の、同時に歴史の位相を示しているか、にある。軍記文学はそれと無関係に成立するのか。私どもの読みが試されているのだ。

注

（1）山下宏明『『平家物語』の〝原態〟〝古態〟ということ」（兵藤裕己編『平家物語――語りと原態』〈日本文学研究資料新集〉第七巻、有精堂出版、一九八七年。初出は一九八五年）。

（2）小西甚一「平家物語の原態と過渡形態」（前掲『平家物語――語りと原態』。初出は一九六九年。なお初出時に本論文は第一部とされ、小西の執筆であり、同名の信太周執筆の第二部と同時に発表された。

（3）山下宏明「『平家物語』と叙事詩論」（『語りとしての平家物語』岩波書店、一九九四年）。

（4）山下宏明、前掲「『平家物語』の〝原態〟〝古態〟ということ」。

（5）昔の自分のことを棚にあげて勝手なことをいっている、とのそしりを受けたときのために、ただそれだけのために、原『平家』と原作者との結びつきを基調とした、稚拙な私の論述を記しておく。桜井「平家物語の創造とその挫折」（『日本文学』第二巻第六号、一九五三年）、同「平家物語の相貌」（『日本文学』第六巻第五号、一九五七年）。前者で私は繰返し「作者のシチュエーション」ということを強調した。後者はもうすこしふっきれないかと念じはしたのだが――。

（6）水原一『延慶本平家物語論考』（加藤中道館、一九七九年）。

（7）とるにたらない文字どおりの小文に言及するのは汗顔かつ恐縮であるが、私自身は冨倉徳次郎『平家物語研究』（角川書店、一九六四年）が読みもの系と語りもの系の二つの原『平家』を想定したことにふれて、「かならずしも二つの原『平家』を考えなければならぬわけではなく、むしろ『平家物語』の古態形成の二側面と見なすことができよう」として、「両系統は増補の過程で叙事的な記事が追加されたのはもちろん、抒情的・唱導的性格を強め、物語的な再編成をつづけてゆくが、それとともに『平家』の古態に見られる表現の姿は、諸本全体の形成する全『平家物語』的な表現の構造のなかで多様化していった」と思いつきを述べたことがあった。桜井「『平家物語』の叙事性」（田村圓澄・黒田俊雄他編『日本思想史の基礎知識』有斐閣、一九七四年）。

（8）　小林美和は「要するに『平家物語』を論じる場合、『作者』という用語は、安易な形では使いづらい、不透明さを持っている」といい、「研究者をして、原態論へと向かわしめる主要な原因の一つは、ここにあるだろう」と述べ、作品論を重視し、そこでの読みの多様性・多層性を承認した。小林「『平家物語』研究の戦後」（『平家物語生成論』三弥井書店、一九八六年。初出稿は一九八五年）。ほとんど同じ時期に小林は「『平家物語』の成立を作品論として、追求するための読みは、延慶本を基本に据えるべきだ」といった直後に、「延慶本の作者の意図は、おそらく、歴史を物語ることにあった」（傍点桜井）と説き、作者の意図乃至方法を、「歴史資料との対話の中に、歴史の普遍的構造を認識し、それを語りかけてゆこうとする」ところに求めている。小林「『平家物語』の読みをめぐる問題」（前掲『平家物語生成論』）参照。論述自体、あるいは相互に、方法的ともいうべき亀裂が生じており、それは論述を読む者に宿る起源論的思考をも問いただす。同時に「作者」の「意図」を「方法」と重ねあわせることで、私のいう「徴証」としての作者（後述）に出会う道を開いてくれる。

（9）　ドミニク・ラカプラ「思想史再考とテクストの読み」（『思想史再考――テクスト、コンテクスト、言語』金井嘉彦、山本和平他訳。平凡社、一九九三年。原著は一九八三年）。

（10）　仏教史もしくは仏教思想史と称する研究的な論述のなかで、私どもはしばしば、宗祖とか高僧とか名づけられた人物（思想家）の教説が、弟子や教団や信者との間で「私有の関係」を保持したかのごとく説かれ、後者において当然生じた教義上の補修・変更やさらに世俗化にいたるまでのすべてを、「起源」としての宗祖・高僧から説明してゆこうとする方法に出会う。それこそ「極度に単純な観念」であり、「圧倒的に規範的な姿勢」として批判さるべきであろう。護教的でなくて、逆に仏教・宗派・僧侶に対して否定的・批判的な論述といえども、この点については、同様である。

(11) 例えば山本ひろ子『異神――中世日本の秘教的世界』(平凡社、一九九八年)の第一章「『平家物語』頼豪説話の構成とモティーフ」(この部分の初出は一九八八年)は、『平家物語』は、語り継がれていた過去の頼豪怨霊譚を巧みに挿入し、俊寛と平氏という呪詛する者―呪詛される者の関係を、頼豪―敦文親王(また堀河天皇)の関係に二重写しさせ、ひとえに安徳天皇の運命に関わらせて、平家一門の滅亡という物語の悲劇的結末を予感させる」という。この論述は、ほかならぬ「徴証」としての「作者」をさぐりあてている。

(12) ロラン・バルト「天使との格闘」は、みすず書房版によるが、R・バルト、ジャン・スタロバンスキー他『構造主義と聖書解釈』(久米博・小林恵一編訳。ヨルダン社、一九七七年)を併せ参照した。バルトはフランス現代語訳エルサレム聖書を用いており、日本聖書協会訳と異なる、と注記されている。

(13) 伊藤喜良「中世における天皇の呪的権威とは何か」(『日本中世の王権と権威』思文閣出版、一九九三年。初出は一九八六年)。

(14) 〈神道大系〉による。引用に際し、訓読文を加え、私意をもって補い改めたところがある。

(15) 〈日本思想大系〉による。原文は容易に見ることができるので、訓読文にとどめる。

(16) 〈新訂増補国史大系〉による。

(17) 〈大日本古記録〉による。

(18) 祝詞の訓読は、青木紀元編『祝詞』(桜楓社、一九七五年)による。

(19) これについては諸説あるが、桜井『祭儀と注釈――中世における古代神話』吉川弘文館、一九九三年)の参照を乞う。

(20) 〈新訂増補国史大系〉による。

(21) 〈史料纂集〉による。

(22) 訓読文のみ引用する。梶原正昭訳注『将門記』1・2(平凡社、一九七五・七六年)が綿密で、本稿もこれによるが、林陸朗校注『将門記』〈新撰日本古典文庫〉現代思潮社、一九七五年）を併せ利用した。

(23)「本天皇」は「本《もと》ノ天皇」と訓読されているが、上横手雅敬「『将門記』所収の将門書状をめぐって」（岸俊男教授退官記念会編『日本政治社会史研究』中巻、塙書房、一九八四年）は、「本院と新院、本補と新補、本座と新座等の例」になぞらえている。それにしたがえば、「本天皇《ほんてんのう》」と呼ぶのがよいと思う。ただ、「新の登場で本が消滅するような関係ではない」にしても、東国では都の王権の権威は一時的に失墜したと考えられる。

(24) ルネ・ジラール『暴力と聖なるもの』（古田幸男訳。法政大学出版局、一九八二年。原著は一九七二年）。なお、この問題については、桜井「〝判官びいき〟とその展開」（梶原正昭編『曽我・義経記の世界』〈軍記文学研究叢書〉一一巻、汲古書院、一九九七年）、同「王権と神仏習合」（『国文学解釈と鑑賞』第六三巻第三号、一九九八年）で、ややくわしく述べておいた。

(25) 青木紀元「日本書紀に見える仏典」（『祝詞古伝承の研究』国書刊行会、一九八五年）。桜井、前掲「王権と神仏習合」。

(26) 所功『平家朝儀式書成立史の研究』（国書刊行会、一九八五年）第三篇第一章「『年中行事』の成立」（この部分の初出は一九八四年）によると、「年中行事」という用語は、漢語に先例がなく、日本でも平安初頭以前には見あたらないという。いわゆる平安時代の王権・国家の儀礼の研究は近年めざましい展開を見せているが、まずは古瀬奈津子『日本古代王権と儀式』（吉川弘文館、一九九八年）、岡田荘司『平安時代の国家と祭祀』（続群書類従完成会、一九九四年）、そしてやはり速水侑『平安貴族社会と仏教』（吉川弘文館、一九七五年）を挙げておきたい。

(27) 桜井好朗「八幡縁起の展開」（『中世日本文化の形成——神話と歴史叙述』東京大学出版会、一九八一年。初出は一九七八年）、同「宇佐放生会について」（同前。初出は一九七九年）。

(28) 天慶八年の、いわゆる志多羅神事件については、柴田実「八幡神の一性格」（『中世庶民信仰の研究』角川書店、一九六六年。初出は一九五六年）参照。

(29) 小西甚一、前掲「平家物語の原態と過渡形態」。

(30)　伊藤聡「伊勢灌頂の世界」(『文学』季刊第八巻第四号、一九九七年)。関白流については、伊藤「関白流神道について」(『金沢文庫研究』第三〇三号、一九九九年)にまとめられている。

軍記文学の展開

軍記文学の展開と変容

——赤松氏の軍記——

山下宏明

一　はじめに

近松門左衛門作の悲劇『大経師昔暦』の話。人当たりのよい手代茂兵衛に思いを寄せる中居の玉の義侠心が、主人のおさんと茂兵衛の思いがけない密通事件を引き起こす。亭主、以春がお玉に言い寄ろうとする、これをとっちめようとする妻のおさんが招いた悲劇でもある。玉がおさんの身代わりになったのも悲劇の種であった。結果的に玉は「間男の中立した」罪を問われ、請け人の伯父に預けられる。その伯父は、

京近き、岡崎村に分限者、下屋敷をば両隣、中に挟まるしよげ鳥の、浪人の巣のとり葺屋根、見る影細き釣り行灯。太平記講釈、赤松梅龍と記せしは、

と言う。その梅龍自身が、玉を引き連れて来た憎まれ者の悪玉手代助右衛門に対し、

これお手代、この赤松梅龍が姪などを、むさと前垂奉公などに出すものではおりない、二親もないやつ、やうやう伯父が太平記の講釈、暮六つから四つ時分まで口をたたいて、一人に五銭づゝ、十人で五十銭の席料をもつて露命を繋ぐ、素浪人の伯父

とみずからを語る。太平記講釈に生活を立てる浪人の身。その姓を赤松と名のる。そう言えば、元禄年間初期の、上

下の別を問わず、人々の所作を描く『人倫訓蒙図彙』に、この赤松梅龍さながらの「太平記読み」が登場する。破れ衣に無精ひげ、右手に『太平記』とおぼしい冊子を持ち、左手は寒風を避けるためか袖にくるんでいる。背景は、まさに「浪人の巣のとり葺屋根」さながらの陋屋の門口。江戸時代に太平記講釈する芸人が生存し、浪人の身の者が多かったらしい。しかも、さらに早く慶長年間、徳川家康の面前で、赤松なる者が『太平記』を講釈したと言う。(1) 江戸初期の太平記読みに、赤松の姓を名のる者が多かったと言う。

時代は、さらに遡る。文永元年(一四六八)閏二月六日、赤松の一族である江見河原入道が、赤松円心の軍功の部分を読んだと記録される。「尤も当家の為に名望、之を聞くを幸ひと為す也」と『蔭涼軒日録』に記す。なぜだろう。遡れば村上天皇に達する赤松が名を出すのは、『太平記』が題材とする赤松円心こと、俗名則村以後のことであり、その本拠地である西播磨の地には、赤穂郡上郡町の白旗城跡をはじめ赤松氏ゆかりの法雲寺や宝林寺など、いまなおその遺跡の数々が土地の文化を物語っている。(2)『赤松系図』によると、この則村の三代前の家範が赤松を名のり、その父宇野則景の弟、将則の子息、景俊が江見河原を名のる。その甥、為範の子息、範家は佐用を名のり、『太平記』にも則村らと名を連ねて登場する。

この赤松一門が、なぜ浪人の身となったのかは、後に節を改めて述べることにするが、十五世紀の中頃、いわゆる嘉吉の乱に則村の曾孫にあたる満祐が、六代将軍義教を討ち取り、反逆者となったこと、それになんと言っても、関ヶ原の合戦に一門の則房が西軍に付き、お家とりつぶしに遭ったことが決定的であったと言える。しかしその浪人の身に落ちたという赤松が、なぜ『太平記』を読み、講釈したのか。上述の、早くも文永元年当時、江見河原が円心の軍功を読んだという事実に、嘉吉の乱を体験した後の赤松一門の『太平記』に寄せる思いがあったのではないかと推測させる。事実、後にこれを明らかにすることになろう。もともと『太平記』といういくさ物語は、足利の一門、今川了俊をして『難太平記』の一書を書かせる世界を語っていた。露骨に言って、南北朝の動乱に参加した武将たちの、政権の座についた足利将軍への献身、奉公のあり方をめぐって功績の実検を争う、軍忠実検争いをかきたてる物語であった。室町時代の赤松一門が義教に反逆する立場に回りながら、と言っても将軍自身を敵に回せない、その苦悩から『太平記』を語り、その複雑な思いを胸の中にひめていたのではあるまいか。表題の「軍記文学の展開と変容」と言えば、例えば、その『太平記』そのものが、赤松一門の血をかきたてる物語を語っていたのではあるまいか。『太平記』や能、『義経記』などの『平家物語』の受容と変容といったことが頭に浮かぶのだが、それらは別に論じたところ(3)なので、本稿では、『太平記』に登場する赤松の、その後の軍記の展開と変容を考えることとしたい。

二 『太平記』における赤松の語り

『太平記』において赤松が始めて登場するのは、その第一部、巻五の「大塔宮熊野落ちの事」である。元徳四年(一三三二)七月頃のこと、元弘の乱当時、後醍醐天皇が笠置に敗れたことを知った、その皇子大塔宮護良親王が、それまで身をひそめていた般若寺から吉野へと落ちる。その一行として、

御供の衆には、光林房玄尊・赤松律師則祐・小寺相模・岡本三河房・武蔵房・村上彦四郎・片岡八郎・矢田彦七・平賀三郎、かれこれ以上九人なり。

と赤松の名が見える。当時、護良に従っていたと言うのである。この事実は、巻六の「赤松入道円心に大塔宮の令旨を賜ふ事」にも確認できる。それも、

その頃、播磨国の住人、村上天皇第七の御子、具平親王六代の苗裔、従三位秀房が末孫に、赤松次郎入道円心と

て、弓矢取つて無双の勇士有り。元来その心潤如として、人の下風に立たん事を思はざりければ、この時絶えたるを継ぎ、すたれたるをおこして、名をあらはし、忠をぬきんでばやと思ひけるに、この二、三年大塔宮につきまとひたてまつて、吉野十津川の艱難を経ける、円心が子息律師則祐、令旨をささげ来たれり。

と言う。その父円心（則村）のもとへの問題の則祐の再登場を描くのに、その父の家系から語り起こすのは、歴史物語や、特にいわゆる軍記物語の類型的なあり方を踏襲するもので、その形態から、一種の赤松物語が意図されているものと言える。しかも、その大塔宮から発せられた令旨には、

「不日に義兵を揚げ、軍勢を率し，朝敵を誅罰せしむべし。その功有るにおいては、恩賞よろしく請ふによるべき」の由載せられたり。委細の事書十七箇条の恩裁を添へられたり。

その令旨を受けた赤松は、

条々いづれも家の面目、世の所望する事なれば、円心なのめならず悦んで佐用の庄、苔縄に城を構え、与力の兵を集め、

やがて杉坂・山里二箇所に関をすゑ、山陽・山陰の両道をさしふさぐ。

その結果、

これより西国の道止まつて、国々の勢上洛する事をえざりけり。

北条幕府に協力して京を攻めようとする西国軍の上洛を妨害することで大塔宮の令旨に応えようとしたと言うのである。畿内で直接後醍醐天皇側に従って献身的に行動する楠正成一門と、この畿外への門戸にあって西国勢の北条側への呼応を阻止する赤松円心らの動きが、諸国の討幕決起をあおる。赤松円心その人も、近くの「高田兵庫助が城を攻め落とし」（巻七・赤松蜂起の事）、七千余騎を以て六波羅攻めを志し、一時、摂津瀬川に敗れるものの、三千余騎を以て、

二、三万の関東軍に逆に奇襲をかけてこれを敗走させ、桂川を渡って洛中に迫る。円心の子息、貞範・則祐兄弟が深入りして敗れ、いったん山崎へ落ちるが、一進一退を繰り返すうちに、追討軍として上洛する足利高氏が、ひそかに山陰の船上山の後醍醐側に意を通じたとするのが『太平記』である。この山崎での攻防の中に

> ここに赤松の一族に佐用左衛門三郎範家とて、強弓の矢継ぎ早、野伏戦に心ききて、卓宣公が秘せしところ（兵法）をわが物にえたる兵（巻九・山崎攻めの事）

が、この度の上洛軍の総大将である名越尾張守高家を狙って、

> わざと物具をぬいで歩立ちの射手に成り、畔を伝ひ藪を潜つて、とある畔の陰にぬはれ伏し、大将に近付いて、一矢ねらはんと

待ち、名越が「当家累代の重宝」である

> 鬼丸に着きたる血を笠符にて押し拭ひ、扇開き使うて思ふ事もなげにひかへたるところを……近々とねらひ寄つて引きつめてちやうど射る。

まさに「野伏」にふさわしい行動[4]を以て敵の大将を

> 冑の真向のはづれ、眉間の真中に当たつて、脳を砕き骨を破つて、首の骨のはづれへ矢さき白く射出だし

「一矢に射殺」してしまう。いきおいづく三方からの勝ち鬨に、「尾張守の郎従七千余騎」が狼狽し敗走したと言う。この範家の野伏としての行動が、戦局の転換をもたらしたと語るのである。この範家は、前に江見河原について紹介した宇野雅則の家系の一人である。楠や赤松の行動がきっかけとなって諸国の討幕軍を動かし、足利高氏までもが意を通じるに及んで後醍醐は船上から還御の途につき、兵庫の福厳寺に着く。

> その日赤松入道父子四人、五百余騎を率して参向す。（巻十一・書写山行幸の事付けたり新田注進の事）

赤松入道円心以下、則祐・範資・貞範を引見した後醍醐は

竜顔殊に麗しくして、「天下草創の功、ひとへになんぢ等贔屓の忠戦によれり。恩賞は各望みにまかすべし」と叡感あつて、禁門の警固に奉侍せられけり。

とあることを記憶しておこう。このあと、大塔宮が志貴山から帰洛するにあたっても

その行列・行装天下の壮観を尽せり。まづ一番には赤松入道円心、千余騎にて前陣をつかまつる。（巻十二・公家一統政道の事）

と円心が先陣を承っている。

しかしこれが、足利尊氏の側近が作者かと言われる『梅松論』では、当然、高氏の動きが焦点となる。ただそうは言いながら、上述の状況の変化に呼応する後醍醐の隠岐からの脱出、帰洛への経過について、

去年の春、御遷幸の時天下の貴賤、関東の重恩にあづかる者も、君の御遠行を見たてまつりて、心ある人の事は申に及ばず、心なき山男賤女までもあさの袖をぬらしかなしまぬはなかりける。いかにも宝祚安寧ならん事をぞ人々祈念し奉りける。

と天皇を焦点化しつつ

かかる処に播磨国の赤松入道円心已下畿内・近国の軍勢残らず君に参じける事、是偏に只事にあらず。遂に、還幸を待請奉て、元弘三年三月十二日、二手にて鳥羽・竹田より洛中に責入処に六波羅の勢馳向て合戦をいたし追返す。

とは、まさに上に引用した『太平記』の世界と重なるのだが、そこにとにかく赤松円心を筆頭に掲げる。しかもその言説は、以下、名越らの西国発向から、特に高氏の旗揚げに焦点を絞る。その名越の行方については、

（高氏が）船上山を責らるべき議定ありて下向の所、久我縄手におゐて手合の合戦に大将名越尾張守高家討るる間、当手の軍勢戦に及ばずして、悉都に帰上る。

このあと、高氏の挙兵へと続く。佐用範家のゲリラ戦法は全く語られない。赤松一門の動きには気にしながら、それを物語として語ることをしない。言うまでもなく『梅松論』の著者が高氏の挙兵と、以後北条討伐を主軸に語ろうとするからである。

この前に大塔宮護良親王の行動を描いても

去年、君笠置へ入らせ給ひしときは大和国半西も御座のよし聞え申とも、御在所分明ならざりしが、多武の峰、吉野の法師を相語給て、御会稽を雪がるべきむねさまざまきこえしかば、畿内不レ静処に

とあるものの、そこには、赤松の名は見えない。親王のまわりに正成や長年は見えるが、赤松に語りは及ばない。

三　建武新政と武家

特に後醍醐の新政が成って以後の赤松を『太平記』はどのように語っているのか。何よりも北条政権の崩壊による後醍醐の新政実現は、王朝貴族の権利復活と、代わりに武家権力の後退をもたらす。

されば日頃武威に誇り本所を無みする権門・高家の武士ども、いつしか諸庭の奉公人と成り、あるいは軽軒香車のしりへに走り、あるいは青侍・恪勤の前にひざまづく。世の盛衰、時の転変、嘆くに叶はぬ習ひとは知りながら、今の如くにて公家一統の天下ならば、諸国の地頭・御家人は皆奴婢・雑人の如くにてあるべし。哀れいかなる不思議も出で来て、武家、四海の権を執る世の中にまた成れかしと思ふ人のみ多かりけり。（巻十二・公家一統政

道の事）

そのあげくが、恩賞の沙汰をめぐる不公平による戦後処理の渋滞である。洞院実世を上卿としての恩賞の沙汰に、「忠無き者」が「奥に媚び竈を求め、上聞を掠め」る。さればと上卿を、公平を以て知られる万里小路藤房にとりかえるが、これも「内奏の秘計によつて、ただ今までは朝敵になりつる者も安堵を賜り、更に忠無き輩も五箇所・十箇所の所得を賜りけるあひだ」、ついに藤房も病を称して辞任、九条光経を上卿に立てるが、北条の旧領を、内奏により芸人や衛府、諸司、官女、官僧が分け取りにし、

今は六十六箇国の内には、錐を立つるの地も軍勢に行はるべき闕所は無かりけり。

さらに雑訴が重なり、

かくの如く互ひに錯乱せしあひだ、所領一所に四、五人の給主付いて、国々の動乱更にやむ時なし。

というありさま。

ところが、この同じ状況を足利の視点になる『梅松論』は、「元弘三年の」「天下一統に成しこそめづらしけれ」として

君の御聖断は延喜天暦のむかしに立帰て武家安寧に民屋謳歌し、いつしか諸国に国司・守護をさだめ、卿相雲客各其階位に登りし体、実に目出かりし善政なり。

として王朝貴族の昇進を手放しで是とし、

武家楠・伯耆守・赤松以下山陽・山陰両道の輩、朝恩に誇る事、傍若無人ともいつつべし。

と、むしろ武家のふるまいを否とする。特に赤松が、その非難の一人にあげられていることに注目しておこう。『太平記』によれば、見て来たような論功行賞の乱脈に加えて

今兵革の後、世いまだ安からず、国費え民苦しみて、馬を花山の陽に返さず、牛を桃林に放さず、大内裏造らるべしとて、昔より今に至るまでわが朝にはいまだ用ゐざる紙銭を作り、諸国の地頭・御家人の所領に課役を懸けらるる条、神慮にも違ひ、驕誇の端とも成りぬと、眉をひそむる智臣も多かりけり。（巻十二・大内裏造営の事付けたり聖廟の御事）

という大内裏造営を行ったと言う。『太平記』語りの批評性が明らかであろう。このような世界を、わたくしは「いくさ物語」と呼ぶ。

四　赤松の不遇

前に大塔宮から「不日に兵を揚げ、軍勢を率い朝敵を誅罰せしむべし。その功有るにおいては、恩賞よろしく請ふによるべ」しと言われていた赤松が、新政なった後醍醐ら大覚寺統の朝廷から、どのような処遇を受けたか。

諸国の平定が成り、九州からは少弐・大友・菊池・松浦の者たちが大船七百艘を仕立て上洛する。関東からは新田義貞が七千余騎で上洛する。諸国から「武士ども、一人も残らず上り集まりけるあひだ、京白河に充満して、王城の富貴日来に百倍」する。兵が集まる理由は、言わずと知れた論功行賞が目当てである。されば語り手も

諸軍勢の恩賞はしばらく延引すとも、まづ大功の輩の抽賞を行はるべし。（巻十二・諸大将恩賞の事）

ということで、さあどのようなことになるか。意外にも

足利治部大輔高氏に、武蔵・常陸・下総三箇国、舎弟左馬頭直義に遠江国

と語り始める。同じ武家の身ながら、明らかに、その後たどった足利の家格を考えての語りの手順であるのだろう。

続けて

新田左馬頭義貞に上野・播磨両国、子息義顕に越後国、舎弟兵部少輔義助に駿河国

と新田への配慮。その筆頭の義貞が播磨を領することになったことに注目したい。いわゆる第二部が、同じ清和源氏に属する足利と新田の対立になることを、すでに予告している語りである。そして

楠判官正成に摂津国・河内、名和伯耆守長年に因幡・伯耆国をぞ行はれける。

ようやく顔を出した両人に保証されたのは、いずれもその本拠地周辺にとどまる。そして武家についての論功行賞の語りは、これどまり。

その外公家・武家の輩、二箇国、三箇国を賜りけるに

である。

さしもの軍忠ありし赤松入道円心に、佐用庄一所ばかりを行はる。

「さしもの軍忠ありし」と語る語り手は、当然、これまでに赤松一門の軍忠を語って来た語り手である。大塔宮の令旨を知っている語り手である。にもかかわらず、一門の中心的な人物、円心の賜ったのが「佐用一庄」とは。それのみか

播磨国の守護職をば程なく召し返されけり。

と言う。語り手の思いは、その言説に見えている。

されば建武の乱に円心にはかに心変はりして、朝敵と成りしも、この恨み（ゆえ）とぞ聞えし。

と、語りの順序を変え、後日の行動を先取りして語るわけである。「予表」とか「先説法」とか呼ばれる方法である。いくさ物語の場合、そこに語り手の解釈を込めることが多い。「建武の乱」とは、この後、語り続けられる公家政権の

専断に対する武家の反発と、これを巧みに利用して事を起こす足利と、これに立ち向かう新田との対立から引き起こされる建武政権の崩壊である。しかも語り手は、さらに重ねて

その外五十余箇国の守護・国司、国々の闕所・大庄をば、ことごとく公家被官の人々拝領しけるあひだ、陶朱が富貴に誇り、鄭白が衣食に飽けり。

と政権の退廃だとだめ押しする。しかもこの後、解脱上人を引き合いに出して、これとは対照的な、後醍醐の側近、千種殿（忠顕）と文観の「奢侈の事」を語る。この建武政権の奢侈を転機として、大塔宮と足利高氏との対立から宮の逮捕と鎌倉での暗殺を語り、政権の奢りに諫言を呈した藤房も

これを諫めかねて、「臣たる道われにおいていたせり。よしや今は身を退けんには如かじ」（巻十三・藤房卿遁世の事）

と遁世に走る。物語としての『太平記』によれば、[5]このような状況の中に、東国・北国に逃げ下っていた北条の「余類ども」が反乱を企てる。北条高時の次男、相模二郎時行が決起する。いわゆる中先代の乱である。「東八箇国を管領の所望たやすく道行きて、征夷将軍の事は、今度の忠節に依るべしとの勅約」をとりつける高氏は、「天子の御緯の字を下されて」尊氏と改め、鎌倉の時行追討のために発向する。これを迎え討とうとする北条の余類は遠江に戦って敗れ、「箱根の水飲峠へ」退く。

この山は海道第一の難所なれば、源氏左右無く懸かり得じと思ひけるところに、赤松筑前守貞範、さしもけはしき山路を、短兵ただちに進んで、敵の中へ懸け入つて、前後に当たり、左右に激しける勇力に払はれて、平家（北条）またこの山をも支へず、大崩まで引き退く。（巻十三・足利殿東国下向の事付けたり時行滅亡の事）

赤松貞範とは、円心の子息である。その勇敢な行動が局面の行方を変えたと言うのである。朝敵となることで新田な

ら ぬ足利に従った赤松一門の思いとその行動である。この中先代の乱における足利尊氏の行動が、この後、足利の動きを封じようとする政権と、これに従う新田義貞の足利との対立をもたらし、これが『太平記』の第二部を切り開いてゆく。物語としての歴史以外の何ものでもない。それに参加する赤松の位置は大きい。これが『梅松論』では、「当所（遠江の橋本）の合戦を始めとして同国十三所の中山・駿河の高橋縄手・箱根山・相模川・片瀬川より鎌倉に至るまで敵に足をためさせず七ケ度の戦に打勝ち、八月十九日鎌倉へ責入り給ふ」と主役はもっぱら将軍の尊氏である。赤松は全く黙殺される。

五　諸国の朝敵蜂起

『太平記』三部構成説によれば、巻十二は第一部から第二部への橋渡しをする巻である。その冒頭の「公家一統政道の事」で建武政権の完成を語る、その意味で第一部の完結であり、上述したように、その内部の崩壊を語り始める、その意味で第二部の幕開けでもある。特に上述の巻十三の中先代の乱をきっかけに、新田と足利の対立を巻十四のはじめに語り、「諸国の朝敵蜂起の事」が一つの転機を語ることになる。

かかるところに、十二月十日、讃岐より高松三郎頼重早馬を立てて京都へ申しけるは、

として、讃岐細川卿律師定禅が十一月二十六日、讃岐の鷺田庄に兵を挙げ、詫間・香西らがこれに応じたこと、しかしこれを

さまでの仰天もなかりけるに、同じき十一日、備前国の住人児島三郎高徳がもとより、早馬を立てて申しけるは、

それも十一月二十六日、備前の佐々木信胤らが前記細川定禅に呼応して兵をあげたこと、

両日の早馬天聴を驚かしければ、「こはいかがすべき」と周章ありけるところに、また翌日の午の刻に、丹波国より碓井丹波守盛景、早馬を立てて申しけるは
去る十二月十九日、丹波の久下らが兵をあげ防戦につとめるも碓井は敗れ摂津へ退く。これを押しもどそうと使者を赤松入道（円心）に通じて、合力を請くるところに、円心野心を挿むか、返答に及ばず。あまつさへ将軍（尊氏）の御教書と号し
播磨に挙兵し兵を集めると言う。早馬による、これら情報の積み重ねが、物語としての『太平記』の語りである。ここで赤松が足利に荷担するのは、これまでの語りからして自然の趨勢であったとするのが『太平記』の歴史の語りである。

またその日の酉の刻に、能登国石動山の衆徒の中より、使者を立てて申しけるは
去る十一月二十七日、越中の普門利清らが将軍の御教書を奉じて挙兵、
これより逆徒いよいよ猛威を振るうて、近日すでに京都に攻め上らんと（巻十四・諸国の朝敵蜂起の事）
し、反乱が全国に及び、さすがの朝廷も「ひとりとして肝を消さずといふ事なし」となる。その周章ぶりを諷する落首が、「内裏の陽明門の扉に」掲げられること、上述の日録形式の語りによる言説の積み重ねが、この落首と呼応することは、すでに旧稿[6]で説いたところである。事を赤松に絞るならば、第一部世界における勲功にもかかわらず、戦後不遇をかこつことになった赤松円心が、大覚寺統の主上に背くのは自然であった。

その結果、
さる程に、左中将義貞……五万余騎の勢を率して西国へ下りたまふ。後陣の勢を待ちそろへんために、播磨国加古川に四、五日逗留ありける程に、宇都宮治部大輔公綱・紀伊常陸守・菊池次郎武季三千余騎にて下着す。その

外摂津国・播磨・丹波・丹後の勢ども、思ひ思ひに馳せ参じけるあひだ、程無く六万余騎に成りにけり。（巻十六・新田左中将赤松を攻めらるる事）

そのかれらが、まず手がけたのが、

「さらばやがて赤松が城へ寄せて攻むべし」とて、斑鳩の宿まで打ち寄せたまひたりける時

ここで問題の赤松の応じようは、

赤松入道円心、小寺藤兵衛尉を以って新田殿へ申されけるは、「円心不肖の身を以って、元弘の始め大敵に当たり、逆徒を攻め退け候ひし事、おそらくは第一の忠節とこそ存じ候ひしに

とは、まさに『太平記』の語り手が、いわゆる第一部において語って来たところそのままである。ところが、かねての約束にもかかわらず、

恩賞の地、降参不儀の者よりもなほ賤しく候ひしあひだ

とするのも、上述のあまりにも小さい論功を指し、のみならず、本拠地の「播磨国の守護職をば程無く召し返」されまでしたことを指す。その結果、

一旦の恨みに依つて多日の大功を捨て候ひき。

つまり、永年の功績を捨て朝廷に背いたことを言う。これまでの物語の語りから見て、その語り手の思いが、この赤松円心の心中に即していることは言うまでもあるまい。しかもである、このあたりがくせ者の赤松らしさを発揮するところだが、

さりながら兵部卿親王の御恩、生々世々忘れがたく存じ候へば

とは、これもすでに語るところを回想して語るところ。だから

全く御敵に属し候ふ事、本意とは存ぜず候ふ。所詮当国（播磨を指す）の守護職をだに綸旨に御辞状を添へて下し賜り候はば、元の如く御方に参って忠節をいたすべきにて候ふ。

とは、元に復しましょうことはさることながら、その本音である、播磨の守護職を召しあげられたことへの不満をみごと吐露している。これを聞いた新田は、この時点において、今不利な状況にある。されば赤松の協力をえたいあまりに、この赤松の誘いに応じる。

義貞これを聞きたまひて、「この事ならば子細あらじ」と仰せられて

早速「京都へ飛脚を立て、守護職補任の綸旨をぞ申し成されける」とは、まことにご都合主義もよいところ。これまでの物語をあまりにも正当に踏まえた円心の物語としての答弁であるだけに、読者としてのわれわれに、この円心の応答に疑念をさしはさみようがない。それだけにこの新田の応じようが、読者の笑いを誘う。はたせるかな、赤松円心の本心は、この節操を欠く朝廷や、その伝達者としての新田の思いを越えている。新田の使者が「往反の間すでに十余日を過ぎける間に、円心城をこしらへすまして」、つまり時を稼いでいたわけである。その赤松の「当国の守護・国司をば将軍より賜って候ふあひだ」という開き直りは、堂に入ったものと言うほかない。先刻、尊氏から、失地回復は約束をとりつけていたと言うのである。しかも「手の裏を返すやうなる綸旨をば、何かはつかまつり候ふべき」とは、上述の巻十四の諸国反乱の状況に、その動きをとめるために建武政権があわてて、「今度の合戦において、忠あらん者には、不日に恩賞行はるべし」との張り紙を掲げたところ、「かくばかりたらさせたまふ綸言の汗の如くになどなかるらん」という痛烈な、詠者不明の落首を書き付けた者があったことを指す。この落首さながらの行動が赤松のとった態度である。やがて京都から届いた綸旨を「嘲弄してこそ返されけれ」と言う。激怒した新田が「六万余騎の勢を以って」、「白旗の城を百重・千重に取り囲みて、夜・昼五十余日、息もつがず攻めたりける」には、言うまでも

なく誇張があるが、それは、やはり語ってきたような物語言説を受けて、しかもこの後の語りのための方法でもある。城は険阻の地、水も兵糧も不自由はない。わずか八百余人の勢で六万の大軍を相手に持ちこたえたために、新田はついに攻め切れない。実は、これは新田の弟、脇屋義助が兄に進言するところだが、「御方の軍勢は皆兵糧に疲れ」ている、「その上尊氏すでに筑紫九箇国を平げて上洛する由聞こえ候へば」と言っているように、赤松はひそかに尊氏の上洛を期待し、持ちこたえていたのである。すべての語り、局面が赤松を軸に進行する。

あとは省略に従うが、この度の新田の失敗が、後日、新田の自滅を招くことになり、大覚寺統王朝を窮地に追い込むことになるのである。

『太平記』のいわゆる第三部の開幕を語るのに、第二部で語りを領導した足利尊氏が、夢窓国師の直義への進言を受けて、「崩御の時、様々の悪相を現じ」た吉野の先帝（後醍醐）を始め、この度の動乱に死没した「怨霊（が）みな静まつて、かへつて鎮護の神と成」ることを期して、この「夢窓国師を開山として、一寺を建立」することになる。天龍寺がそれである（巻二十四・天龍寺建立の事）。その供養の儀に参加する「外様の大名五百余騎」の中に、「赤松美作権守、同じき次郎左衛門尉」とあるのは、自然の成り行きである。その赤松とは、範資のことらしい。以後、赤松一門は、足利幕府に仕えることになる。『太平記』が語る赤松については、ここまでであるのだが、以後、その一門のたどった足跡と、その記録が、赤松一門のいくさ物語乃至軍記の展開を物語ることになる。赤松の一門を軸に後続の軍記は、『太平記』を受け、その時代性のゆえに変容をとげることになる。それが室町時代から江戸時代にかけての「太平記読み」を用意することになる。

六　赤松氏と『普光院軍記』

以上、『太平記』において赤松氏が演じた役割を読み解いて来た。現実には元弘の乱に楠正成と並んで局面を拓いて来たはずの赤松円心らの一族が、建武政権には疎んじられたか、論功行賞において疎外される。この事が建武政権の破綻を契機に赤松を足利一門に接近させる。歴史の舞台の裏側を歩かされる赤松の一族。かれらのさらに大きな躓きが六代将軍義教に仕え、その厳しすぎる執政のゆえに反乱を企て、これを誘殺することになった赤松満祐のふるまいである。元弘から建武にかけ赤松一門を盛り上げ、今なおその本拠地に歴史の跡を色濃く残す赤松円心（俗名、則村）の曾孫にあたる。その父義則の没後、四代将軍義持にいったん没収された播磨を回復し、守護大名として領国支配機構を整備したにもかかわらず、義教のために弟義雅の所領を没収され、一門宗家も圧迫される。これが原因となって満祐が義教を殺すことになる。いわゆる嘉吉の乱を招くに至るが、その乱発生の要因、事件当日の経過、播磨での追討軍と赤松軍の合戦、満祐ら一門の滅亡と合戦の終結を描く、その点で、同じ乱を描く『嘉吉記』や『赤松記』と共通しながら、「冒頭の部分に集中的に他書と大きく異なる」（矢代和夫執筆による解説）[7]『普光院軍記』がある。「普光院」とは、問題の義教の法名である。表記としては、「普広院」とするものもあったらしい。赤松の合戦記録ながら、むしろ義教を前面に押し出して、これを立てていることが、この書名からも理解できる。結果的に、みずからをおとしめる赤松一門の悲劇を語ることになるものだ。

時代は下って享保十一年（一七二六）九月、上月源為秋子の手による写しで、姫路市の英賀神社に蔵された。『赤松記』と祖本を共通にし、「赤松氏とは縁の深い書写山に関係して伝えられた」と言う。今なお姫路市民の赤松氏への関心の深いことを考える時、(8)これら嘉吉の乱に関する軍記が、赤松氏と関係の深いことは十分に考えられることである。その点、『太平記』の場合とは事情が異なる。すなわち『普光院軍記』は、冒頭、書名の直後に、前書きとも言うべき短文を置く。

普光院《ハ》者征夷大将軍足利義教之法名也。亦敬《タ》而《シテ》号《ス》二御所一也。大将軍尊氏五世之後裔也《ナリ》。爰《ニ》赤松大膳大夫満祐同子《ク》彦次郎教康有《テ》レ故而嘉吉元年六月二十四日奉レ討二義教公一軍記也《ナリ》。

として義教を押し立てる。本文は

夫以《ソレヲモンミレバ》天地開闢《ノ》之始、陰陽自《ラ》凝《コツテ》而島《トス》之、伊弉諾尊・伊弉冉尊《ノ》垂迹《ハ》男女夫婦《ト》顕《ハレ》給《フ》、蜜熱至《テ》二草木土石一而伶《ヒトリ》生長畢《ヌ》、出雲八重垣《ノ》之語《ハ》和国《ノ》風俗而《ニシテ》令三人倫《ム》甑《ヲ》一、其《ノ》諺《ニ》人心《ニ》灑《ソソイデ》而自《ラ》波《ミノ》声《ヘ》閑《カニ》四海穏《オダヤカ》也《ト》。云

と、人の世の始まりから語り始める。軍記に見られる類型で、例えば『承久記』が仏説を下敷きにする世界の過去・未来から世界の中の本朝の兵乱の史を記しつけるのと似ている。いわば物語の序文とも言うべき、これらの言説から本文へと展開する冒頭は、

爰《ニ》赤松大膳大夫満祐号《ス》二性具入道一、去昔《ル》永享之始《シ》、違《フ》二上意一、故《ニ》播備作三国可《ケ》レ被二召放一之由、雖レ被《ルト》二仰出一、更《ニ》背《ソムキ》二上意《ニ》一不レ能二承引一　謹而《テ》無《キ》二不忠一旨嘆《ナゲキ》申也。

と満祐が上意に背いたことを重ねて記し、

播磨之事《ハ》一門《ノ》生国

とする。「上意」の語の見えることに注目したい。しかも、その沿革に遡り、「御先祖尊氏将軍」が元弘元年（一三三一）五月七日、六波羅を攻めた時に

吾《ガ》先祖則祐三千余騎尊氏将軍《ニ》与力申《シ》（これを攻めて）……近江《ノ》番場《バンバ》ニテ両六波羅腹《ヲ》切《ル》。其数一千余人トゾ聞

ク。其後尊氏天下御成敗ノ之始、播磨国拝領スル也

と尊氏との関係を言い、その後の一門の将軍への忠節を略述し

自尊氏将軍至リ当御代ニ、已ニ五代也。我ガ祖自リ則祐至テ教康ニ五代也。終ニ無シ二心。

それが

如何《イカ》ナル有罪替《リツミカハリ》、譜代御恩賞タル国ヲ可キ被召放哉ト申ケレバ、

となる。この将軍の突然の翻意の原因は不問のままにして

君聞《キコ》シ召シ、国ヲ知行スルモ依上意宛《アテ》行フ故也。可キ召シ上グルモ吾ガ計《ハカライナリ》也。

と「連々違フ上意ニ之間」、性具入道こと満祐は「隠居而シテ彦次郎教康ハ出仕ス」。しかし嘉吉元年（一四四一）六月十八日、性具は、一門を集めて評定を行い、「如《モシ》天定当家滅亡歟、所詮《ショセン》此ノ間会稽ニ、上様ヘ讒リ申サバヤト」謀反を起こして、六月二十四日、酒宴の席に義教を招き、これを殺すことになる。ただちに細川・山名らの追討軍が発向する。書写山に集まった性具ら一門は「任セテ嘉例ニ」書写山に戦勝を祈願するが、書写山円教寺の長吏が合戦を制止しようとする。これと教康が問答するが、この長吏は、実は

開山ノ之聖人ノ眷属ナリ乙丸若丸両天トハ我レ等事也。

と素性を明かし、

哀《アハ》レナル哉、父子一門運命三七日之内外也。

と一門父子の運命を予告する。矢代和夫(9)は、この軍記を

赤松満祐父子の罪と罰の自覚を説（き、その）滅亡の中にこそ〝主〟殺しの浄化作用を見ているように思われる。

と言う。乱の関係者の手になる、将軍に対する反逆者としての贖罪を見るのである。言い換えれば、将軍の制度の枠

組みの中での赤松一門みずからの懺悔の書と見ることができる。同じ赤松を描きながら、『太平記』からの変容が顕著である。言い換えれば清和源氏としての足利の枠組みは強固である。

同じ反乱を物語風に描くとされる[10]『嘉吉物語』がある。赤松の謀反を、赤松の側からとらえ

善と云もあくと云もみな是前業よりしからしむる所、……因果にてこそ有らん。

とする。それが、やはり尊氏に仕えて山名氏清を討伐した奉公などを回想する。結果的に満祐は討たれるが、その首が獄門に懸けられる、その光景を

大名小名着到をつけて、都合一万三千騎、番をおきて頸のけいごをし給ふは、誠に前代未聞の有様也。此物語をみきかん人は、真実のおもひをして、奉公仕るべし。就中普広院殿は、地蔵菩薩の化身にてましましける故に、善悪ともはげしき将軍にて、おはしましける。むかしより天下に弓取おほしといへども、此赤松ほどのたけき人は、たぐひなかりしとぞ聞えける。

と結ぶ。『普光院軍記』の趣旨を活かしながら、これをまさに赤松の側から語りなおした物語である。

七　『赤松盛衰記』の世界

同じく嘉吉の乱を描く『赤松盛衰記』がある。[11]やはり赤松氏とゆかりのある龍野市立歴史文化資料館などに蔵される。その三巻本の中巻の各章に奥書があり、第一章の末尾に

右嘉吉年間録者、其古白国氏所著述也。或人之雖為秘書、予所望之而借請令書写者也。

安永二癸巳暦八月吉日、喬木堂友親

とあり、萩原康正の解説によれば、白国氏の「嘉吉年間録」があり、これをある人が秘蔵していたのを安永二年（一七七三）に天川友親が書写したもので、その他の奥書から推して、天正の頃、赤松氏が編述にかかわる一種の記録類がかなり多くあったと言う。

その上巻冒頭に村上天皇第七皇子具平親王に始まる村上源氏の系図を記し、赤松としては、

征西将軍従三位季房九代の末孫、正四位上赤松播磨守入道円心初名則村

に始まり、

三男、赤松律師則祐末孫、赤松左京大夫満祐とて播備作三ケ国の大将なり。

赤松を中軸とする語りが強固である。しかるに「永享の頃、上意に違ふによって三ケ国を」没収され、性具は降参し、教康が出仕する。性具は一門の存亡を思い、将軍義教を謀殺し、その首を持って播州へ下向する。書写の坂本に一門が評定し、「蘭原の武衛をば御所」と仰ぎ遊興にふける。松林靖明[12]が言うとおり将軍に対し反逆者の集団となる。しかしテクストとしては、そこへ書写山の長吏の使者だとして童子が来たり、教康に退去を求め、「此世こそせばくてはため西洞院後は御法の船に教康」と神託めいた詠を残し、

我は開山聖人の眷属乙若とは我事なり。哀なる哉、父子一門運命三七日の内外なりといふて、かき消す様に失にけり。

と言う。前の『普光院軍記』と同工だが、その言説には異同がある。やがて京からの追討軍と対決することになるが、

是より先、赤松方より兵庫へ夜討を遣はさる。其大将には、浦上七郎……其勢七百五十騎、京勢は福厳寺にて酒宴半へ押寄するといへども、味方案内なきに依て仕損じ少々討れ播磨路へ引下る。……

は、視点とまでは言わぬにしても、その語りの焦点は赤松の側にある。

物語の後半、享徳三年（一四五四）、山名宗全の謀反に、細川成之の斡旋により赤松満祐の子息、教康らが赦免されるが、「御赦免計りにていまだ安堵賜はらざれども、此時節を幸ひとし、早り雄の若者浪人どもを引具し、播州へ下つて」またもや「国人を催し蜂起」する。結果的にその山名に教康は討たれる。長禄元年（一四五七）に家人の石見太郎左衛門なる者が三条内府実量に仕え、「時々赤松家の故事物語」を申す。すなわち

代々綸旨頂戴の趣、又入道円心に等持院殿より七通の御誓状、又、細川は父、赤松は母とある御置文の為体、或は錦の直垂を奉りける事まで委細に申上

げたのも、やはり足利将軍発足時の円心以来の忠節を数えあげるもので、その故事物語に「扨も何事か嘉吉の悪逆罪を償ほどの事あるならば、又々彼家再興の義もあるべき」との相談のためであった。さらに

赤松家の浪人等、後醍醐天皇の皇孫、南朝へ忍び行、奉公を望みひそかに、南北朝以来の経過を語ったため、

此宿意を存ぜん輩よも南方へは二心あるまじきと、率爾に御思慮ありける故、願ふ処御許容あつて赤松家の浪人どもを両宮ともに御心安く召使はれけり。

と記す。はては、南朝の残党にまで接近を図り、家の再興を志したと言うのである。足利将軍を前提とした世の枠組みに背いた満祐の嘉吉の乱が、尊氏からの将軍の恩顧を失って一門を破局へ追いやり、多くの浪人を出しつつ、一門の再興を志したとするのが、これら赤松一門の軍記であるわけである。

『赤松盛衰記』でも三巻本の中巻には、重ねて満祐の系図に円心を祖に求め、嘉吉の乱から、その自刃、配下の上月盛貞、白国宗定らの死闘と自刃、その白国の辞世、加東郡小田の城主、依藤刑部介豊房も千本村の地蔵堂に辞世を血書して自刃したことを言い、

其後行脚ノ僧此堂ニ宿シ、依藤ガ武勇ノホドヲ聞、是ヲ賛シテ一首ノ歌ヲ柱ニ残ス。

とあるのは、さながら修羅能の成り立ちを思わせる場面を構成している。

加西郡の赤松則繁らは、「イカニモ赤松家銘ヲ興サンコソ、生前ノ面目、先祖ヘノ孝養ナラメト」、家臣をひき具して

室ノ津ヨリ筑紫ヘ落行。ソレヨリ朝鮮国ヘ渡リケルトナリ。其後文安三年（一四四六）ノ八月、右ノ人々、筑紫ニ帰リ再ビ赤松家ヲ起サンコトヲ企ツトイヘドモ、コト露レシニ依テ悉ク誅セラレ、其頭ミナミナ京都ニヲクラレシナリ。

と言う。赤松一門の苦悩、苦行は続く。それほど、この満祐の義教弑逆事件は、赤松一門にわざわいした。

さらに、前の矢代和夫の指摘するところだが、永享十年（一四三八）、鎌倉公方持氏が四代将軍義持に対して反乱を起こす。いわゆる永享の乱で、十一月、持氏は降伏するが、翌年、義持の命により持氏は自刃する。ところがその持氏の遺児の悲劇を語る『上杉憲実記』には、遺児の春王、安王の兄弟が捕らわれて護送される途中、箱根山足柄の宿で、

安王殿兄ニヲトラジト高ラカニ仰ケルハ我モ思事有、昔頼朝ノ御時、曽我十郎五郎建久四年五月ニ兄弟二人此山ヲ越テ、親ノ敵ヲ討、名ヲ後代ニ挙シナリ。其モ五月、其モ兄弟、我等モ親ノ敵ヲ討テ本望ヲ達セン事、何ノ子細カ可有ト高ラカニ仰ケレバ、警固ノ人々是ヲ聞、皆舌ヲ振テ御顔ヲ詠居タリ。後ニ思合スレバ、義教将軍赤松カ為ニ弑セラレ給ハ、嘉吉元年六月二十四日ナリ。安王殿ノ憤リ天ニモ通シケルニヤ、五十日ノ内不慮ノ害ニ逢給フゾ怖シケレ。

とある。この点を矢代は、梶原正昭らを受ける形で、義教の死を亡父持氏公方が「滅ぼされた春王、安王の幼い怨霊が赤松に取り憑き、生前の怨みを晴らし仇を討ったと語る怪異譚の視線が窺え」、「恐らくは、赤松の反逆事件の内部

に春王、安王の怨霊発動を見る」(13)とする。おそらく当たっているだろう。『太平記』が扱った時代とは異なり、すでに将軍の座は確立している。その枠組みの中に次第にきざす破綻や対立、腐敗が、一方には鎌倉公方と将軍との対立、その一方で将軍と側近との対立を作り出した。その犠牲者が春王、安王であり、赤松満祐であった。赤松の場合、満祐にとどまらず、その一門や子孫にまで、その家臣をも巻き込む形で犠牲者を出した。それが早くも浪人を生み出していた。江見河原入道をはじめとして、赤松一門の原点として『太平記』の世界があった。しかし赤松一門にとどめを刺したのは、この後の関ヶ原の合戦に西軍についたことであるのであろうが、それは今後の課題としたい。

注

(1)　加美宏『太平記享受史論考』一九八五年五月。
(2)　高坂好『赤松円心・満祐』一九七〇年三月。
(3)　山下『いくさ物語の語りと批評』一九九七年三月。
(4)　藤木久志『雑兵たちの戦場』一九九五年十一月。
(5)　山下「歴史の物語としての太平記」『国語と国文学』一九九九年四月。
(6)　「太平記と落書」『新潮日本古典集成　太平記二』一九八〇年（『軍記物語の方法』一九八三年八月再録）
(7)　『室町軍記　赤松盛衰記―研究と資料―』一九九五年九月。
(8)　姫路の市民にとって、赤松こそが姫路の城主であるとするむきがある。
(9)　注（7）

（10）古典遺産の会編『室町軍記総覧』一九八五年十二月。
（11）注（7）のテクストによる。
（12）『室町軍記の研究』一九九五年三月。
（13）注（7）

軍記文学と芸能・演劇
――平家の能をめぐって――

山中玲子

はじめに

軍記物語が描く世界は、勝者の武勇、敗者の潔さや哀れ、戦に引き裂かれる人々など、どれもドラマチック、まさに劇的であり、特に手を加えずともそのままますぐれた劇として成り立ちうるようなものである。室町時代に観阿弥・世阿弥父子によって大成された演劇である能も、軍記、特に『平家物語』（およびその周辺に在ったと想像される伝承）を素材としたたくさんの作品をレパートリーにしている。もちろん能は『平家物語』だけでなく、『義経記』とも通いあう義経関係の伝承、『曽我物語』とも重なる曽我兄弟の物語、あるいは頼朝、景清関係の伝承等々、戦の場での、あるいは戦をめぐる、さまざまなエピソードを舞台化しているが、『平家物語』を素材とした能の数にはとうてい及ばない。『平家物語』は〈実盛〉〈忠度〉〈八島〉といった修羅能の直接的な典拠（本説）となっただけでなく、〈俊寛〉や〈熊野〉のような優れたドラマを生み出す契機ともなっており、さらに、挿話として添えられた様々な伝承・説話と関わる能も多い。軍記の中で最多というだけでなく、『伊勢物語』や『源氏物語』等他の古典作品を含めて考えても、『平家物語』は、最も多く能の素材として利用された文学作品と言ってよい。以下では能という演劇がどのように『平家物語』を料理してきたのか、ごく狭い範囲ながら、考えてみたいと思う。

一　『平家物語』を素材とした能

右にも数曲を挙げたが、『平家物語』を素材とする能としてすぐ浮かぶのは、いわゆる「修羅能」だろう。その多くが世阿弥の手になる現行の修羅能はどれも名作と言ってよく、世阿弥自身の次の発言もよく知られたものである。

○修羅。これ又、一体の物なり。よくすれども、面白き所稀なり。さのみにはすまじき也。但源平などの名のある人の事を、花鳥風月に作り寄せて、能よければ、何よりもまた面白し。…　（『花伝第二物学条々』）

○軍体の能姿。仮令、源平の名将の人体の本説ならば、ことに〳〵平家の物語のまゝに書べし。（『三道』）

どちらもあまりにも有名な記事であるため、『平家物語』を素材とした能はみなこの形であるような、あるいはまた、源平の名将を主人公にして「平家の物語のまゝ」に書けばみな、世阿弥風の修羅能になるような印象を与えてしまっている面もあろう。が、右はあくまでも「修羅能」に関しての世阿弥の見解であり、実際は『平家物語』やその他の軍記を素材とした能の全体の中で、世阿弥風修羅能は、ごくごく少数派である。

おそらく世阿弥が修羅能を完成させる以前から、『平家物語』等の有名な場面や実際の合戦の有様等を舞台に乗せ視覚化することは多く行われていたのだろう。例えば『習道書』『申楽談儀』に観阿弥・世阿弥父子が共演した際のエピソードが記されている散逸曲の「少将の能」は、「少将の能とて、丹波の少将帰洛有て、『思ひし程は』の歌詠みたる所の能也」という記事から、鬼界ヶ島から許されて帰洛した少将成経と康頼入道が、なつかしい場所を訪れて懐旧の涙を流すような内容の現在能と想像される。また、やはり『申楽談儀』で「今程不相応か」と言われ、古作と見られる〈笠間の能〉は、戦に敗れ故郷を訪ねた小山安犬丸と母親とのやりとりや、その家を包囲した鎌倉公方の家来笠間十郎の軍勢との戦いを見せる現在能で、親子の情と斬組の面白さがポイントになっている。こうした状況は世阿弥が修羅能を完成した後も消えてなくなったわけではない。例えば世阿弥と同時代に演じられていた〈経盛〉(『申楽談儀』『三十五番目録』)も、熊谷次郎直実の使者が語る敦盛最期の様子が聞き所になっていることに間違いはないが、同時に、『申楽談儀』の「常盛の能に、此女、思ひ入れてすべきを、皆浅くする也…」「…泣き〳〵女問うことなれば、はろりと云て、さるからけなげに有べき所に眼を着けて言ふべし。」といった記事からは、敦盛の身を案じて待ち、最期の様子を聞いて悲しむ経盛夫婦の様子を描くことにも重点がおかれていることが見て取れる。世阿弥の同時代においても『平家物語』を利用する能がいわゆる修羅能になるとは限らないのである。そして実は、こうした傾向は、能の新作が止まる室町末期まで続いている。

では、世阿弥風の修羅能が主流でないなら、能という演劇は『平家物語』に取材してどのような作品を作ってきたのか。以下、番外曲も含め、「平家の能」を概観してみたいと思う。

まず、現在能の形式で、激しい戦の様子を舞台上で見せることを目的としたような作品が挙げられる。「斬組物」「切合物」などと呼ばれ、知盛の遺児知忠とその侍紀為則の奮戦ぶりを描く〈知忠〉、義経に攻められ奮戦の末自害する桜間義遠を描く〈桜間(桜葉)〉等、番外曲に多く見られる。宇治橋の合戦での一来法師や浄妙の戦いぶりを描く〈一来法師(浄妙坊)〉の場合は、斬組の演技に加え、浄妙の肩を乗り越えて前へ出ていったという一来法師の軽業的な動きを役者が舞台の上で演じて見せたようだが、こうしたチャンバラやアクロバットは話で聞くよりも実際に目で見るほうが何倍も面白いはずで、最も手軽で効果的な舞台化の在りようだったろうと思われる。

もちろん、派手な動きだけが能の興味の対象というわけではない。実際の合戦場面に至るまでに、武将の知略・勇敢さ・人間的な魅力なども描かれるのが普通である。例えば〈正尊〉では、偽りの起請文を差し出してまで義経を襲おうとする土佐坊正尊とそれを察知する義経一行との緊迫したやりとりが、後半の斬組と同程度かそれ以上の見せ場となっている。さらに、〈安宅〉〈重盛（小松教訓）〉〈実検実盛〉等、合戦場面がなく、主人公の器量の大きさや武士としての意地などを伝えるエピソードだけが描かれるような作品や、また、前掲〈経盛〉や〈侍従重衡〉等、より広く戦に巻き込まれた者たちの思いを描く作品も多く在る。後者の場合は、登場人物が武士であっても、武士としての気概や器量ではなく、戦の合間の恋愛物語・親子の恩愛・悲しみ等、より普遍的なテーマが扱われることになる。結局のところ、戦を題材にして劇を作れば、その見せ場は、武将の勇猛な戦いぶりや知略と、戦のせいで引き裂かれる親子や夫婦の悲劇、の二点にほぼ決まってくるのだろうが、合戦描写の舞台化が単調になりやすいのに対し、危機的状況における人間の在りようは様々な形で感動を呼ぶ。『平家物語』自体が、そうした人間ドラマの宝庫であり、能はただ、耳で聞いたり文字で読んだりしたものをそのまま舞台の上に乗せて目で見える形にすればよかったとも言える。

だが、そうではない作品も作られた。〈熊野〉〈千手〉〈小督〉等、元雅や禅竹など世阿弥直系の後継者たちによる作品は、『平家物語』のエピソードを利用しながらそれを歌舞能として仕上げている点に新しさがあることが、三宅晶子氏によって指摘されている(1)。これを本稿の文脈で言えば、現在能でありながら『平家物語』で知っている通りのことを単純に舞台化するのではなく、能という演劇の特徴を活かし一ひねりした脚色をしている新しさと言い換えることもできよう。平家の物語をより面白く楽しむために劇という目に見える形式を利用するのではなく、能の大きな魅力である歌舞の面白さを活かす枠組みとして『平家物語』のエピソードを利用するというスタイルが産み出されたということでもある。

以上の現在能の一群に対して、もう一つ、生き残った人間の前に戦で死んだ人間の霊が現れ、過去を語る形で『平家物語』のエピソードが利用される一群があり、こちらは後にも述べる通り世阿弥が創り出したスタイルである。が、このスタイルを使いながらもなお、世阿弥風とは違う部分に興味の中心が移っている作品が多く生まれている。例えば、幽霊が出てきても、生き残った家族との情愛を描くことに重点がおかれている作品がある。世阿弥時代に存在していた〈維盛〉、禅鳳作の〈生田敦盛〉などがそれで、それぞれ死んだ親と生き残った子供が対面する形をとっている。逆に、都落ちに際して自分の子を手に掛けた父親が巫女の口寄せで呼び出された子の霊と対面する〈楊賀〉のような作品も在る。これらは平家物語のエピソードを一部に利用しながら、一曲全体としては、親子の情を絡ませた後日譚に仕上げている。

複数の人物の霊が出てきて、例えば壇ノ浦の合戦の様を、ちょうど中継録画のように、生き残った者の前で再現して見せる作品も在る。壇ノ浦合戦の様子を見せるために作られたとされる〈先帝〉〈碇潜〉(2)や、実馬甲冑の多武峰様で演じられた〈熊手判官〉などは、登場するのは幽霊だが、興味の方向性としては、平家物語のある場面を舞台上に再現するという点で現在能と似ている。さすがに敵の武将は出てこないが、壇ノ浦合戦をめぐる有名なエピソード、安徳帝の入水、義経と教経の戦い、知盛の最期等々を、複数の霊が出てきて再現するのが主目的である。見せたいのは合戦絵巻であり、重要なのは戦がどのように行われたかということにある。

以上を要するに、現在能の形でも幽霊が出てきても、興味の中心は合戦場面の再現と、親子・夫婦の情愛を描くことのどちらかになることが多いということだろう。が、世阿弥が幽霊を登場させて作った修羅能は、そうした一般的傾向とははっきり異なっている。例えば『三道』に「軍体」の例曲として掲げられた世阿弥作の〈忠度・実盛・頼政・清経・敦盛〉は、どれも後シテは一人で、その一人の視点で、しかもあの世から振り返って、個々の物語が語られる。登場人物が自分の最期を語るのだから、戦死の場合はその合戦の場面が描かれるが、そこには敵の武将はもちろん味方の勢の役も、出てこない。世阿弥風の修羅能は、合戦場面を再現するのではなく、登場人物がどのように自分の人生を総括しているかを、本人に語らせるのが主眼である。

世阿弥の作風については次節でもう少し触れるが、ここでもう一度確認しておきたいのは、このような世阿弥の修羅能が、先に見てきた様々な「平家の能」とは比較にならないほど豊かな内容を持っており、現代に至るまで「平家の能」を代表する作品群でありながら、圧倒的な少数派だという点である。後の時代が世阿弥の作風を受け継がなかったということだが、それはより正確に言えば、受け継ぐだけの能力がなかったということである。が、それでもなお、その凡庸な作者たちが世阿弥の修羅能や後継者たちによる新風の現在能だけで満足せず、『平家物語』の有名な場面を舞台の上に載せればよいという発想で、これでもかというように多数の平家の能を作っては捨てていた状況というのは、注目に値する。世阿弥の才能を刺激する豊かな世界を持っていた『平家物語』は、そのような才の無い者の手になる舞台化によってもいくらでも人々を楽しませることができるほど、人々の間に根付いていたと思われる。「赤城の山も今宵限り」とやってみせるのと同様、平家の物語のどこかの場面を舞台化すれば、それで十分娯楽になったろうことが、想像できるのである。

二　世阿弥の方法――〈実盛〉と〈実検実盛〉

前章で、世阿弥の修羅能は特別な少数派であることを確認した。ここでは世阿弥作の〈実盛〉と室町後期に登場する廃曲〈実検実盛〉を例に取り上げ、『平家物語』の同じ素材を扱いながら、両者の脚色の方法に大きな違いがあることを、具体的に見てみたいと思う。

〈実盛〉の段構成と梗概はおおよそ次のようなものである。

1アイの独白　篠原の里の男登場。他阿上人が日中独り言を言うこと。
2ワキの詠嘆　念仏の功徳を賛嘆。
3シテの登場　老人が説法聴聞の喜びを言いつつ、説法の場へ。
4ワキ・シテの応対　上人以外には姿の見えぬ老人が、昔ここで命を落とした実盛の霊と判明。
5アイの物語　里の男が、実盛の最期の様子を語る。
6ワキの待受　池のほとりでの別時念仏。
7後シテの登場　実盛が登場して弥陀を賛仰。
8ワキ・シテの応対　甲冑を着けた白髪の老武者の姿が上人のみに見える。
9シテの物語　篠原合戦。首実検。鬢髭を染めたこと。錦の直垂。（クリ・サシ・語リ・上ゲ哥・クセ）
10シテの物語　最期の様子。（ロンギ・中ノリ地）

右のうち、前半の第一～四段は、遊行上人の前に実盛の霊が現れたという巷説の舞台化であることがよく知られている。[3]冒頭のアイ独白もそうだが、前シテとワキとのやりとりの間にも「おことの姿余人の目に見ることなし」「たれに向かひてなにごとを申すぞと皆人不審しあへり」「もとより翁の姿余人の目に見ゆることはなけれども」等、舞台上に現れている老人が上人の目にしか見えないことが何度も強調されるが、夢幻能になれている我々にとっては、今舞台に現れた老人がワキ一人にしか見えないというのは至極あたりまえのルールで、このような繰り返しは奇異に感じられる。香西精氏が言われるように「ワキと事件とが仮構でなく実歴であることを立証する」[4]ものだとしても、狂言口開で状況設定をしてしまえばすむことで、その後に何度も繰り返すのがそれほど効果的とも思えないのである。また、いよいよ前シテの老人が身分を明かす部分では次のような会話が交わされているが、特に傍線部などは狂言の問答にも似て、誤解から生じる面白さを狙ったやりとりと思われる。

［問答］シテ「…昔長井の斎藤別当実盛は…　ワキ「それは平家の侍弓取っての名将、その戦物語は無益、ただおことの名を名のり候へ…　シテ「いやさればその実盛は、このおん前の池水にて鬢髭を洗はれしとなり、さればその執心残りけるか、今もこのあたりの人には幻のごとく見ゆると申し候……

世阿弥は〈実盛〉について「そばへ行きたる所有」（『申楽談儀』）と評しているが、それは通常言われているような、夢幻能の中への現在能の混入[5]という点だけでなく、あるいはこうした狂言的な要素が入り込んでいることとも関係しているかもしれない。さらに言えばこうした特徴は、上人の目にしか見えないことを何度も強調する説明的態度（先述）と合わせて、本曲が修羅能の中では初期の作品であることを示している可能性もあるのではないだろうか。

だが、この点にはここでは深入りしない。いずれにせよ、世阿弥の目的は巷説の舞台化だけではなかった。上人に出会い十念を授かって消えればいいはずの実盛の霊は、能〈実盛〉では、わざわざ昔の武将姿でもう一度登場し、『平家物語』の世界を再現してみせる。第九段の［語リ・上ゲ哥・クセ］から十段の［ロンギ・中ノリ地］、つまり終曲部までは、まさに「平家の物語のまま」だが、一カ所だけ、首を洗う場面だけは『平家物語』の文章からはずれている。首洗いの部分、覚一本では「…まことに染めて候ひけるぞや。洗はせてご覧候へと申しければ、さもあるらんとて洗はせて見給へば」とあるのみで池についての記述はなく、国民文庫本（八坂流城方本）に「加賀国なりあひの池にて洗はせて見給へば」という記述の在ることが指摘されているが[6]、能〈実盛〉の場合は、本説の間隙を狙ってでもいるかのように、言葉を尽くしてこの場面を描いている。

［語リ］…洗はせてご覧候へと、申しもあへず首を持ち、おん前を立ってあたりなる、この池波の岸に臨みて、水の緑も影映る、柳の糸の枝垂れて

［上ゲ哥］気霽れては、風新柳の髪を梳り、氷消えては、波舊苔の、髭を洗ひて見れば、墨は流れ落ちて、元の白髪となりにけり、げに名を惜しむ弓取りは、たれもかくこそあるべけれや、あら優しやとて、皆感涙をぞ流しける。

ここは、生首の髪を梳り髭を洗うというおどろおどろしい場面のはずだが、『和漢朗詠集』所収、都良香の「早春」を利用して「新柳・氷・波・旧苔」と言葉を並べ、しかも［語リ］ではなく［哥］の小段を用いて美しい閑聞の場所にしているのである。能の中では実盛の首は、生ぬるい溜まり水を掛けられ洗われたのではない。柳の新芽の緑をなびかせる爽やかな風や、苔の深い緑を洗う冷たい水が、実盛の正体を明らかにする場面の舞台装置である。鮮やかな色彩の中、氷が溶けたばかりの冷たい池水に首を浸して洗われ、鬢髭の墨が流れて白髪に戻った瞬間、実盛という人物も鮮やかに印象づけられる。世阿弥が『平家物語』の本文を大きく逸れ力を入れて描いたのは、実盛が討ち死にした場面ではなく、不思議な首が実盛の首だと判明したこの時なのである。実盛の人生を通して最も人々を引きつけるのは、自分の死を予想し、鬢髭を染め錦の直垂（能では赤地の錦の直垂）を着して出陣、覚悟通り立派に戦って死んだ、最期の姿だろう。能に登場する実盛は、老武者であることを隠し素性を隠して「木曽と組まんと企みしを、手塚めに隔てられし無念」（10段［ロンギ］）が残って成仏できないのであって、「髪を洗われ素性を見破られたことへの…怨念」(7)によってこの世に現れるわけではない。むしろ不思議な首の素性が明かされたからこそ彼の老武者としての意地も美意識も人々に知られることになったのである。そういうエピソードを利用する能にとっては、首を洗われて素性が判った瞬間こそが彼の人生にとっての頂点であり、あの世から戻ってきて語る価値のあるものだったのではないだろうか。

能〈実盛〉はこの「首洗い」の場から錦の直垂を巡るエピソードを語る［クセ］へと移っていく。この部分に関し

ては世阿弥自身の

実盛に、髭洗ふより、順路ならば合戦場に成体を書くべきを、「又実盛が」など云て、入はに戦うたる体を書く、

かやうの心得也。

というコメントが『申楽談儀』に残っているが、「順路ならば…」というのは、「本説の順序通りならば」という意味ではない。『平家物語』においても実盛に関する記述は「合戦（手塚の太郎と組んで討たれる）↓首実検・首洗い↓錦の直垂のこと」の順になっており、「首洗い」の直後に「錦の直垂」のことを置くのは、本説の順序通りなのである。この「順路ならば」という語句は、右引用部直前の〈布留〉に関する記事にも出ているが、「能作の定石ならば」ぐらいの意味らしい。〈布留〉の場合には、女と僧との問答の後すぐに御剱の謂われに進む定石をはずし「初深雪、布留の高橋…」という［上ゲ哥］を一つ挿入して遠見の効果を生みだしたことが述べられている。同じく〈実盛〉の場合も、軍体の能の基本としては［語リ］で重要な思い出を示した後は、最期の場面を［中ノリ地］に合わせて描くのが「順路」になっているところを、その前にもうひとつ［クセ］を挿入して「故郷に錦を来て帰る」という本説を展開し、詞章を詩的に充実させた効果について言っていると思われる。むしろ、「軍体の風体、本説によるべきほどに、書やうのかゝり、一偏に定まるべからず」と『三道』に言うとおり、本説の形に合わせて、能作の「順路」をはずしたということなのだろう。

しかもこの［クセ］にはシテ謡の部分に、『平家物語』にはない『後撰集』の和歌「もみじ葉を分けつつ行けば錦着て家に帰ると人や見るらん」が加えられている。先の首洗いの場面では小段一つの挿入だったが、ここではほんの一謡分、和歌一首分のことである。だがこのわずかな挿入によって、本説には無かった「赤地の」錦のイメージが、「紅葉の錦」という歌語とも重なり合って美しく定着する。先の首洗いの部分の詞章制作と同様、世阿弥は「平家の物語

のまま」に綴られた長大な詞章の中に、狙い澄ますようにして平家以外の文言を滑り込ませ、美しいイメージを浮かび上がらせることに成功していると言えよう。

実盛に関する『平家物語』の記述は、不審な首を巡るやり取りから首洗いそして錦の直垂の話へと続いていく構成はもちろんのこと、「名のれ名のれと責め候ひつれども、つゐに名のり候はず。声は坂東声で候ひつる」といった語り口まで、それ自体がすぐれて劇的である。これをそのまま舞台に乗せただけでも十分に劇として成り立っただろうが、世阿弥はさらにそこに濃淡を付け、あの世から戻ってきて語るに足る人生のクライマックスを美しい詞章で飾り、開聞の箇所に仕立てているのである。

こうした世阿弥の方法がいかに特別な才能によるものか、同じ実盛のエピソードを扱った〈実検実盛〉と較べて確認してみよう。〈実検実盛〉の段構成と梗概を左に掲げる。

1義仲・手塚・立衆の登場　勝ち戦の後、意気軒昂の義仲たち。
2義仲・手塚・立衆の応対　昨日の合戦で討ち取った首の検分。実盛の首か。
3義仲・手塚の応対　樋口なら知っていようと手塚が進言。
4手塚・シテ（樋口）の応対　樋口を呼びにいく。
5義仲・シテの応対　実盛が白髪を染めて出陣した理由。人々の共感。
6シテの仕事　首を洗う。樋口の心中。
7シテの物語　実盛が討死の決意をしていたこと。
8立衆の退場・酒盛　実盛に感動し、人々は去る。酒宴。
9シテの舞事　義仲の御前で樋口が舞う。

陣へ帰る。

10結末

本曲は一場物の現在能で、見せ場としては酒宴での樋口の舞を見せる第九段も非常に重要だが、ストーリーの中心はやはり、実盛の物語を描く第二〜七段である。そこに実盛と手塚太郎との合戦部分が含まれないこと自体、実盛の物語のクライマックスが彼の死後の部分にあることを示しているわけだが、世阿弥が〈実盛〉において言葉を尽くして描いた首洗いの場面は、当然〈実検実盛〉でも重要な見せ場になっている。しかしそこでスポットライトをあびるのは、本曲の場合、実盛ではなくて樋口である。鬢髭を染めてまで出陣した実盛の思いへの共感ももちろん描かれてはいるが、それについては第五段で「あな無惨やな弓取の身とならバ誰もかう社有べけれ」(［(クドキ)］)、「…弓取の、情は猛き心ゆへ、思ふに付ても、哀なる心なりけり」(［哥］)のように触れてしまい、肝心の首洗いの場面(第六段)は、

［掛合］シテ〽其時樋口思ふやう、若も此事見損ずならば、いかゞハせんと思ひながらも、御前を立ッて頸を持ち、

地〽池の汀の波間の声の、〽所によれば物の名も、〽爰にぞ替る篠原の、〽しのにおりはへ干衣の、

［哥］袖をひたして洗ひてミれバ、元来染たる鬢ひげなれば、洗へバ波も墨流しの、水の緑の、髪はさながら雪霜の、鬢髭白髪に老武者の、実盛なりけるぞや、是ミたまへや人々、実に上代も末代も、かゝるためしの有べきと、皆一同に感じつゝ、時にとりての高名と、勇々敷樋口をも、ほめぬ人こそなかりけれ。[8]

と、あくまでも樋口に焦点を合わせた詞章になっている。重大な判断を任された樋口の覚悟に重点がおかれ、墨が洗い流されて白髪が現れる様子は、彼の名を挙げることになった事態の推移という形でしか語られない。白髪が現れた瞬間の感動は、「でかした樋口」というものなのである。

　こうした意識的変更の他に、現在能として、あるいは舞台劇としてどうしても必要な書き込みもある。例えば不思議な首の正体を知るために樋口を呼び出そうという部分、『平家物語』では

「…樋口次郎は馴れあそんで見しったるらん。樋口めせ」とてめされけり。樋口次郎たゞ一目みて…

という風に簡単に述べられているが、これを劇として舞台にのせるためには、義仲の前に樋口が現れるまでに

[問答]義仲「…さらバひぐちにこなたへと申候へ。手塚「畏て候。

[問答]手塚「樋口殿の御ぢんしょハ是にて候か。樋口「誰にて候ぞ「大将陣より御使にてづかゞ参て候「何とてづか殿と承候か。こなたへ御出候へ「畏候。いそぎ御しゅっしあれとの御事にて候「何と大将陣へ参と仰候か「中〳〵の事「畏て候

[問答]手塚「いかに申上候。樋口が参候　義仲「こなたへと申候へ「やがてこなたへ御参候へ(9)

と、これだけのやりとりが必要になってくる。この後も、まず義仲が樋口に向かい呼び出した事情を説明して、それからやっと「畏候。うたがひもなき真盛が首にて候」という科白になる。世阿弥風の修羅能に慣れた目から見るとずいぶん煩雑な手続きのようだが、実はこういう形の方が、物語を劇化する際の普通のやり方のはずだろう。首洗いの場の前提として「召されけり」という状況を舞台上に作り出すためには、説明的な科白や謡をたくさん書き込まねばならない。『平家物語』が文学として凝縮したものを、もう一度現実の些末なやりとりや事の次第というレベルにまで戻してやらなければ、臨場感あふれる劇にはならないのである。

こうしたことを考えてみると、『平家物語』の中でも力を入れて描かれている名のある武将たちの際だった生き死にの様、彼らの人生が凝縮された場面を舞台化するのに、夢幻能という様式は実に最適だったということに気づく。琵琶法師の代わりに本人があの世から現れ、凝縮されたままの形で自分の物語を語ればいいのだ。初めに述べた通り、『平家物語』自体が数々の人間ドラマに満ちている。だからこそ能も「平家の物語のままに書くべし」と言われるのだろうし、そのどこを切り取って舞台化してもそれなりの劇になってしまうからこそ、前章で触れたような数多くの能

が、他の古典文学ではなく『平家物語』を素材として作られたのだろうと思われる。たしかに、激しい合戦や悲しい別れの場面などは、実際に目で見た方が面白いのだ。が、もしそれだけだったなら、能は『平家物語』をけっして越えることはできなかっただろう。夢幻能における一人称の語りという形式を利用することにより『平家物語』が既に完成し備えている美しい世界をそのまますくい取ったうえで（つまり劇化することの不利益をほとんど蒙らずに）、主人公の人生のクライマックスをより鮮やかに美しく描き出すよう手を加えていく（劇として脚色していく）という世阿弥の方法は、奇跡的な発明だったと言えよう。

三　世阿弥の修羅能の意義

ところで、はじめに引いた『花伝』と『三道』の記事を比べると、『花伝』の段階で世阿弥は「修羅」の物まねを「よくすれども、面白き所稀なり」と、あまり高く評価していないことが判る。そもそも冒頭の「これ又、一体の物なり」からして、「物学条々」での他の類型についてのコメント――「女…これ一大事也」「老人…此道の奥義なり」「直面…これ又大事也」、「物狂…此道の第一の面白づくの芸能なり」――に比べて、かなり低い扱いと受け取られている。このことと、『三道』における「軍体」の能の評価とを比べ、また前掲『花伝』の引用部に続く「これ体なる修羅の狂ひ、やゝもすれば、鬼の振舞になる也」などの文言や、『落書露顕』に見える田楽能「四頭八足の鬼」に関する記事等から、武人の霊が修羅道に堕ちた苦患を見せるような能が世阿弥以前の修羅能「古修羅」で、世阿弥はその修羅の苦患の変わりに『平家物語』を素材とし、風流な要素を取り入れて新しい修羅能（＝軍体の能）を作った、と考えるのが、ある時期までは一般的だった。一曲の最後に修羅道の苦患を見せる場面の在る作品を、古修羅の面影を残した古い作品のように扱う立場もこうした考え方と結びついている。が、これに異を唱えたのが、竹本幹夫氏『物学条々』に見る世阿弥時代前期の能」[10]である。旧説の生まれてきた事情及び主な論考とそれに対する批判は竹本氏稿に詳しいのでそちらを参照されたいが、少なくとも、本説である『平家物語』中に戦死場面がない人物の場合に代替策として修羅道の苦患が描かれるのであって、それが古修羅の面影とは言えないのだ、という点に関しては、竹本氏の指摘が現在の通説になっていると言ってよいだろう。

もしも、戦死した武将の霊が現れて僧の前で修羅道の苦しみを見せる、という能が既に在ったとすれば、世阿弥はその見せ場だった「修羅のクルイ」の演技を『平家物語』に拠った花鳥風月の話に差し替えて上記の修羅能を作ったことになる。が、それがそうではなく、井阿弥原作世阿弥改作の〈通盛〉以外には『平家物語』を素材とする夢幻能は無かった（しかも原〈通盛〉は世阿弥風の夢幻能とはかなり違ったであろうと考えられている[11]）とすれば、源平の武将の霊が僧の前に現れるという世阿弥風修羅能の骨格自体が、彼の新工夫だったことになる。世阿弥は世阿弥なりの必然に沿って、『平家物語』にその死を美しく描かれた人物たちを主人公として選び、その亡霊を登場させる形の能を産み出したのである。

「源平などの名のある人」は、どういう点で魅力的だったのか。なぜ世阿弥作の修羅能の多くが『三道』時代に集中しているのか。なぜ女能より修羅能の方が先に成立したのか。世阿弥の能作全体の中で、修羅能を産み出したことの意味はどのような点にあるのか。最後にこうした点にも触れておきたいと思う。

修羅能以前に存在していたと思われる夢幻能は、①〈通小町〉や〈舟橋〉の原作のような、地獄に堕ちた亡者の能、②古作〈雲林院〉のように、夢の中に古典文学の登場人物が現れ秘伝の場面を目で見せてくれる能、③神能、の三種だが、「修羅」という名称を見ても、最も関係の深いのは、地獄で苦しむ霊が救いを求めて僧の前に現れ、懺悔のために過去を再現し、成仏を願って（あるいは成仏を遂げて）消えていく、という亡者の能だろう。『平家物語』の登場人物は、一応歴史上の人物、しかも戦で死んだ人たちである。戦死した者の霊が僧の前に救いを求めて登場する必然性は十分にあり、その点で他の古典文学の主人公たちよりも、夢幻能のシテになりやすい。

が、同じく救いを求める幽霊の能であっても、亡者の能と修羅能には大きな違いがある。修羅能の場合、シテによる過去の再現を文言上は「懺悔のため」と言ってはいるが、そこに亡者の能に見られるような苦い後悔はない。修羅能で語られるのは、地獄の苦しみや生前の辛い出来事ではなく、「あっぱれ」と人々の賞賛を浴び、また涙を誘った出来事である。たとえ戦死しても、正しく美しく死んだ思い出は、武士にとっては華やかな過去と言えるのだろう。しかも彼らの最期の様子は、『平家物語』で美しく語られている。かれらは地獄（修羅道）に堕ちたと信じられる人物であると同時に古典の登場人物でもあるのだ。したがって、彼らを登場させてその華やかな死に際を語らせれば、幽霊の能の条件を満たすと同時に、それが〈雲林院〉で『伊勢物語』の秘伝を明かすことや、数々の神能で寺社の縁起や深秘を明かすことと同様の、文学的感興を呼び起こすことができることになる。

『源氏物語』や『伊勢物語』の主人公が、その本説の中には特に印象的な死の場面も地獄の責めを受けているという話もないのに、幽霊となって現れなつかしい過去を語るという形式は、いきなり創り出すことはできなかったろう。が、『三道』時代までに数多く作られた修羅能によって、登場した幽霊が再現する過去が、人生の輝ける瞬間であるという形が一般的になれば、そこで手に入れた手法や観客との間にできた共通理解をふまえて、墓が在るわけでもなく死に至る事情が問題になっているわけでもない、古典文学の美しい主人公たちをも幽霊として登場させ、それぞれの作品の有名な場面を彼ら自身の過去として語らせることが可能になったはずである。

『平家物語』の面白い部分はみな世阿弥が修羅能に作ってしまったので、その後あまり世阿弥風の修羅能は作られなかったのだ、という言い方がよくされる。だが、世阿弥自身について言えば、美味しい材料が尽きてしまっただけではなくて、平家の能からさらにもっと彼の理想に近い、歌舞能にふさわしい風体に移動していったという状況もあったのかもしれない。繰り返しになるが、修羅能の場合は、幽霊という存在にとって必須の死に至る事情、あるいは地獄に堕ちている事情と、平家物語という素材の中で最も魅力的な、劇的な場面とが重なっている。地獄で苦しむ幽霊が登場する能と、古典文学の主人公の霊が自分の過去を回想する能との中間に、ちょうど橋渡しの役を果たす形で、世阿弥の修羅能が在ったと考えてみたい。

注

（1）「舞歌二曲を本風とする現在能」（『国文学研究』86。昭60）
（2）表きよし氏「壇の浦合戦を素材とした能」（『中世文学』31。昭61）
（3）醍醐寺三宝院門主満済の『満済准后日記』応永二一年（一四一四）五月一一日条に「斎藤別当真盛霊於加州篠原出現、逢遊行上人、受十念云々、去三月十一日事歟、卒都婆銘令一見了、実事ナラバ希代事也」とあり（米倉利昭氏「能の素材と構想―『実盛』の能を中心に―」『文学』昭38年1月号）、この噂が広まってからそう遠からぬうちに作られた能と考えられている。
（4）「作品研究　実盛」（『能謡新考』所収。檜書店。昭47）
（5）注4の論文で香西氏が言われ、伊藤正義氏の新潮日本古典集成『謡曲集　中』〈実盛〉解題も受け継ぐ。
（6）伊藤正義氏、前掲〈実盛〉解題。
（7）山下宏明氏「芸能としての平家物語」（『軍記物語と語り物文芸』所収。塙書房。昭47）
（8）法政大学能楽研究所蔵『観世流五百番謡本』による。

（9） 松井文庫蔵『五番綴松井本』（能楽研究所蔵のフィルムによる）の本文。同本は無章句で、先に引用した第四段の部分には明らかに誤脱もあるため『五百番謡本』を利用したが、一方こちらには書き留められている詳しい問答が『五百番謡本』では一部省略されている。

（10） 『能 研究と評論』13号。昭60。同氏の『観阿弥・世阿弥時代の能楽』（明治書院。平11）に所収。

（11） 徐禎完氏「『通盛』論―その変容に関する一私論―」（『筑波大学平家部会論集』第一集。平1）。また、竹本幹夫氏も『観阿弥・世阿弥時代の能楽』（注10参照）の段階で「『物学条々』に見る世阿弥時代前期の能」に付した補記で、〈通盛〉の改作が世阿弥による修羅能完成以後である可能性が皆無ではないことや、また原〈通盛〉が複式夢幻能ではなかった可能性などに触れておられる。

＊ 世阿弥伝書の引用は、日本思想大系『世阿弥・禅竹』に、また〈実盛〉の詞章は日本古典文学大系『謡曲集 上』に拠っている。

軍記文学と説話

小峯和明

一　軍記研究と説話研究

軍記と説話が深いかかわりをもつことに異論を唱える人はすくないであろう。軍記というジャンルは内容、形式ともにほぼイメージが定着しているからあまり問題はないとはいえるかもしれない。むしろ軍記ジャンルに依存し、その枠内に閉塞する研究姿勢や方法そのものが問いなおされるべきであろうが、今はふれない。一方、説話をどうとらえるかは人によってさまざまで、それぞれのイメージを託して自在に使われているのが実状だ。説話はその概念が曖昧なまま、きわめて便利な用語として一人歩きしている。逆にみれば、説話という用語の濫用、混乱を最も象徴し助長してきたのが軍記分野であった、軍記研究は説話研究の動揺流転を直截に反映し、有形無形の影響をこうむってきた、といえるのではないか。以下、『平家物語』を主対象に論を進めたい。

たとえば、近年の軍記研究の水準を示すと思われる『あなたが読む平家物語』のシリーズ第二冊（有精堂・一九九四年）は「説話と語り」がテーマであり、説話にちなむ各論のタイトルに「説話の群影」「女人哀話」「文覚説話」「六代をめぐる説話」「勧進聖と説話」云々とある。巻頭の水原論では「説話的人格」などという語もみられ、およそ人物に結びついたものが多い。『平家物語』を形成する要素や単位、基盤に説話を位置づけようとする点でほぼ共通するといえる。「説話性」や「説話圏」などという、わかったようでよくわからない語も使われる。本書を通覧してもその実、個々の執筆者が説話をどう考えているか、あまりよく伝わってこない。ましてやそれまでの説話研究と切り結ぶようなことはすくない。研究者の恣意にまかされている、といった体裁だ。誤解のないようにいえば、ここでは個別の各論の批判をしようとしているわけではない。研究の実状が最も典型的にうかがえる例としてあげているにすぎない。

まとめていいえば、いくさ語りに類する報道見聞の生成レベルから故事引用などの典拠関係、俊寛説話や文覚説話の呼称のごとき物語の構成要素にいたるまでその用法はあらゆる方面に向けられている。説話一語に込められた意義は想像以上に重いものがある。しかし、これが通常ほとんど不問にふされているのは、説話がメタレベルの用語として意識化されていないためであり、あまりに無頓着でありすぎた結果にほかならない。「物語」なる語彙には周到な配慮がされるが、「説話」という用語そのものにはさしたる考察がされないままそれぞれ恣意的に使っている、とりわけ『平家物語』に代表される軍記研究においてそれが著しい、ということになろう。ことに「文覚説話」といった類の呼称が要注意であり、それを「文覚物語」と呼んでも何のさしさわりもないはずだ。この背景には、説話研究がかかえてきたダイナミズム、裏を返せば流動、混沌の状況があり、それだけ説話の語彙がはらむ問題がおおきかったことを象徴しているだろう。説話のもつ多様性、重層性のしからしむる必然であったともいえ、要は他におきかえのきかない地点にまで「説話」の用語をつきつめているかどうかにある。

いずれにしても、軍記も説話も近代になってひろき物語や歴史から分節されてきたのであって、軍記とて決して自明ではないはずだ。説話にくらべれば、テーマなどからみてイメージが作りやすいだけのことで、それ以上ではない。そもそもなぜ軍記というかたちでのみ分節してこなければならないのか、そのこと自体ある面で奇妙なことではないか。前近代にはすべて歴史記録の扱いをうけていたわけで、近代の実証主義の歴史学のはじまりとともに、物語的歴史が排除され、そこに文学という受け皿がもちこまれ、さらに中世・戦乱という時代のイメージから軍記合戦物として囲い込んだという構図になるだろう。(1) それはたしかにある種の必然性をおびていたことを認めねばなるまいが、はたしてそれだけでよいのか。

一方の説話も似たような歩みを進めてきた。説話もまた歴史記録ないしはサブカルチャー的なものとして読まれ、扱われてきた。『広益俗説弁』のごとく近世の考証学の対象になったりするが、近代になって民俗学の展開とあいまって文学としての市民権を徐々に獲得してきた。むしろ本格的な研究は戦後からで、庶民に価値や意義を見出す民衆史観の恰好の素材として迎えられてきたのだった。説話の発見は民衆史観の申し子とさえいいうるであろう。軍記研究も世界大戦の戦後意識があらたな始発を意味していたことと対応しているだろう。

説話なる語彙について私なりの規定をしないまま述べはじめたが、内実は規定のしようがない、というのが本音だ。説話の語史や語誌からの再検討をはじめ、具体的な試みについては先稿にまかせ、ここではくり返さない。(2) 学術語としての説話は、そもそも中国語の「説話」とかけはなれたものになってしまっている。中国語ではたんに〝話をする〟という意味で使われる。唐宋代から出始めて明代に盛んになる「説話」「説話人」はむしろ話芸とその専門芸人を意味する。(3) ここでいう説話に該当する中国語は「故事」であろうかと思う。ただし、これはいわゆる故事成語にあたる歴史的説話だけではない。ひろく〝話し〟の意義をもち、過去の説話だけを意味しない。

いずれにせよ、ひとつの定義はかならず例外をもたらし、それを防ぐため包括的な概念でとらえようとすればするほど、いきおい線引きの境界を曖昧にせざるをえなくなる。説話研究のふたつの立場の—説話集中心か口承文芸中心か—いずれによるかで、そのありようはまったく変わってくる（近年は双方を相対化すべく言説研究の指向が高まっているが）。ここでは前者の説話集を基準にする側に立つが、口伝・言談・巡物語などの談話形態も説話論にとりこめうるから、言説としての説話も同時に重要なテーマになる。対話問答に焦点をあてた『平家物語』についての先稿[4]も、その試みの一環としてあった。特定の対象をとりあげ、それが説話か否かを論じてもほとんど不毛である。説話をどういう立場からどうとらえるか、方法や姿勢のいかんが問われるわけで、充分意識化されなくてはならない、という次元の問題である。

一般には、説話は物語テキストを構成する個々の小単位もしくは断片として認識されている。説話の集積統合が物語だ、という通念があろう。要するに説話と物語は次元や水準が異なるという見方であり、前者をテキスト以前もしくは基盤、低位の、メタレベルにおく発想が大半であろう。そうではなく、説話はあくまで物語の一領域で、物語と同一次元で同時に問いかけるべきだと考える。説話の用語には自覚的であるべきで、その用語にまつわる研究をほとんど無視していてよいのか、あらためて強調しておきたい。

二　説話の研究史概要

ここで説話研究についてかんたんにおさらいしておこう。右にすこしふれたように、説話の研究は近代において説話集という文字テキストの発見、無文字の口承文芸の発見という二極からはじまった。

前者は『今昔物語集』や『宇治拾遺物語』などの説話集が仮名の物語や日記文芸中心史観を相対化させるべく、あらたなジャンルとして認知される。世界や階層の広がり、民衆、口語り、漢文、片仮名交じり、芥川の「野性美」などなど、中世の典型的なジャンルとしてとりだされてくる。他の文芸ジャンルと異なる特質を解明する方位から、それがいかに文学であるかを研究者は懸命に説明しようとしたのである。一九五〇年代から六〇年代のいわゆる歴史社会学派の動向がおおきな役割をはたし、益田勝実や西尾光一らの研究を契機に一九七〇年代から説話研究が市民権を獲得すると（講座『日本の説話』に象徴）、説話が文学であることは自明のこととして棚上げされ、個別にテキストが論じられるようになる。

説話集の発見はさらに同一もしくは同系の説話を他の分野の諸作品に見出させ、拡散のきざしをみせはじめるようになる。その認識はまず軍記からはじまる。軍記を契機に説話のひろがりへの認識はさまざまな領域に拡張し、波及してゆく。説話はあらゆるジャンル、領域にまたがり、遍在することが次々と明らかにされていった。地盤的ジャンルといわれるのがそれである。説話集の編纂は古代から中世をつらぬき、近世にも及ぶ。集の編纂はかつては中世後期にはほぼ収束し、お伽草子に吸引されてゆくという見方が大勢であったが、次々と新資料が紹介され、もはや文学史は根本から書き直されなくてはならなくなった。説話集という形態に限って近世にまで視野をひろげると、その全体像はまだ充全につかめてはいないのだ。

一方、後者の口承文芸は民俗学系を中心に、柳田国男以来の路線で昔話や伝説を主対象に進められ、説話集中心の説話観とにずれが生じた。これは現在にいたるまで是正されるにいたっていない。というよりもともと是正云々という次元ではないだろう。説話集発見にはじまる説話研究はしょせん文字主体の研究でしかなかった。口承、口語りを配慮はするが、それが機軸になることはない。文字文芸研究の路線にもともと組みこまれていた。というより文字から口承へ逆に踏み出してゆく研究はきわめて限られていたといってよい。

無文字文化への注視はそれまでの文献実証主義にくだされたおおきな鉄槌であり、文学や歴史研究に根本的な反省をしいるものとなった。『平家物語』研究もその打撃を最も強くうけた部類に入る。語りや語り物研究は柳田・折口路線を通過せずには展開しなかっただろう。それまで文学は文字で書かれたものしか意識されていなかったからだ。その口承文芸研究も民俗学系一辺倒だったのが近年はだいぶ様変わりしてきて、物語の方法論を吸収したり、文化人類学と接近したり、多様化しつつあり、昔話や伝説以外に世間話類にも焦点が集まっている。近年の言説研究に応じて、「口承文芸」から「口承」「口頭伝承」研究へのパラダイム転換も提言されている。(5)『日本昔話大成』『日本昔話通観』『日本伝説大系』など口承文芸の文字資料化によって従前の研究はひとまず収束した感があり、文字資料を読む次元にほぼ変換されてしまったとさえいいうる。

説話集主導の研究がこうした民俗学系の口承文芸研究を無視していたわけではない。むしろそれらを意識するがゆえに、いっそう文学としての説話集へかりたてていった、という方が正確であろう。それは次第に「伝承文学」という用語による囲いこみを行ってゆくところに顕著にうかがえる。「伝承文学」とは、基本的には口承文芸のおきかえであろう。文字テキストも含みこみ、説話から語り物から広範に何でも包摂してしまう便利な語彙であり、反面で結局は曖昧な概念でしかない。テクニカルタームとしてはゼロ記号に近い用語である。(6)

益田勝実『説話文学と絵巻』（三一書房・一九六〇年）の文字と口承の出会いの文学という有名な規定は、まさにこのような説話研究の二極に橋渡しをしたことになるが、それ以後はあまり双方の関連は充分つきつめられていないまま今日にいたっている。口承文芸学会、説話文学会、説話伝承学会、伝承文学研究会等々、類似の呼称の研究組織はたくさんあるが、個人的な交流は別として、組織としての互いの交流はほとんどみられない。

説話研究は一九八〇年代あたりを境におおきく転換する。物語論を吸収したテキスト論の深化の一方で、注釈や絵解き、儀礼、芸能などとのかかわりに踏み出してゆき、既知のテキストがあっという間に相対化されていった。もはや説話は説話集に集約されるジャンルにとどまらず、あらゆる領域に遍在するメディア、表現媒体として機能する、そういう浮遊する動態として認識されるにいたった。だから何でもありの何でも説話になってしまうわけで、説話はジャンルではない。説話研究はそこから出発するほかない地点まで来てしまった。説話集の発見にはじまった説話研究は、理論的には説話集を超克してしまったのだ。

残された道はふたつにひとつ、説話集に固執するか、それをつきぬけるか、である。前者に踏みとどまる場合は、徹底した説話集編纂論、構造論など、後者はジャンルを越えた媒体論、生成論などの展開という方法の差になるのだろう。

三　説話と軍記研究

軍記研究が説話に注目した端緒はまず文学史の観点からだった。初期軍記と保元・平治・平家をつなぐものとして、『今昔物語集』巻二十五が浮上してくる。『将門記』や『陸奥話記』などの漢文から『平家物語』のいわゆる和漢混交文への転換に生硬な片仮名交じり（宣命書き）の『今昔物語集』のスタイルは恰好の指標となった。『今昔物語集』における〈兵〉の発見と文体論とが不可分に結びつけられたのである。まさしく説話集の発見に対応する軍記研究への波及だった。しかし、和漢混交は漢文訓読そのものがすでにそういう契機をはらんでいたのであって、文体論としてさして有効ではなくなっている。『今昔物語集』研究は、〈兵〉の発見が集編纂を動揺させ、解体させるほど甚大な影響を及ぼしており、文学史の路線からはむしろ孤立していることを明らかにしてきた。(7) たしかに『将門記』や『陸奥話記』を抄出し吸収してはいるが、〈兵〉の発見とその形象化が『平家物語』をはじめ、以後の軍記にどうかかわるかはかならずしも明確ではない。代表的な作品をならべてものをいう単線的な文学史の路線そのものがもはや効力をうしなっている。

軍記研究の説話論の始発にはもうひとつ、いくさ語りの観点があった。軍記の形成、発生論にかかわるもので、合戦などの報道、見聞の問題であり、語り手論に必然として転移する。たとえば沖縄戦の生存者の語り部化に典型的にみられるように、合戦の現場にいた体験者が語り手になることはごく自然に了解できる。説話が体験談を起点とすることに異論はあるまい。しかし、それが今我々が目にする所与のテキストそのものに直接作用しているかどうかは疑問であろう。物語内に語り手がかならず登場しなくてはならない必然性はどこにもないし、当事者にはかえって戦況の実態や全貌などはみえないだろう（大岡昇平『レイテ戦記』などが好例）。起点はかりに実際の見聞にあったとしても、それが文字テキストにいたるまでには何次かにわたるぶあつい語りの遍歴がある。軍記にかぎらず説話集でも同様だ。語り手を実態的にとらえる必要はかならずしもない。むしろ意図的に語り手が物語にしくまれている面をみるべきだろう。髑髏尼を例に担い手のレベルから読み本の位相差まで克明に解析した名波弘彰の論、あるいは合戦の記録や聞書きなどの多層の次元から総合的にテキスト形成を考察する美濃部重克論などが恰好の手本になるだろう(8)。

先にも述べたように、八〇年代になってあちこちで研究動向がおおきく変わってくる。説話研究と軍記研究の結びつきも新段階をむかえる。とりわけ中世の学問注釈研究において著しい。学問注釈への関心は必然的に現場のなまの写本類の発掘と対応していた。寺社などに埋もれていた資料の調査が精力的に進められ、次々とあらたなテキストが紹介されてきた。そうしたおびただしい新出資料の群れがもたらした影響ははかりしれないものがあり、従来の研究のありかたを根本から転換させるおおきな契機となった。その洗礼を最もはやくうけたのが説話研究であり、学問注釈を媒介にさまざまな説話が変容、変質をとげ、うごいていた実態が明らかになった。説話集という文字テキストを越えて、唱導、講釈、口伝、言談などの生きた談話世界で息づいていた説話の動態がより鮮明に把握できるようになったのである。それまでの学界をリードしてきた特定の作品主体の研究がここへきておおきくゆらぎ、相対化されるようになった。かならずしも文字作品に収束しない、よりひらかれた場にテキストが解放された、といいかえてもよい。

そうした動向にあわせて、法会仏事などの儀礼をはじめ、さまざまな芸能、身体芸、しぐさ、所作等々にも焦点が集まってきて、そこにも説話が息づいていたことが鮮明になってきた。絵解きなどが典型であろう。とりわけ唱導に関心が集まり、なかでも安居院の澄憲が恰好の対象になった。表白や諷誦文などの漢文の対句の修辞を凝らした系統と説話を語る講釈、説教の系統とがあり、澄憲らはおびただしい述作を残していて、その実体の解明がようやく本格化してきた。ことに澄憲は『平家物語』に直接登場する人物として以前から注目されていたが、実態的な資料探索や法会の儀礼研究の進展に応じて、[9]一気に『平家物語』研究の本丸にまでひたよせてきた印象がある。唱導の場に供される因縁・譬喩はまさしく説話であり、古典的な故事や一方で新奇な話題も取り込められていたことがうかがえる。唱導研究のひとつの核が説話にあることは疑いない。とりわけ『法華経直談抄』などに代表される経典の注釈、〈直談〉などの言説にも関心が集まっている。

唱導と注釈は、後者が前者の基礎学でもあったように、相互に依存し連動しあう。学者貴族や学僧を中心に展開されたが、彼らもまた独特のネットワークで結ばれていたことが解明されつつある。[10]こうした注釈は、前近代・近代を問わず、学問研究の基本であり、中国の影響もおおきく、多様で多彩な注釈史を彩ってきた。時代とともに古いテキストをあたらしく読み替える、読みの更新こそが注釈であり、中国古典や漢訳仏典にはじまり、日本古典の日本紀・古今集・和漢朗詠集・源氏物語・伊勢物語など、多方面に及んでいる。[11]

ひとくちに注釈といってもその様相は多岐にわたり、厳密な実証的なものもあれば、ほとんどパロディとしかいいようのないものにまで及ぶ。が、基本は典拠主義で、本説を明らかにしようとするものが多く、その本説とは多くは説話のかたち（短小な物語）をとる。

こうした諸注釈は相互に交渉し相乗しあい、重層し複合しあい、同時代のさまざまな文芸の創造にも波及してゆく。その典型が軍記にうかがえるのであって、近年の説話研究が最も軍記と緊密に結びついた象徴といえるだろう。たとえば、「中世史記」「中世日本紀」と呼ばれる一団がある。前者は軍記にみる中国故事の出処がかつての漢籍文献の直接引用ではありえず、それにかわる絶好の沃野として浮上してくる。(12)後者の中世日本紀は近年、歴史学からも注目されるようになり、かなり進展しつつある。(13)中世史記もしくは「史漢物語」の類は、多くは和漢朗詠注や古今注などに共通するものがとり出されている段階であろう。中世史記と中世日本紀では用語のレベルに若干の差異がある。後者は日本紀の注釈を前提にパロディにいたるまで多層に及ぶ。茫漠としてはいるものの、一定のかたまりとして抽出しやすい。これに対して中世史記の方は結局は和漢朗詠注や千字文注などに収束するから、より抽象化した概念とならざるをえない。

いずれにしても、古典類の注釈世界を媒介にする説話が軍記においても主軸にすえられるようになった。『平家物語』剣の巻などその典型であり、記紀とくらべる以外は明確な方向づけがなかった従前の方法に、あらたな中世日本紀という指針が与えられたのである。むしろ中世日本紀の縮図が『平家物語』にこそ見いだせる動態が鮮明に浮き彫りされてきたといえる。単線的な典拠や影響関係におわらせない方向づけが今後の課題であろう。

四　歴史記述と故事

説話と軍記をジャンル論として対置する方法はもはや有効とはいえない。くりかえし述べているように、説話はジャンルというよりあらゆる領域に遍在するメディアとしてあり、世界を認識する媒体、もしくは言説としてあった。

言説と物語の領域を往還する自在な生きもののごとくある。説話集や軍記中心史観に立つ限り、ジャンルの束縛から自由にはなりえない。自由か不自由かは研究者の自己認識、アイデンティティにかかわるから一概に否定できないが、軍記というジャンルに収束するのではなく、ひろき歴史記述の地平におしもどして読みなおすべきだ、というのがここでの論点である。軍記がかつて歴史書に位置づけられていた状況をあたまごしに否定するのではなく、その地点からもう一度とらえかえしてもよいのではないか、ということだ。文芸としての軍記ではなく、歴史記述としての軍記という観点である。それも史実と虚構という二元論ではなく、歴史とどうたちむかい、叙述していったのかという、歴史記録も歴史物語もすべてを歴史記述の次元から同一平面上にみつめなおすことが必要であろう。

史実と虚構の二元論の限界は、何をもって史実とするかの認定ができにくいことにある。たとえば『玉葉』などをみても、さまざまな風聞や憶説がとびかい、怪情報がゆきかうなかを右往左往しているさまが鮮明に写し出され、現場の渦中にいるなまなましさを実感させるが、歴史のありようは結局わからない。混沌たる状況、混迷のなかでさきゆきがまったく見えない状態、それこそが歴史的真実であろう。起承転結や因果律による事件解釈は、事件から距離をおいて客観視しうる地点に立ってはじめて可能となる。そこには不可避に解釈主体のイデオロギーや想像力、価値判断が作用するのであって、純粋客観的、実証的な記述はのぞむべくもない。歴史的事実、史実の認定はさほど単純にはいえないだろう。

よくひきあいに出される殿下乗り合い事件など、『玉葉』や『愚管抄』では報復の張本人は実は重盛であり、それを『平家物語』が清盛に収斂させ、平家悪行の第一に位置づけたとされる。記録の史実と物語の虚構が指摘しやすい好例であろう。清盛はこの頃福原にいたらしいから報復事件にかかわった可能性はたしかに低い。しかし、『愚管抄』では重盛の鬱憤ぶりをきわめて特異なこと（「不可思議ノ事」）とみていることも見のがせない。そういう事件解釈へのまなざしがやがて清盛を中心に呼び出してしまうに違いない。かような構図をすでに『愚管抄』の記述が胚胎していることをみるべきだろう。すくなくとも『平家物語』だけの虚構をいうことはできない。重盛から清盛への主体の転換に、共同体の期待の地平がうかがえる。『平家物語』はそれを代弁し、凝縮した。そういう〈歴史〉をいわば創り出したのだ。

ことは『愚管抄』『玉葉』と『平家物語』といった特定のテキスト間の問題ではない。事件の解釈をめぐるさまざまな憶測や想像や判断などがよじりあわされ、複合されて歴史解釈は作り出されてゆく。平家悪行のはじめという意味づけ自体、すでに平家滅亡を尺度とする史観以外のなにものでもない。単線的な史実と虚構という二元の対置ではあまりにとりこぼすものがおおきいのではないか、ということをあらためて思う。

歴史記述に視野をひろげて気づくことは、歴史故事との対応である。(14) これは一種の先例主義であり、規範であり、認識の基本であった。眼前の出来事、事象、事件を、過去と対比させ、それに匹敵する意義もしくはそれをしのぐものとして意味づけようとする。そういう故事を通して歴史のつながりや断絶を認識する、いわばもうひとつの歴史がそこに呼び出される。眼前の歴史はさらに時空をさかのぼった過去の中国や日本の歴史（主に古代）と重層しあい、対照され、よじりあわされて展開する。そういう構造になる。中世日本紀の問題もかような文脈から読まれるべきで、たんに典拠関係の次元に回収されるものではないはずだ。

『平家物語』でいえば、治承寿永の歴史を語りつつ、内外の歴史がかさねあわされ、ないまぜにされる。もちろんひきあいに出されるのはかならずしもまとまった歴史記述ではなく、そのつど変わりうるもので、可変性をおびる。多くは断片的で簡略化されるが、時としては独立した章段名がかぶせられるように、ひとつの独立した物語として提示される場合もある。本筋からの遊離や付けたりではなく、それもまた歴史記述としてあった。

さらにみるべきは、故事の成語、諺、格言である。これも以前述べたことがあるが、故事を説話の典型とすれば、それを縮約した格言や諺そのものもまた説話といってよいのではないか、ということになる。[15]「会稽の恥」「雪辱」といえば、すでに越王勾践の物語がそこには内包され、凝縮されているのであって、それらの語の背後にぶあつい物語が渦巻いている。とすれば、諺なり成語なりが説話そのものを負っているわけで、時としてそのいわれが『太平記』のごとき「長物語」として展開されたり、お伽草子『呉越物語』などにまでつらなる場合もあり、逆に成語一語に集約される場合もある。[16]どういうケースにどう語られるかは流動的でそのつど変化する。伸縮自在、変幻自在のいかようにも姿かたちを変えうる流動体としてある、それが説話だ、ということになるだろう。これをあえて、〈諺・説話論〉と呼びたい、と思う。そしてその開閉の装置がすなわち注釈という営為にほかならない。

とすれば、こうした諺、成語、格言の類を最も物語のなかで有効に機能させているのが歴史記述、とりわけ軍記であったといえるだろう。歴史のなかで次から次へさまざまに生起する事象をみきわめ、タイプ化ないし仕分けして過去の故事と照合し、あてはめていく、それは時としてみごとに符合する場合もあれば、うまく適合せずずれてしまう場合もあろう。あるいは意識的にずらしたり、もどいたりして、パロディ化する場合もあろう。相互のすりあわせの仕方は微妙である。故事が故事として、物語叙述でどのように機能するか、不断の検証が必要であろう。

歴史記述の総体が重層化するとまではいえないにしても、個々の人物や事象が過去の故事とかさねられることで、その部分の歴史は二重化する。歴史がまた別の歴史をひきこみ、スパークする。あるいは記述自体がそのようなふるまいを惹起させてしまう、そういう構図にほかならないともいえる。たんなる二次的な、後出の連想にとどまらない。話型や話素、モチーフの編み目がかぶせられ、くみこまれてしまう。いいかえれば、故事先例にあらかじめあわせた事象、事件として記述される。故事を語るために、眼前の出来事がひきあいに出されるにすぎない場合もありうるだろう。故事が眼前の歴史記述を追い越してしまい、記述を故事にあわせるように先導させてしまう、そういう場合もありえただろう。ある面で一種の歪曲にほかならないが、これも歴史をいかに認識するかの次元であり、歪曲という語には実体的な史実への幻想やもたれかかりがまだ消えていないことをうかがわせる。ことほどかように故事先例は重みをもっていた。

このような故事先例、その縮約である諺、成語、格言としての説話、それらをまるごと総体含みこみ、記述したものが歴史記述である、ということになるのであろう。物語りの現在の歴史は故事と類比され、対照されることで、故事化されうる契機をえるのである。故事として認知されることで歴史化する、といいかえてもよい。歴史記述とはそういう故事として認識され、記述される。故事になることで歴史としてたちあらわれてくる。近代の歴史記述や歴史観と根本的に異なる歴史への眼がそこに見いだせるであろう。編年体の歴史中心史観に慣らされすぎた眼を、故事をとおして相対化しなくてはならないだろう。そうした発想は歴史記述だけにとどまらない。政治システムをはじめほとんどのものごとが故事先例をもとに機能しており、文化構造そのものの問題としてある。[17] 歴史記述は必然として故事を選び取り、その流れや渦におくことで自己の主体を確たるものにしようとしていた。かたちはどうあれ故事の呪縛から自由であることはできなかった。というより故事との相関をどう規定し位置づけるかに叙述の課題や方法があったはずである。

五　諺・説話論へ

こうした歴史故事は比較的引用の意味あいがみえやすいが、一方で当時一般化していたり流行していた成語、諺、格言の類も多くとりこまれている。問題視されてはいるが、出典研究レベルでたちどまっている傾向が強い。その表現機能や意味作用をテキストに即して読み込んでいく必要がある。ここではひとつだけ例をあげておこう。

先の殿下乗り合い事件の後、延慶本ほか読み本系では、事件の翌日、西八条の門前に、法師が袖を腰にからげて長刀で何かを切ろうとしている作り物がおかれていた。法師の前に置かれていたのは、湯気（毛立ち）が立った石鍋であった。門前に市をなすほど人が集まったが、そのいわれがわからないでいると、老僧が現れ、報復事件をもとに、これを「ムシ物ニアフテ腰ガラム」と洒落たのだといい、「一同ニハト咲ケリ」、いったいどんな「跡ナシ者」（むこうみずな者の意か）のしわざであったろう、おもしろいことだと語り手は結ぶ（延慶本、長門本もほぼ同じ）。

『源平盛衰記』では、作り物はさらに詳しく具体化される。

土器ニ蔓菜ヲ高杯ニモリテ、折敷ニスヘ、五尺計ナル法師ノハギ高ニカカゲタルガ、左右ノ肩ヲ脱テ、キル物ヲ腰ニ巻集、箸ヲ取テ、ニタル蕪ノ汁ヲ差貫テ、カワラケノ汁ヲニラマヘテ立テルヲ造テ置ケリ。（巻三）

延慶本が長刀であるのに対して、おおげさな格好で箸を手にするさまがより滑稽味をましている。また、作り物の解釈をする主体は老僧ではなく重盛に変わる。これこそ「ムシ物ニアヒテ腰ガラミ」だ、「京中ノ咲ハレ草」になったと慨嘆する。清盛・重盛の対比構造にくみこまれている。延慶本は老僧のいわば絵解きによる座の諷刺的な笑いに解消される、演劇的な構図がきわだつ。老僧は乗り合い事件の平家方の報復を語るわけで、事件の一部始終に通じている。それを蒸し物に腰がらみの成語と結びつけ、一同大笑いとなり、語り手の「ヲカシ」に収束する。すべては老僧の語りに誘導されるのであって、この老僧は機能上はほとんど〈神〉の位置にいる。蒸し物の成語と結びつけるのも彼であり、皆が大笑いするのもその成語がいかに当時一般化していたかを如実に示していて、そこまで計算されつくされている。蒸し物の作り物から何からほとんどすべてはこの老僧によってしくまれていたとさえ思わせるほどだ。

ここに「むし物にあひて腰がらみ」の成語が出てくることに注目したい。(18)『盛衰記』では巻四の後二条師通の呪詛事件、有名な仲胤の教化の一節にみえる（延慶本ではなぜか見せ消ちになり、同話の『日吉山王利生記』にもある）。

菜種ノ竹馬ノ昔ヨリ、生立タル友実ト知ナガラ、蒸物ニ合テ腰絡シ給フ殿ニ、

さらには、巻十八の文覚の有名な勧進帳の段、院に推参して捕縛される場面にも、

無慚ヤ仏法者ニテアルモノヲ。袈裟衣著タル者ヲ。清浄ノ上人ニテ有モノヲ。蒸物ニアヒテ腰搦ノ風情哉ト哀ム人モ有ケリ。

とあり、大赦で放免後も、

ココノ闕タルハ院ノ所為ヨ、頭ノ腫タルハ法皇ノ所行ゾカシ。蒸物ニ合テ腰ガラミトテ、

と文覚自身が放言する。文覚の段で二度も出てくることに注意したい。残念ながら読み本以外の用例をさがしえないが、中世に流行していた諺であることに疑いの余地はない。すくなくとも『平家物語』の読み本はそういう諺を共有する共同体を前提にしている。三弥井版の頭注通り、弱いものいじめ、権威をかさにきて弱者をいたぶる、といった意味を文脈からおしはかることができる。現行の故事成語辞典類ではおびえた腰抜けの意味にとるが、ややニュアンスが異なる。具体的な用例からは右記のごとき意味としか解しようがない。直接には蒸し物の調理にまで着衣を腰にからげつけて仰々しく対処するしぐさを難ずるもので、益田勝実のいう「取るに足りないものに対して仰々しく立ち向かうこと」でよかろう。乗り合い事件では清盛が揶揄の対象になる。仲胤の教化では後二条師通、文覚の場合は後白河院が標的になる。いずれも時の権力者で、その横暴非道がやり玉にあげられる。勧進帳を朗々と読み上げる勧進聖文覚が使ったり、説教で名高い仲胤が用いたり、老僧が逐一解説したりしている面からみて、当時の唱導世界でよく使われていた成語かもしれない。その成語のおおもとの出処は不明だが、どういう場でどう使われていたか、およ

そは想像がつくだろう。

乗り合い事件の作り物は、中世に意義をもっていた蒸し物に腰がらみのことわざを具体的に可視化できるよう直截に提示したものだった。この作り物がむしろ成語を成語として確立させたといいかえてもいいだろう。乗り合い事件を契機とする作り物は諺の起源を示すものとなっているのではないか。京童部に象徴される都市民の抵抗、諷刺やパロディであり、それが物語記述としては平家悪行のはじまりに結びつけられている。

しかし、延慶本と盛衰記では同じ話であっても、そのもつ意義はおおいに異なる。後者はあくまでその逸話を清盛・重盛の対比構造にくみこもうとし、前者はむしろ都市の光景のうちにとらえようとする、抵抗や諷刺のニュアンスがより強い。さりげない逸話でありつつ、そのもつ意味はなかなかに重いものがあるのではないか。都市の光景として放散された構図を盛衰記はもう一度、物語の文脈におしもどした、という過程になるだろう。

この逸話自体、蒸し物に腰がらみの成語をもとに作られていることにほとんど疑いの余地はない。逸話がはじめからあって、それがたまたま蒸し物の成語をひきあいにした、というような体裁ではありえない。蒸し物の成語を前提に、その成語をより確固たる起源譚として仕あげたといえよう。あるいは、ことの次第は仲胤や文覚らに名を借りた唱導活動に利用され、一般化していたものが作り物にまで高められたとみる方が自然かもしれない。が、他方で作り物による徹底化がこの諺をより飛躍させ、唱導に吸引されていったともうけとれる。

すくなくとも、読み本の位相は後者に該当しそうである。仲胤や文覚の引用に乗り合い事件の作り物の逸話は避けがたく介在せざるをえないからだ。蒸し物の成語や諺の起源として、背後に乗り合い事件の逸話をイメージさせずにおかない。蒸し物の諺には乗り合い事件の作り物の逸話がある。諺が歴史化し故事化したといえようか。蒸し物の腰がらみのいわれを作り物によって提示するありかたは、一般の故事が過去の事件の物語でいわれを語るのときわめて対照的であり、ここには演劇や芸能との対応がきわだつ。説話が芸能や演劇との関連で読みとかれるべき恰好のサンプルにもなっているのである。諺や成語が説話論に不可欠の意義をもつばかりでなく、それが〈軍記〉『平家物語』で展開されることの意義をあらためて感じさせるのである。

以上、雑駁な論に終始してきたが、説話と軍記の研究は読みを深化させるべく新段階にいたっているのであって、今後さらなる進展が待ち望まれるのである。

注

（1）ディヴィッド・ビアロック「国民的叙事詩の発見―近代の古典としての『平家物語』」（『創造された古典』新曜社・一九九九年）

（2）小峯和明『説話の森』大修館書店・一九九一年、『中世説話の世界を読む』岩波書店セミナーブックス・一九九八年

（3）村上学「中国中世小説の視座から」（「説話文学研究」二九号・一九九四年）

（4）小峯和明「物語論のなかの『平家物語』」（『平家物語　批評と文化史』汲古書院・一九九八年）

（5）高木史人「語りの声」（『平家物語　研究と批評』有精堂・一九九六年）、兵藤裕己「口承文学総論」（岩波講座日本文学史16巻『口承文学1』一九九七年）及び『平家物語の歴史と芸能』吉川弘文館・二〇〇〇年

（6）講座日本の伝承文学1『伝承文学とは何か』三弥井書店・一九九四年

（7）森正人『今昔物語集の生成』和泉書院・一九八六年、小峯和明『今昔物語集の形成と構造』笠間書院・一九八五年

（8）名波弘彰「『平家物語』髑髏尼説話考」（「文芸言語研究」文芸篇二八・一九九五年）、美濃部重克「戦場の働きの価値化―合戦の日記、聞書き、家伝そして文学―」（「国語と国文学」一九九三年一二月）。ただし、美濃部論は結局、軍記を文学作品と

して上位や究極におくヒエラルキー論に陥っているところが賛同できない。あるいは、広末保『漂泊の物語』(平凡社・一九八八年)にいう一次・二次伝承の位相差の問題も関連しよう。

(9) 阿部泰郎「唱導における説経と説経師—澄憲『釈門秘鑰』をめぐりて—」(『伝承文学研究』四五号・一九九六年)、小峯和明「唱導—安居院澄憲をめぐる」(『古典文学と仏教』日本文学と仏教9・岩波書店・一九九五年)、牧野和夫「唱導と延慶本『平家物語』—その一端・類聚等を通して—」(『説話と語り』有精堂・一九九四年)

(10) 牧野和夫『平家物語』新潮古典文学アルバム・一九九〇年

(11) 三谷・小峯編『中世の知と学〈注釈〉を読む』森話社・一九九七年

(12) 黒田彰『中世説話の文学史的環境』和泉書院・一九八七年

(13) 阿部泰郎「日本紀と説話」(『説話の場』説話の講座3・勉誠社・一九九三年)、斎藤英喜編『日本神話その構造と生成』(有精堂・一九九五年)、「解釈と鑑賞」日本紀特集号・一九九九年一月、他。

(14) 牧野和夫「平家物語の漢故事の出典研究史」(『平家物語の生成』汲古書院・一九九七年)

(15) 小峯『中世説話の世界を読む』岩波セミナーブックス

(16) 楊暁捷「中国故事の終極—スペンサーコレクション蔵絵巻『呉越物語』をめぐって—」(「仏教文学」二一号・一九九七年)

(17) 龍福義友『日記の思考—日本中世思考史への序章』平凡社選書・一九九五年

(18) 益田勝実「古事談鑑賞七」(「解釈と鑑賞」一九六五年十月)。川鶴進一氏の示教を得た。

＊ 研究史については、兵藤裕己『平家物語—語りと原態』(日本文学研究資料新集・有精堂・一九八七年)、佐伯真一・小秋元段『平家物語・太平記』(日本文学研究論文集成・若草書房・一九九七年)参照。

中世戦闘史料としての軍記物語の位置
——『前九年合戦絵巻』と『平家物語』の関係を中心に——

近藤好和

はじめに

前著[1]でも述べたように、軍記物語は中世戦闘考察のためのこの上ない史料である。しかし一方で、史料としての限界もある。それを補う史料として、絵巻などの絵画史料があり、そして、武器・武具の遺品がある。前著では、『今昔物語集』（以下、『今昔』と略す）と『平家』（延慶本と『源平盛衰記』。以下、あわせて『平家』とする）の戦闘を、主に武器・武具の遺品との関係で考察したが、本稿では軍記物語と絵巻の関係を考察したい。

具体的には『前九年合戦絵巻』（以下、「本絵巻」とする）を取り上げるが、本絵巻は、中世の武装や戦闘を考察するための史料として、これまであまり取り上げられなかった絵巻である。しかし、本絵巻と『平家』の武装・戦闘描写は密接な関係にあり、じつは現存絵巻のなかで『平家』の戦闘ともっとも一致するのが本絵巻である。その要点の一部はかつて述べたことがあるし[2]、また、本絵巻の注目すべき戦闘描写も個別には指摘してきた[3]。しかし、本絵巻の武装・戦闘描写を全面的に分析する機会はこれまでなかったし、筆者自身、その後に考えを改めた部分もある。

そこで本稿では、本絵巻の武装・戦闘描写を全面的に分析し、『平家』との関係を改めて考えたいが、紙数の関係から絵巻の分析を主眼とし、『平家』の分析は前著に譲って最小限に留める。また本絵巻の画面もすべて引用したいところだが、やはり紙数の関係から最小限に留める。『続日本絵巻大成17』（中央公論社　一九八三年）などを参照されたい。

一　『前九年合戦絵巻』の概要

本絵巻は『（奥州）十二年合戦絵巻』ともいい、一一世紀中葉に陸奥国で起こった、いわゆる前九年合戦を題材とした絵巻である。現存本は、完本ではなく、零本であり、国立歴史民俗博物館蔵本（その一部は五島美術館蔵、併せて「歴博本」とする）と東京国立博物館本（「東博本」とする）の二種類がある。両者は画面的に重複部分がある別本で、残存部分は歴博本がはるかに多い。本絵巻の研究は少ないが、基本となるのは宮次男氏の研究であり、[4]氏によれば、どちらが原本というのではなく、ともに先行する祖本からの派生本（模写本）であり、歴博本の製作年代は一三世紀後半で、東博本はそれにやや遅れる頃という。『吾妻鏡』承元四年（一二一〇）一一月二三日条には、将軍実朝が京都から取り寄せた「奥州十二年合戦絵」がみえる。これと現存本との直接の関係は不明だが、何らかの関係は示唆される。本稿では、残存部分の多い歴博本を取り上げ、画面別に①～⑧に分類してみていこう。

二　画面①　追討宣旨下る

「□勅を奉て、私の亭に帰て家人等に」ではじまる詞書の内容から、陸奥守兼鎮守府将軍に任命され、安倍頼良追討宣旨を受けた源頼義の陸奥国への出立場面と思われる。画面は将軍頼義の京内の私邸。まず将軍と妻との別れの場面らしきをものを描き、ついで出立の宴の場面に移り、庭中を経て門外へと続く場面で、出立直前の様が描写される。京内の私邸であることは、庭中に牛車の車輪がわずかにみえることから察せられる。
画面の人物は概ね大鎧《おおよろい》や腹巻《はらまき》を着用し、弓箭《ゆみや》や太刀・長刀《なぎなた》（以下、併せて「打物《うちもの》」とする）などを佩帯した姿に描かれる。しかも庭中から門外に至る場面では概ね兜《かぶと》（星《ほし》兜）さえ被った完全武装姿で描かれるが、これは、出立（出陣）の場面であることを強調するための絵画的表現と思われる。

というのも、大鎧は兜と合わせて軽いものでも二〇キロを越える重量であり、[5]これに籠手《こて》・脛当《すねあて》などの小具足《こぐそく》と弓箭・太刀などの重量が加わればさらに重い。当然、身体の自由も制約される。大鎧よりも軽量の腹巻でも[6]事は同じである。まして兜など被ればなおさらである。[7]甲冑は、戦闘が迫って着用するものであり、一部の警固の者を除き、京都から遠国の陸奥国まで完全武装で出立したと考えること自体が非現実的である。そもそも途中就寝等で脱がないわけがないであろう。

さて、画面の中心となる宴の場面では、一室ぐるりに畳が敷かれ、将軍以下、義家などの配下の武将たちが着座するが、画面上方の将軍と義家（光任も含むか）の畳は大文高麗縁《だいもんこうらいべり》なのに対し、他の畳の縁は無文であり、将軍と義家が一座の上座であることを示す。また、将軍・義家・光任は揉烏帽子《なええぼし》だが、他は折烏帽子《おりえぼし》であり、ここにも身分差が示されている。身分といえば、将軍の左側の兜は明瞭さを欠くが、画面④の将軍の兜に徴すれば、真向《まっこう》に金地の半身龍を配した龍頭《たつがしら》の兜であり、義家の左背後の兜には金地の獅噛台《しがみだい》の鍬形《くわがた》を打つ。

中世後期（南北朝期以降）では鍬形は兜必備のものとなるが、中世前期（鎌倉時代まで）では原則として一部の上級武将の兜以外は鍬形はない。中世前期では、鍬形は身分標識的な意味合いがあったと思われる。本絵巻でも、鍬形打った兜は、義家（画面④・⑧〈図③〉にもみえる）のほかに、画面⑦の安倍貞任だけであり、東博本でも貞任の兜だけである。どちらも大将クラスの武将である。まして龍頭の兜は源氏重代の八甲のうちの八龍《はちりゅう》の兜がそれといい、[8]将軍の兜がそれを意識して描かれたかどうかは不明だが、その象徴性は鍬形よりも高いであろう。
将軍の大鎧は、威の描写などはまったく剥落しているが、鎧下装束の右袖と袴は赤地に表現され、その右肩に白い部分がみえる。この白い部分は下着がみえているのであり、装束の袖と身が縫い合わされていない（綻んでいる）ことを示し、それが水干《すいかん》であることを示している。義家の装束の右肩の部分も袖の色とは異なり、赤く表現されて、これも水干かと思われるが、将軍ほどに明瞭ではない。なお、将軍の正面に座す童も水干である。

中世の鎧下装束といえば、直垂《ひたたれ》（鎧直垂）であり、それは軍記物語から確認できるが、平安末期の特に武官を帯する武士の場合、直垂よりも水干が正式であったようである。(9) また、将軍前方の簀子には毛沓《けぐつ》が置かれている。軍陣での履き物は、中世前期の騎兵では貫《つらぬき》がふつうであり、画面冒頭で妻と別れを惜しむ将軍の履き物も貫で、画面⑤には毛沓を履いた人物もみえるが、毛沓を履いた騎兵は描かれていない。しかし、やはり平安末期の武官を帯する武士の場合、貫よりも毛沓が正式のようである。(10) 水干や毛沓は、本絵巻の祖本の武装様式が平安末期まで遡りうることをうかがわせている。

さらに将軍は右袖口を括っているが、義家の右袖口は括らずに白の裏地を見せる。ところが、袖口は狭い。庭中側の簀子に座し、光任に話しかける茂頼の白い鎧下装束（直垂か）の袖口も狭い。また、庭中や簀子周辺の腹巻に打物を持った人々の袖口も狭い。直垂は、その原型の労働着がのちに袖細《そでぼそ》と呼ばれることからもわかるように、本来は袖口の狭いものであった。従って、袖口が狭いということは、その直垂が古様であることを示し、かかる点からも祖本の時代がわかろう。

甲冑では、威毛《おどしげ》は縄目《なわめ》などは描かれず、毛引《けびき》だけが描かれるが、毛引はどれも太く、特に幅広の札《さね》を用いた大荒目《おおあらめ》であることを示し、ここにも様式の古様さがうかがわれる。大鎧や腹巻の立挙《たてあげ》・衡胴《かぶきどう》・草摺《くさずり》などの部位の札板《さねいた》の段数は、遺品に徴して必ずしも正確ではなく、八間に細分すべき腹巻の草摺は、一間の幅が大鎧のそれよりもやや狭いだけで、間数は四間にみえる。兜の䩮《しころ》も通常の遺品よりは一段少ない四段である。

ただし、䩮は、最下段を菱縫板《ひしぬいのいた》とし、吹き返さずに描くのは遺品通りであり、大鎧の袖の段数も中世前期の遺品通りに六段に描かれている。絵巻では、『平治物語絵巻』（以下、『平治』と略す）のように、袖は五段に省略されることが多いが、大鎧の部位でもっとも目立つのが袖であることを考慮すると、その描写が正確であるということは、本絵巻の武装描写が、稚拙だが、必ずしも信頼できないものではないことを示していよう。また、長寛（一一六三〜一一六五）頃の検非違使の風俗を正確に描写した『伴大納言絵巻』（以下、『伴大』と略す）(11)によれば、腹巻の草摺は本来四間であり、それが八間に分割する過渡期の様が描かれている。つまり、本絵巻の腹巻の草摺が四間にみえるのは祖本の写し崩れかもしれない。

一方、胸板《むないた》・鳩尾板《きゅうびのいた》・栴檀板《せんだんのいた》の冠板《かんむりのいた》・袖の冠板などの大鎧の金具廻《かなぐまわり》の描写は曖昧であり、胸板・鳩尾板・袖の冠板などは非常に小さく描かれ、栴檀板の冠板は描かれていないようにさえみえる。これらは一面では描写の稚拙さに起因しようが、古様な大鎧では、胸板は小さく、袖や栴檀板の冠板は本来はなかった可能性もある。『伴大』の大鎧にも栴檀板の冠板は描かれないものが多い。鳩尾板は古様な大鎧では大型だから一概にはいえないが、一方で、本絵巻では、大鎧の肩上《わたがみ》の障子板《しょうじのいた》は省略されてはいないことなどを考慮すると、本絵巻の金具廻の描写には、古様な要素が含まれている可能性もあろう。

また、腹巻の肩の杏葉《ぎょうよう》は、茂頼の傍らの腹巻姿に黒のそれが描かれるだけである（ただし、庭中の楯からのぞく腹巻姿の肩の黒い部分も杏葉かもしれない）。遺品では肩に杏葉を付けた腹巻はない。それは、中世前期まで遡る腹巻の遺品が愛媛・大山祇神社の紫韋威の一領だけであり、それには左右の袖が付いているからだが、『伴大』の腹巻の肩にも杏葉はないため、腹巻の杏葉は古くは必ずしも完備していなかった可能性もあろう。なお、大鎧の弦走《つるばしり》の文様は剥落しているものが多いが、総体に古様さを感じさせる。小具足は、大鎧姿では片籠手《かたごて》に脛当だが、腹巻姿では概ね小具足を付けていない。

武器ではそれほどの特徴がない。矢の容器は概ね逆頬箙《さかつらえびら》のようで、太刀は概ね黒漆のようである。長刀は、刀身は短寸で反りは浅く、柄には鉄蛭巻《てつひるまき》が施される。かかる長刀は、極端に反りが深い『平治』の長刀に比較して、遺品の特徴をよく伝えている。(12)

将軍の太刀は、柄頭《つかがしら》に鳥の首の意匠の金地金物を取り付けた鳥頸太刀《とりくび》であり、それが儀仗《ぎじょう》ではなく、ここでは兵仗《ひょう》《じょう》としてみえることが注目される。また、箙が、よく誤解されるように背中に負うものではなく、右腰に負うものであることが画面から明瞭にわかるが、いずれも矢が垂直に近い角度に立っている点は実用にそぐわない。矢を箙から抜き出しやすくするためには、もう少し後方に倒れる形で矢を負わなければならない。これは、出陣の画面だからではなく、画面③（図①・②）や⑧（図③～⑤）などの戦闘画面でも同様である。

ところで、甲冑と武器との関係は、車宿の柱に弓を押しつけて弦を張っている人物が腹巻に弓箭と太刀を佩帯し、星兜を被っている。その人物の履物は、背後の弓を横に捧げ持ち弦を喰い湿している大鎧姿が貫なのに対し、草鞋《わらじ》であり、それが歩兵であることを示すが、それ以外は、弓箭の佩帯は大鎧姿だけであり、腹巻姿では弓箭はなく、打物である点は注意しておきたい。また、腹巻に兜は、庭中、画面下方にもその背後が描かれているが、腹巻と兜との関係及び本絵巻の兜の描写については画面②でふれたい。なお、築地からは弓（弓袋《ゆみぶくろ》もみえる）や長刀にまじって鉄熊手《てつくまで》もみえる。

馬具は、杏葉《ぎょうよう》轡《ぐつわ》に舌長鐙《したながあぶみ》で紅の総鞦《ふさしりがい》を掛け、黒漆塗りの鞍橋《くらぼね》に腹帯《はるび》を前輪《まえわ》搦《がらみ》とした様を明瞭に描き、また、泥障《あおり》をしている点も注目される。軍陣（甲冑姿）での泥障の使用は、『伴大』や『蒙古襲来絵巻』（以下、『蒙古』と略す）ではみられるが、『平治』など多くの絵巻ではみられない。本絵巻でも、画面③の右側の騎兵（図①）・画面④の景道・画面⑦の則任・画面⑧の光房・光任・義家に射落とされる騎兵（図③・④）などには泥障がない。なお、門外では、大鎧に星兜の茂頼が従者の手を借りて馬の右側から騎乗しているが、諸外国や現在では左側からの騎乗がふつうであり、わが国前近代の独自の騎乗法である。

以上の武装描写の特徴は、他の画面でも概ね当てはまる本絵巻全体の特徴であり、以下では繰り返さない。

三　画面②　陸奥への出立

将軍一行の陸奥への出立（道中）場面と思われる。ここでも騎兵・歩兵すべてが完全武装だが、画面①と同様にこれも絵画的表現であろう。

ただし、前陣の義家と後陣の将軍は兜を被っていない。ところが、義家の左側には、腹巻に星兜で長柄《ながえ》の刀剣の歩兵が従うが、その腹巻と兜の鞆の色は異なり、鞆は義家の大鎧と同毛である。甲冑の胴と鞆は同じ威《おどし》毛《げ》とするのが原則であり、また、中世前期の腹巻には原則として袖と兜は付属せず（もっぱら絵巻類が根拠）、中世後期にそれらを完備した三物《みつもの》完備《かんび》の腹巻が成立する。中世前期の絵巻などで、腹巻に兜を被り、しかも腹巻と鞆の威毛が異なる場合、それは主人の兜を被った兜着《かぶとき》の郎従と判断すべきである。兜着の郎従は『伴大』に明瞭だが、つまりこの場合は義家の大鎧と同毛であるから、義家の兜を被っていると解釈すべきである。その点は、兜に金地の鍬形（その形は高角《たかつの》のようにもみえる）を打っている点からもわかる。画面①で指摘したように、中世前期の鍬形の使用は限定されたもので、歩兵に鍬形は僭越であり、本絵巻では鍬形は義家と貞任の兜だけにみえるからである。なお、この兜着の長柄の刀剣は長刀のようであるが、刀身が短寸・無反りのため、あるいは手鉾《てぼこ》かもしれない(13)。

将軍の左右にも腹巻に兜の歩兵が従うが、左側の鉄熊手の歩兵の腹巻と鞆は同毛で、本人の兜のようである。腹巻に同毛の兜の歩兵は画面④・⑦（二図づつ）・⑧（図④）にもみえ、袖を付けた腹巻は描かれていないが、中世前期でも兜付属の腹巻は存在した可能性もあろう。なお、その歩兵の鞆の左右に栴檀板の如き細い札威《さねおどし》の板二条づつが描かれているが、あえて命名すれば、「割袖《わりそで》」とでも言うべき、腹巻の肩の防御具と思われる。しかし、その実在の当否は管見では他に類例を知らない（『平治』三条殿夜討巻には、同類の札威板が脇下に描かれる腹巻姿が一図みえるが、それは脇引《わきびき》であり、これとは別であろう）。また、その歩兵の腰刀には白の布帛の見せ鞘がみえる。

一方、将軍右側の歩兵は腹巻と鞆の威毛が異なるため、将軍の兜着である可能性が高いが、将軍の大鎧の威毛は、画面①・④でも剥落して色は不明であり、将軍の兜は龍頭の兜であったが、この兜は鉢の部分が剥落している。しかも、画面④の将軍の龍頭の兜の真向の金物（近世以降でいう眉庇《まびさし》）は金地だが、この兜の眉庇は黒いため、兜着であると断定はできない。画面①でも、弓に弦を掛ける腹巻姿は腹巻と鞆の威毛が異なり、その背後の大鎧姿は兜を被っていないため、その兜着とも思われるが、鞆と大鎧は同系統だが異色であり、これも断定できない。兜着のような存在がいるのも、兜が重いからであり、この点からも、京都から甲冑を着用していくことの非現実さがわかろう。

さて、義家の兜着が被る兜の鉢には筋と小星が描かれ、頂辺《てつぺん》には金物がうず高く描かれ、その孔は小さい。一方、将軍に従う光任の兜は、真向に太い篠垂《しのだれ》一条を描き、星は大きめで、頂辺に金物を描き、孔がみえる。また、将軍に従ういま一騎の背面をみせる騎兵の兜も、星は大きめで頂辺に金物を描く。星兜の遺品の傾向では、星や頂辺の孔は時代の下降につれて小さくなり、また、筋も加わってくる（さらに星が消滅し、筋兜《すじかぶと》となる）。従って、小星で筋があり、頂辺の孔の小さい義家の兜は、鎌倉後期以降の様式で、星も頂辺の孔もそれより大きく、しかも太い一条の篠垂の光任の兜は、それよりも古様な様式ということになり、義家の兜は歴博本の作期の反映、光任の兜は祖本の影響と解釈することもできる。しかし、かかる相違は時代相の反映というよりも、描写の稚拙さによるものであろう。

『平治』が大きな頂辺の孔から出た烏帽子の先端を丹念に描いているが、義家周辺の景通や旗差などの三騎兵の兜は、頂辺が黒く盛り上がっている。かかる兜の描写は本絵巻に散見されるが、これは、金物を加えない共鉄《ともてつ》の頂辺を表現したともみられる一方で、祖本の頂辺の孔から出た烏帽子の先端の写し崩れとも解釈でき、これも描写の稚拙さに起因するものかもしれない。

また、本絵巻の眉庇の上辺は概ね一文字である。遺品ではごく浅い山形が多いため、これも描写の稚拙さに起因するものとも見られるが、本画面の割袖の歩兵のそれは櫛形、画面⑦の金為基・画面⑧の則任の兜では山形で（図④）、画面⑧の金為行のそれはゆるい櫛形である（図④）。しかも遺品でも、岡山県立博物館の赤韋威鎧の兜の眉庇の上辺は一文字である。この遺品の現状は後世の修理を経たものだが、原型は平安末期まで遡りうる様式であるため、上辺が一文字の眉庇は古様な表現なのかもしれない。

なお、将軍の左右の歩兵・光任・その後の歩兵・景通・義家の後の騎兵の兜の下には、半首《はつぶり》が描かれる。半首が、兜のない歩兵の頭部の防御具ではなく、いずれも兜着用者が使用し、内兜《うちかぶと》の防御具となっている点が半首の使用の一端をみせている。また、ここでも大鎧姿だけが弓箭を佩帯し、しかもすべて騎兵である点に注意したい。

四　画面③　阿久利河の夜襲

阿久利河原で、藤原光貞・元貞兄弟が安倍貞任の夜襲をうける場面。画面右側から夜襲をする貞任側と応戦する光貞側を描き、転じて、光貞らが将軍へ事の次第を注進する場面へと続く。ここでは、戦闘形態と使用の武器に注目したい。まずは貞任側（図①）。木陰に騎兵二騎・歩兵七人がいるが、一陣後方の二人の歩兵が腹巻（一人は兜を被る）である以外はすべて大鎧である。そして、腹巻での武器が打物であるのに対し、大鎧ではすべてが弓箭を佩帯し、ここでも大鎧と弓箭の関係が看取できる。

ただし、騎兵は二騎だけで、画面上ではかれらだけが弓を構えているが、ここで注目されるのは、その馬がまったくの静止状態である点である。しかもその弓射姿勢は、左腰を前に捻った前傾姿勢で、前方に弓を構える。かかる馬静止前方射は、前著で分析したように、半井本『保元物語』中巻の源為朝と平是行の対戦がその典型であるし、『平家』にはそれを思わせる戦闘描写が多く、筆者がその存在を強く主張するものであるが[14]、それはまさにかかる状態の弓射をいうのである。

一方、光貞側では歩射で応戦する五人が描かれる（図②）。五人は、片膝をついて射ているようにみえる右端の一人が明瞭さを欠くが、他の四人は腹巻二人・直垂二人である。特に右から三人目は、露頂《ろちょう》で、腹巻は右の高紐《たかひも》を掛けず、引合《ひきあわせ》を開いたままの状態で弓を構えており、直垂姿で弓を構えている人物とともに、夜襲に対するとっさの応戦であることをよく示す。同時にこれらの弓射姿勢は、現在の弓道的な弓射姿勢とは異なる。特に右側の腹巻姿の弓射姿勢をみれば、やはり身体を前方に向け、腰を捻った姿勢で弓を構えていることがわかる。かかる弓射姿勢を「前方弓射姿勢」と呼びたいが、絵巻に描かれている歩射の多くはかかる姿勢である。

引き絞りすぎると折れてしまう木製弓は別にして、合せ弓は引き絞るほどに威力を増す道理であり、合せ弓を用いる弓道的弓射姿勢は、弓を最大限に引き絞るためには有効な姿勢であることは確かである。しかし、弓道的弓射姿勢は、あくまで歩射の競技として威儀を正すための姿勢であり、実用的には、非力の者でも弓を引き絞りやすくするための姿勢であって、けっして狩猟を含めた実戦的な弓射姿勢ではないであろう。実戦的騎射の典型が現在の流鏑馬的な騎射ではなく、獲物や敵を騎馬で追いかけながら前方射を行う追物射《おものい》（画面⑧〈図③〉参照）であることも、筆者が強く主張することだが[15]、歩射でも前方射こそ実戦的弓射であったと思われる。そして、騎射でも歩射でも前方射を行う場合は、左腰を前に捻った前傾姿勢を取るという点が重要であろう。

幔の奥では光貞・元貞が慌てて大鎧を着用する様が描かれるが、元貞の傍らの長刀を持った直垂姿は左手に星兜を持つ。この兜は威毛の一致から光貞の兜のようだが、注目すべきは兜の持ち方である。つまり、親指を頂辺の孔に入れて鉢をつかんでいる。兜の遺品を持つ場合もかかる持ち方がもっとも安定した持ち方であり、それが画面にも反映されている。

なお、以上と同内容の場面が東博本の中心となる画面であり、歴博本と東博本が共通の祖本からの派生本であることを明示しているが、馬静止前方射や歩射の前方射も明瞭である。

五　画面④　衣川関への進軍

将軍以下の官軍が安倍側が籠もる衣川の関へ進軍する場面。一部を除き完全武装姿で描かれ、将軍や義家もそれぞれの兜を被っている。ただし、画面中程の元貞だけは綾藺笠《あやいがさ》を被り、将軍一行に従う歩兵のうち、直垂に長刀の一人と、腹巻に弓箭の姿は綾藺笠を被る。画面の末近くで、陣太鼓を叩く水干姿も綾藺笠である。綾藺笠は烏帽子の上から被り、中央の巾子形《こじがた》に髻を入れる。『今昔』巻二五第五語の平維茂も綾藺笠を被った狩装束《かりしようぞく》で出陣しているが、綾藺笠は狩装束での笠であり、それが軍陣に応用されている。

事実、右記の腹巻姿の歩兵の弓箭は、弓は自然木の湾曲をそのまま利用した七曲《ななもじり》の丸木弓《まるきゆみ》であり、矢の容器は箙ではなく、矢に穂を被せた空穂《うつぼ》である。七曲の丸木弓は必ずしも狩猟用に限定されるわけではないが、自然木の湾曲をそのまま利用していることからもわかるように、日常の狩猟用の素朴な弓であり、空穂は中世後期には軍陣使用も盛んとなるが、本来は狩猟用である。つまりこの歩兵は弓箭も狩猟用を佩帯しているわけである。

ところで、この歩兵の右側を行く直垂姿の歩兵は、左手に馬に水を与える馬柄杓《うまびしやく》を持つが、歩き方（走り方）が注目される。つまり、現在では、歩くにしろ走るにしろ、手足を左右交互に出すのが自然だが、この歩兵は右手足を同時に出している。画面⑤の中門内の歩兵・門外の茂頼、画面⑦の則明に従う歩兵、画面⑧の画面上方右から、太刀を右肩に担ぐ腹巻姿・長刀を持つ腹巻姿（図④）・太刀を持つ大鎧姿（図⑤）なども、手足を左右交互ではなく、一方の手足を同時に出している。かかる歩き方（走り方）は他の絵巻にもみえ、武士だけではなく、貴族や庶民にもみえ、『蒙古』の元軍などもそれであるが、管見で顕著な例の多いのが本絵巻で、東博本でも散見され、特に騎馬の光貞に従う歩兵に顕著である。

実際に試してみると、手足を左右同時に出しても歩くことは可能で、走ることもできる。しかも武器の使用を考えた場合、歩きながら（走りながら）の弓射はないが、弓は左手を伸ばして構えるものであり、前方射では左腰を前に捻るわけだから、歩射の場合、左足も前に出した方が射やすい。また、太刀は、基本的には右手で扱うから、攻撃の場合、右足を踏み込んだ方が威力が増す。長刀も、左右どちらに構えるにしろ、構えた方の足を踏み込んで攻撃するのが自然の理である。手足を左右同時に出す歩き方(走り方)は、現在感覚では不自然であり、運動生理学や解剖学的にはどうかはわからないが、当時の人々にとってはふつうのことで、特に武士には理にかなったものであったのかもしれない。

通利・光任・元貞の三騎の大鎧は背面の逆板《さかいた》から小さな総角《あげまき》が下がるが、遺品では、袖の緒のうち、懸緒《かけお》を総角の左右の羂《わな》に掛け、水呑《みずのみ》の緒を総角の根に絡めるが、画面では、袖から緒を一本づつ総角の根へと描き、その緒の途中に結び目のようなものを描く。この緒は、総角の根へと描いている点では水呑の緒とも思われる一方、通常の水呑の緒は袖の三・四段目ほどに根があるが、画面ではそれよりも高い位置から出ており、冠板の裾裏に根のある懸緒とも思われ、どちらであるかは描写が曖昧でわからない。

しかし、その総角は『伴大』のそれと共通性を見せる。もっとも『伴大』のそれは総角ではなく、懸緒と水呑の緒を直接逆板の鐶に結びつける、総角発生以前の古様な様式である。本絵巻の祖本の総角も、おそらくは『伴大』のような古様式を示していたと思われ、本絵巻の総角の描写の曖昧さは、祖本に描かれていた古様式の総角と、製作当時には存在していた通常様式の総角を混乱したことに起因する可能性もあろう。

なお、本画面には、陣太鼓がみえ、それは画面⑦にもみえるが、陣太鼓等の楽器は集団戦での指揮具であり、かかる指揮具が『将門記』にもみえることから、それを古代的な集団戦の名残とみる説もある。(16)

六　画面⑤・⑥　藤原経清・平永衡の帰順と斬首

安倍頼時の婿藤原経清・平永衡が将軍に帰順するも斬首される場面。画面は三つに分断されている。この画面の詞書は画面④に続き、経清・永衡の帰順の場面は断簡として独立し、五島美術館の所蔵であり、経清・永衡の斬首の場面には画面⑦が続く。帰順の場面を画面⑤、斬首の場面を画面⑥とするが、ともに新たに指摘すべき点は少なく、ここで一括する。

画面⑤では、経清らが浄衣《じょうえ》に毛沓を履き、市女笠《いちめがさ》である点が注目される。市女笠は女性だけでなく男性も被り、綾藺笠と同様、烏帽子の上から被り、巾子形に髻を入れる。また、毛沓は、画面①にもみえていたが、着用しているのは本画面だけである。毛沓の着用は、彼らが騎馬で到着したことをうかがわせる。画面⑥では、永衡の遺体の背後に控える腹巻姿の肩に黒の杏葉が描かれ、その得物が手鉾を思わせる。

七　画面⑦　安倍貞任の奇襲

安倍貞任が重陽の節句にこと寄せ、官軍を奇襲した由の詞書のある場面。画面は、則明と金為行の一騎討と思われる場面を描き、ついで貞任陣営を描いて画面⑧へと続く。

まずは一騎討の場面。絵巻では一騎討の場面は少ない。これも一騎討とすればそれが始まる直前であり、実際の戦闘場面ではない。しかし、一騎討とすれば、ともに弓箭を佩帯していることから騎射の一騎討であり、互いの位置は左側ですれ違う位置である。

ただし、管見での文献唯一の例である『今昔』巻二五第三語の騎射の一騎討描写を素材に前著で論じたように、一騎討は騎射戦と同義ではなく、特殊な戦闘形態である。しかし、逆にいつの時代にもあり得る戦闘形態であって、一騎討が時代の特徴となるのではなく、一騎討で戦われる内容が時代の特徴となる。この場合ならば、一騎討が騎射で行われようとしていることが時代の特徴なのである。そして、『今昔』の記述を分析する限り、騎射の一騎討でもすれ違いざまに左横に矢を射合うのではなく、やはり前方射をうかがわせる。

その点で、金為行の大鎧の左側（射向《いむけ》）の袖が前方に向いているのは注目される。これは騎射戦を考えるために重要な点だが、同様の体勢は画面⑧（図④）にもみえるため、そこで一括して述べたい。なお、則明には、腹巻に星兜で諸籠手《もろごて》をつけ、長刀（あるいは手鉾か）を持った歩兵が従っている点も注意が必要であろう。

貞任陣営では大きな楯二帖が目に付く。その楯は楯持ちの歩兵の身長を越え、金為基の馬をも覆い隠すほどであり、また、金為行の左側にも楯二帖の裾がみえる。『今昔』巻二五第三語では「各楯ヲ寄セテ、今ハ射組ナムト為ル程ニ」、つまり両軍が楯を寄せ合い、いわゆる楯突戦《たてつきいくさ》が始まろうとした時に、良文からの呼びかけで騎射の一騎討が始まるが、この場面は、その『今昔』の場面を彷彿とさせる。画面にはないが、官軍も描かれていれば（その画面が残っていれば）、貞任陣営と同様な構図となったであろう。

なお、宗任と重任は綾藺笠を被り、宗任の綾藺笠の裾には黒い筋がみえる。これは烏帽子の縁であって、綾藺笠が烏帽子の上に被るものであることを明示している。また、宗任の右側の歩兵は星兜だけを被り、その兜は威毛と金地の裾金物《すそがなもの》を打つ点が宗任の大鎧に一致するため、この歩兵は宗任の兜着である。重任の右側にも、腹巻に兜の歩兵の背面がみえるが、その腹巻と鞠は同毛で、重任の大鎧とは違う威毛のため、この歩兵は重任の兜着ではなく、自身の兜を被っているのであろう。さらに、良昭は入道頭に鉢巻をし、白地に黒く二引両を三箇所に施した穂（材質は竹網代《たけあじろ》であろう）の空穂を佩帯している。

八　画面⑧　官軍と安倍軍の戦闘

現状の画面は画面⑦と連続するが、宮次男氏によれば、紙継ぎの状態などから、本来は現状の位置にあった画面ではないようなので、画面⑦とは別個に扱う。

画面には官軍と安倍軍の戦闘が描かれる。じつは、軍記絵巻と言われている絵巻もかかる戦闘場面は少なく、戦闘画面として貴重であると同時に、『平家』の戦闘を考えるためにもっとも重要なのはこの画面である。

まず、注目すべきは義家で、疾走する馬上から先行する騎兵を射落とした瞬間の場面が描かれる（図③）。これが追物射であり、騎射術の典型である。矢を放った瞬間に弓は外側に返るが、画面でも弓の湾曲は進行方向と逆に描かれ、その点もリアルに表現されている。

ただし、図④に目を転じると、矢は射落とされた騎兵の喉元に刺さっている。これは、この騎兵が後方に弓を構えて義家に応戦しようとしたことを示していよう。その体勢は次の則任の体勢であり、則任が狙っているのが則明で、則明は歩兵によって兜に鉄熊手を掛けられ、引き落とされそうになったところを、やはり後方への弓射で逃れたのであろう。則明の弓は返り、歩兵の内兜と膝には矢が刺さっている。

追物射、画面③でみた馬静止前方射（図①）、そして後方への弓射など、一口に騎射といっても様々な弓射術があるが、これらはいずれも馬の進行方向と平行する方向への弓射であり、いずれも正面に敵を捉えることができるから、左横の一瞬に通り過ぎる的を射る現在の流鏑馬的騎射に対し、実戦的な騎射術といえよう。

さて、画面左より金為行が突進してくるが、注目すべきは正面に向く射向の袖である。画面では一隻の矢が刺さり、為行は矢を射る準備中である。射向の袖の防御性がもっとも高まるのはかかる状態の時であり、『平家』の常套句である「射向の袖を真向に当てよ」という行為はこの体勢の応用である。[17]かかる体勢は画面⑦の為行にもみられた。その場面は則明との騎射の一騎討が始まる直前であり、やはり弓射の準備中といえるが、為行がかかる防御姿勢をとっているのは、則明の前方からの攻撃を警戒していることを示し、つまりは則明が前方射を行う可能性を示唆していよう。なお、則明と則任の射向の袖にも矢が刺さっている。

この一群の後方では組討が行われる（図⑤）。まず、景通は馬上でやはり馬上の敵の髻をつかみ、右手に腰刀をかざしてその頸を掻こうとし、敵は太刀を抜いて応戦している。画面上方では、通利が左手で一人の敵の髻をつかみ、右手の腰刀で一人の敵の頸を掻いている。

組討は騎兵同士（時に歩兵も加わる）が取っ組み合い、腰刀で頸を取り合う戦闘法であり、馬上で組み合い、そこで勝負がつく場合もあるが、多くは落馬後の地上戦で勝負がつく。かかる組討は治承・寿永期に顕著になる戦闘法で、その根拠はすべて『平家』であり、前著で指摘したように、『平家』を特徴づける一騎討は騎射ではなく、むしろ組討である。しかし一方、組討は敵・味方が複数参加する重層的な場合がむしろ多い。画面でも、景通は馬上の一騎討の組討、通利は地上での一方的だが重層的な組討であり、通利に髻をつかまれている敵は腿を射られているためしばらく措くが、頸を掻かれている敵は通利と馬上で組み合いの末に落馬した可能性が高い。その前の鉢裏をみせる兜は、落馬の際に落ちたのであろうか。なお、景通達を含め、かれらの矢数は騎射を行っている騎兵に比較すると少ない。このことはかれらがまずは騎射で戦い、その後に組討となったことを明示しよう。また、通利らの左右から近づく長刀の歩兵（図④）と太刀を持つ大鎧姿も、組討に参加しようとしている如くみえる。

ところで、画面では、騎兵はすべて大鎧に星兜で弓箭を佩帯する。通利とその敵達も大鎧に矢を負うが、徒歩の人物はすべて打物を手にする。大鎧と弓箭の関係は本絵巻のすべての画面にみられ、概ねは騎兵であった。一方、腹巻着用者は歩兵だけで、一部に弓箭もあるが、概ねは打物であった。かかる相関性は『平家』・『平治』・『蒙古』にもみえる中世前期の武装の特徴だが、注目したいのはその点ではなく、騎馬でない通利の敵二人と画面左から通利らに近づいてくる大鎧姿が、いずれも抜き身の太刀を持っている点である。

やはり前著で指摘したように、『平家』の騎兵の太刀使用は、『今昔』にはない馬上での太刀使用（「馬上打物《ばじょううちもの》」）が増加の一方で、落馬後に太刀を抜く「落馬打物《らくばうちもの》」に特徴がある。つまり騎馬でない大鎧姿で抜き身の太刀を持つかれらのうち、頸を掻かれている敵が通利との馬上での組み合いの末に落馬したとすれば、その場合は景通の敵のように馬上から太刀で応戦していた可能性もあるが、腿を負傷している敵と画面左から近づいてくる大鎧姿の場合はともに露頂で矢数も少ないため、前者は腿を射られ、後者は何らかの原因で落馬後に太刀を抜いた可能性が高い。特に後者はそのままでは歩兵ともみられるが、『平家』の落馬打物と合わせることで騎兵である可能性が高まるのである。

以上にように判断すると、本画面では、弓箭は馬上の武器、打物は徒歩の武器という中世前期の原則が貫かれていることになろう。

結語

以上、本絵巻の描写は総体的に稚拙であるが、武装様式は、前九年合戦当時つまり題材の時代まで遡る様式ではない一方、宮次男氏が推定した製作年代である一三世紀後半の様式よりは古様で、『伴大』の甲冑の様式にも通じる平安末期を思わせる様式もみえ、武装描写の祖本からの影響をうかがわせている。

前九年合戦を題材とした軍記物語といえば、いうまでもなく『陸奥話記』がある。本絵巻の詞書と『陸奥話記』の関係についてはここではふれないが、本絵巻の話題の展開は『陸奥話記』で追うことができる。しかし、本絵巻の武装様式は、前九年合戦当時の様式ではなく、平安末期以降の様式であるから、『陸奥話記』の内容を本絵巻の描写でイメージすれば誤りとなる。

それに対し、本絵巻と『平家』の武装・戦闘描写は密接な関係にあった。本絵巻の武装様式が祖本の影響を受けた平安末期まで遡る様式だとすると、戦闘形態も祖本の影響を受けていることは十分に考えられるわけで（そもそも戦闘形態を変えるためには構図を変えなければならない）、それが『平家』と密接な関係にあるということは、『平家』の戦闘描写は、治承・寿永期の戦闘の面影をうかがうに足ると言いうるであろう。

註

（1）『弓矢と刀剣―中世合戦の実像―』（吉川弘文館　一九九七年）。以下、前著とはすべてこれをいう。

（2）「絵巻のなかの戦場場面（武具・武装）」（若杉準治編『絵巻物の鑑賞基礎知識』至文堂　一九九五年）。

（3）「武器からみた内乱期の戦闘―遺品と軍記物語―」（『日本史研究』三七三　一九九三年）・「武器から見た中世武士論」（同四一六　一九九七年a）・「『射向ノ袖ヲ真向ニ当テヨ』を検討する」（水原一編『延慶本平家物語考証四』新典社　一九九七年b）など。

（4）「奥州十二年合戦絵巻の零巻について」（『美術研究』二三七　一九六五年）・「前九年合戦絵巻」（『合戦絵巻』角川書店　一九七七年）。以下、宮氏の説はすべてこれらによる。

（5）大鎧も腹巻も時代の下降とともに軽量になるが、平安末期まで遡る広島・厳島神社の小桜韋黄返威鎧の場合、兜ともで二一・九キロで、当時の大鎧としては軽量な部類に入る。数値は『日本の甲冑』（京都国立博物館　一九八九年）による。以下、同じ。

(6) 室町時代の遺品だが、東京国立博物館の黒韋肩白威腹巻で八・八キロである。

(7) 兜は時代が下る遺品の方が重い場合があるが、例えば典型的な鎌倉時代様式の鉄二八間四方白星兜で、三・九キロである。

(8) 龍頭の兜については、鈴木敬三「龍頭の兜の古例—鞍馬寺伝来の兜を中心として—」(『國學院高等学校紀要』二一　一九八一年)参照。

(9) 『兵範記』保元元年(一一五六)七月一〇日条によれば、保元の乱前夜、高松殿に参集した平清盛・源義朝らの装束は「水干・小袴」であり、『本朝世紀』久安三年(一一四七)七月一八日条には、水干に「甲《よろい》」を着用した源為義に対し「雖レ為二廷尉一存二均服之儀一歟」とみえる。

(10) 模本だが、たとえば『将軍塚絵巻』の武将像は平安末期の古様な甲冑姿で毛沓を履く。

(11) 鈴木敬三『初期絵巻物の風俗史的研究』(吉川弘文館　一九六〇年)。

(12) 長刀についいは、拙稿「『茅ノ葉ノ如ナル長刀』について」(水原一編『延慶本平家物語考証三』新典社　一九九四年)・「長刀源流試考」(『古代文化』四七—三　一九九五年)参照。

(13) 手鉾については、拙稿「「手鉾」(「小長刀」)について—冠落し造再考—」(『刀剣美術』三九〇　一九八九年)参照。

(14) 前著の他に、註(3)前掲三論文。

(15) 前著の他に、註(3)前掲二論文(一九九七年a・b)。

(16) 福田豊彦『平将門の乱』(岩波書店　一九八一年)。

(17) 註(3)前掲二論文(一九九七年a・b)参照。

(付記) 註(3)(一九九三年は除く)・(12)・(13)の諸拙稿は拙著『中世的武具の成立と武士』(吉川弘文館　二〇〇〇年)所収。

図　①

図　②

図　③

図　④

図　⑤

学際研究の中の軍記

軍記研究と比較文学（西洋叙事詩）

西本晃二

一 「軍記」と「戦記」

「軍記研究と比較文学（西洋叙事詩）」という難しいテーマを与えられて、「軍記物語」と称される作品をあれこれ眺めているうちに、ちょっと本題から逸れるかも知れぬが、面白い事実に気がついた。それは軍《いくさ》の次第を、客観的に歴史叙述するのではなくて、「物語《かた》る」作品といえば、西洋文学には二種類あるのに、わが国——ばかりか、どうもお隣りの中国でもそうらしい——では一種類しかないという点である。西洋における「軍《いくさ》物語」のジャンルの複数性については、訳者の方々は夙《つと》に気付いておられたとみえて、ある種の作品については「〜戦記」、もう一種類の作品には「〜軍記」と、異なった訳語をあてておられる。原題では、いずれの場合でも「戦争」（英語なら“War”）となっているにも拘らずである。曰《いわ》く、カエサルの『ガリヤ戦記』、フラヴィウス・ヨセフスの『ユダヤ戦記』等々。これに対するにもう一方は、中世ロシヤの『イーゴリ軍記』といった具合である。

その差というのは、前者（=戦記）の書き手が将軍・政治家であれ部隊長であれ、自分が領導した戦いの顛末《てんまつ》を直接の当事者として記述しているのに対して、後者（=軍記、その作者は不特定多数）の場合は、合戦の有様をいろいろな資料をもとにして再構成しながら、そこに純粋な客観性を目指す歴史叙述とも異なる一種の潤色、わけても合戦の様子を想い描きたいという聴き手・読み手から構成される「共同体」の要請に応えて、伝説的（あるいは「文学的」といっても好いかも知れない）な潤色を加えて、単純な歴史的事実の記述ではなく、文学作品に近くなっていくのである。この種類の作品の中で、実際は共同体の価値観の総体的な表現として單なる文学作品以上のものなのだが、文学作品としてもまた完璧の域に達したのが、ホメーロスの二大叙事詩『イリアース』とその続編『オデュッセイア』（こちらは狭義の「軍物語《いくさものがたり》」とはいえない面もあるが）、インドの『マハーバーラタ』と『ラーマヤーナ』、わが『平家物語』ということになろうか。上記『イーゴリ軍記』なども、このグループに入る。

いっぽう前者のグループである「戦記」となれば、まず頭に浮かんで来るのがローマ帝国の始祖ユリウス・カエサルの『ガリヤ戦記』、客観的歴史叙述に最も近付いたものとしてギリシャの将軍で歴史家トゥキディデースの『ペロポネーソス戦記』、同じギリシャの軍人クセノフォンの見事な『アナバシス』、ユダヤの政治家・将軍のフラヴィウス・ヨセフスの『ユダヤ戦記』などとなる。これらの作品は戦争の当事者の報告であるから、事実の直接かつ正確な記述であると思われかねない。じじつカエサルの『ガリヤ戦記』を目して、西暦紀元前一世紀のガリヤ（現在のフランス）の状況を知る上で一級の資料であると解説している訳者もいるが、しかしことは決してそう簡単ではない。カエサルが書いている事実は確かにあったかも知れないが、カエサルが（意図的に）書き落としていることも多々あるのである。換言すれば「軍物語《いくさものがたり》」の作者がしばしば無名で、そうでなくとも作者が所属している共同体の声を代弁する傾向が強いのに較べて、「戦記」の作者は明確な個人で、その名もはっきりしている。そればかりか優れた個人、将軍・政治家、指導者などである。例えばカエサルの場合なら、ローマ元老院に対して自己のガリヤにおける赫々たる戦功を売り込むために書き送った報告書が『ガリヤ戦記』の土台になっている。その一見無表情にさえ見える、感情を極度に抑えた簡潔な文体も、高津春繁先生が指摘しておられるように、作者は「この文体を自分の目的のために採用した。

それは素直に見えるけれども、技巧の極なのである。本当に素朴に書き綴られたのではなくて、そのように見せるためにあらゆる工夫が凝らされた結果なのである」というわけである。換言すれば勝ち戦《いくさ》（『ガリヤ戦記』）の場合であろうと、また敗戦（『ユダヤ戦記』）あるいは苦戦（『アナバシス』）の場合でも、その叙述には常に自己弁護、己《をのれ》のとった行動や判断を説明し、正当化しようとする意図が働いており、純粋な事件の記述ではなくて、必ず何らかのバイアスがかかっているのである。(1)

ではこの、日本語で「戦記」と訳される種類の戦争の叙述が、どうしてわが国に欠けているのか。また中国文学の専門家に伺ったところによると、中国にも見出されないのはなぜだろうか。東洋流の慎みで「敗軍将不可以言勇」というが、じつは勝ち軍《いくさ》についても記録がないのである。それは武人に文筆を振えるほどの教養がなかったからか、それとも東アジアのこの地域では政治体制が伝統的に王政であって、戦争という国家的事業の意味づけは、国史ないしは正史を担当する史官（太史公）の仕事で、一介の武弁の口を出すところではなかったからか、あるいはそのいずれでもあったということであろうか。これに対して都市国家の分立と対立、さらには都市国家内での政治抗争の場で、公開の討論を通じ雄弁を振るって市民の多数の支持を獲得せねば軍《いくさ》を起す権限を得ることが叶わぬような体制の下では、戦争を遂行する政治家・将軍には必然的に自己の方針を説明し、またその展開を弁護する能力が備わっていなければならなかったからであろうか。いずれにしても、この「戦記」の有無という現象は考慮に値するように思われる。(2)

二 「軍《いくさ》語り」または「叙事詩」

閑話休題。わが国の「軍《いくさ》物語」、『将門記』や『陸奥記』に始まり、それぞれ鎮西八郎為朝と悪源太義平を英雄化した『保元』『平治』——その点では政治学者で歴史家でもあったN・マキャヴェルリがものした『カストルッチョ・カストラカーニ伝』や『君主論』の中のチェーザレ・ボルジャ像もこれに似ていないこともない——を経て、『平家物語』でその頂点を極めることになる「軍物語《いくさものがたり》」、その『平家』に、長さや生成・発展の具合からいって典型的に対応する作品ということになると、『イリアース』も『マハーバーラタ』もそうだが、もう少し近いところで、ごく自然に頭に浮かんで来るのが、中世フランスの叙事詩『ロランの歌』(Chanson de Roland)(3)である。両者の類似は夙《つと》に国際的な注目を惹いていたので、一九七八年スペインで催された『シャンソン・ド・ロラン』を研究する学徒の集り「ロンスヴォー学会」には、わが国からこのフランス中世叙事詩の研究者ばかりでなく、現代の世界に唯一生き残っている「叙事詩語り」の伝承者として、名古屋の井野川、三品両検校が特に招かれて参加、『平家』を語って並み居る各国の学者に多大の感銘を与えたといえば、ここで『ロランの歌』を取り上げても許されるであろう。

作品の成立は十一世紀の後半。それを書き留めた、現存の最も権威ある手写本とされるオックスフォード大学ボードレイアン・ライブラリー所蔵本（「オックスフォード本」筆写年代十二世紀半ば）は、一行が一〇音節で無押韻《アソナンス》、それを八行重ねて構成される節（laisse）を二九一連《つら》ね、さらに欠けている部分も可能な限り補ってみると、総体で四〇〇〇行に及ぶとみられる雄篇である。いま「平家語り」の話が出たが、ギョーム・ド・マムスベリイの『イギリス王武功記』（一一二五）によれば、長らくノルマンディーに定着してフランス化したヴァイキングの首領ノルマンディー公ギョーム、とはすなわち「ウイリアム征服王」が一〇六六年、麾下のノルマン軍を率いて英仏海峡を押し渡り、ヘイスティングスの原でサクソン王ハロルドとの決戦に臨《のぞ》んだ時、タイユフェールという吟遊詩人がノルマン兵の士気を奮い立たせんものと、戦列の前に進み出て朗々と軍《いくさ》の物語を語ったとある。その軍《いくさ》物語がすなわち、アングロ・ノルマンといわれるノルマン化したフランス語の一種で書かれた、この『シャンソン・ド・ロラン』の一場面であった

と言い伝えられている。(4)

題材となっているのは八世紀末・九世紀初に、イギリスを除き現在西ヨーロッパと呼ばれている地域の大部分をフランク族の大帝国に統一したシャルルマーニュ(カール大帝、七四二—八一四)が、七七八年に行ったスペイン遠征の顚《てん》末《まつ》である。物語の梗概をごくかいつまんで述べると、老王シャルルマーニュ(二〇〇才、実際は三六才の働き盛り)はフランク勢を率いてイスパニャの地に侵攻、七年にわたってスペイン全土のサラセン勢力を平らげ、残すはただマルシル王の拠るサラゴス(〈西〉サラゴーサ)の城を残すのみとなった(一節)。城を囲まれ万策尽きたマルシル王は、シャルルマーニュに偽りの降参を申し入れる(九節)。相手の真意を図《はか》りかねたシャルルマーニュは、重臣を集めて相談の結果、降参の証拠《しるし》の人質を受け取りに使者を派遣することにする。この危険な役に誰が当るかが議せられ、シャルルマーニュの甥ロランの推挙により、マインツ伯のガヌロンが選ばれる(二〇節)。かかる危険な任務を自分に押し付けたロランに対する遺恨は凄まじく、ガヌロンはロランの義父(寡婦となった、シャルルマーニュの妹でロランの母を妻としている)であるにも拘らず、いなそれなればこそなおさら、ロランを破滅させんものと心に誓う(二四節)。サラゴス城に赴いたガヌロンはサラセン方の脅しもものかわ、堂々とシャルルマーニュの親書を伝達して、サラセン方からも「天晴《あつぱれ》な武者振りよ」と賞賛を浴びる(三五節)ほど立派に使者の役目を果たす。が、同時にサラセン方と謀議をなし、恨み重なるロランと仲間の十二将とを、スペインから撤退するフランク軍の後衛につかしめ、もってピレネー山中で追討ちを掛けるサラセン軍にその首級を挙げさせる密約をも交わす(三六—四七節)。

かかる密約あるとも知らず、ガヌロンの復命を受けたシャルルマニュは軍を返す決定を下す(五四節)。軍がフランスとの国境をなすシゼール(=シラセ)の渓谷に掛かるところで、殿軍の指揮を誰が取るかで再び軍議が行われ、この度《たび》はガヌロンが、サラセン方との密約にもとづき、ロランを推挙する(五八節)。シャルルマーニュの本隊がすでにピレネーを越えてフランスに入る頃《ころ》おい、細長く伸びた縦隊の殿軍は未《いま》だスペイン側はロンスヴォーの谷合いに在った。これに、かねて示し合わせたとおり、サラセン軍が襲いかかる。多勢に無勢と見た知将オリヴィエはロランに、危地に立った時、援軍を求めるためにと、かねてシャルルマーニュから授かっていた合図の角笛オリファンを吹けと三度《みたび》勧める（八三―八五節）。だが己《をの》が武勇を頼むロランは、頑《かたく》なにこの賢い友人の助言を退《しりぞ》ける（八六節）。

合戦が始まり、ロラン、オリヴィエ、テュルパン僧正を始めとして、フランク方の将士の働きには目覚しいものがあった。しかしマルシル王の大軍の到着もあって、多勢に無勢の不利は免れず、一人また一人と討たれて行く。たまりかねたロランが、合図の角笛に唇を当て、オリファンを吹き鳴らそうとすると、今度はオリヴィエが三度《みたび》それを押し止める（一二八―一三〇節）。しかし味方同士の争いは利非《あら》ずと、止めに入ったテュルパン僧正の取りなしで、ついにロランが角笛を三度《みたび》吹く（一三三―一三五節）。フランク軍の本営では、初二度はガヌロンの巧言によりロランの戯れと片付けられるが、三度目に必死のロランが力の限り、こめかみが破れるまでに吹くと、その壮絶な響きに、ことの容易ならざるを悟ったシャルルマーニュは軍を返す（一三五節）。しかし時すでに遅くフランク勢は、ロランがマルシル王との一騎打ちで、その右腕を切り落す（一四二節）などの働きはあっても、オリヴィエは瀕死の深手を負い（一四六節）、これを見たロランも悲しみの余り、馬上で一時気を失う（一四八節）。だが正気を取り戻したロランは、わずかに残ったテュルパン僧正と共に遮二無の働きをする。しかしテュルパンもまた討たれ（一六六節）、ロランははやこれまでと死場所を求め、ただ愛剣デュランダルの敵の手に渡らんことを恐れて、再三これを折らんと、岩に切り付ける（一七一―一七三節）。しかし剣《つるぎ》はいかになすとも、刃こぼれ一つ無く、折ること能《あた》わず、無駄を悟ったロランは一本《ひともと》の松の根方に剣と角笛とを横たえ、その上に身を伏して、遂に息を引き取る（一七四―一七五節）。天使がその魂を迎えに天から降りて来る。

ロンスヴォーの戦場に取って返したシャルルマーニュが見出したのは、すでに息絶えたロランをはじめとする勇士達の亡骸《なきがら》であった。サラセン軍はすでに彼方へと退却し、日暮れははや迫ってきていた。これを見たシャルルマーニュが、地に身を投げ、敵を追い討ち滅ぼす時をしばし籍《か》し賜えと神に祈ると、不思議や日輪は中天に返り、逃げ場を失ったサラセン方はエブロ河の畔《ほと》りに追い詰められて、全滅する（一七九―一八〇節）。ここまででロンスヴォーでの裏切りと、その結果としてのフランク軍の敗戦の物語りは終りなのであるが、「オックスフォード本」ではその後に、「バリガン・エピソード」と呼ばれる、かねてマルシル王によってキリスト教軍に対抗するため、来援を懇請されていたバビロニヤ（＝エジプト）の大守《エミール》バリガンが、ちょうどこの時到着するという話が続く。

すなわちエブロ河畔で悲しみの一夜を明かした翌朝、ロンスヴォーに引き返して勇士の遺体を収容したシャルルマーニュの許に、バリガンの軍使が来たり決戦を挑む（二一四節）。これを受けてシャルルマーニュとフランク軍は、ロランの弔い合戦とばかりに、勢い猛《もう》に敵に打って掛かる。ロンスヴォーでの戦いと同じような合戦の有様が描かれ、シャルルマーニュの知恵袋ネーム大公も深手を負い、命危うしと見えたが、シャルルマーニュに辛くも救われる（二四八―二五〇節）ほどである。ついでシャルルマーニュとバリガンの一騎打ちが行われ、さすがのシャルルマーニュもすんでのところを、神の御加護で天使ガブリエルが介入、最終的にはシャルルマーニュがバリガンを討ち取る（二六一―二六二節）。そしてサラゴス城は、ついにフランク軍の手に落ちる（二六四―二六七節）。スペインを平らげたシャルルマーニュは首都エックス・ラ・シャペル（＝アーヘン）に帰還して、裏切り者ガヌロンの処刑を行う（二七〇節以下）、という次第である。

こうした物語の展開を見ても知られるとおり、裏切り者の典型ガヌロン（阿部民部重能）あり、剛のロランに智のオリヴィエの対《つい》（能登守教経と新中納言知盛）あり、名剣デュランダルの不思議（『剣の巻』）、シャルルマーニュが日輪を呼び返す奇蹟（清盛の輪田泊修復伝説）、勇壮な合戦の場面（『一・二の懸』、『能登殿最期』）、ロンスヴォー敗戦を予告する霊夢（『無文沙汰』、『物怪』）あり、それのみか「叙事詩」というジャンルに共通の、人間の次元を越えた、『ロランの歌』にあっては異教イスラムを撃ちてし止まんというキリスト教の聖戦意識、対するに『平家物語』では仏教的世界観に基づく「諸行無常」の観念が全編を貫いて流れ、そうした超越的原理の前には、たとえ如何なる英雄豪傑であっても、そしてその滅び様《ざま》がどれほど壮大であっても、限られた存在でしかない人間《ひと》は等しなみに「ただ風の前の塵に同じ」と歌われる。両者共にそれぞれの文学において屈指の雄篇として愛好される理由《いわれ》が腑に落ちるというものである。

三　「伝承」または「物語」

こうした叙事詩としての文学的完成度の問題のほかに、さきほどの「戦記」と「軍記」の話ではないが、物語られている事実にいかなる潤色が付け加って行ったかをみるのも興味ある点であろう。『平家』については、すでに専門の方々が浩瀚な研究を発表されていることでもあり、今更ここで筆者が蛇足を付け加える必要もない。しかし『ロランの歌』に関しては物語、それも『ロラン』・『平家』に限らず、「物語／語り物」一般の生成過程についても極めて示唆的な光を投げ掛け、かつ余り知られていない一群の資料があるので、取り上げてみよう。それは『ロランの歌』のように纏まった作品の形を取っているものではなく、「ロマンセ」[5]と呼ばれるスペインの民間で歌われ／語られた何篇かの古謡と、カスティリヤのアルフォンソ一〇世賢王（El Sabio　在位一二五二—一二八四）の命により、一二七〇年代に古伝承や歌謡を多数取り入れて編集された『エスパニヤ第一年代記』（Primera Cronica General de España）[6]に含まれたロランにまつわる記述である。ロランにまつわるといっても、ここでは主人公がすり代ったというか、もう一人新たに付け加わっており、その人物の名をとって『ベルナルド・デル・カルピオの物語』と呼ばれる。

もともと纏まった一つの作品ではないから、互いに矛盾する要素も含んでおり、どれが本来の物語だったか決め難いところもあるが、出来るだけ総括的に話を纏めてみると、主人公ベルナルドはレオン王国のアルフォンソ純潔王（El Casto　在位七九一—八四二）の妹ヒメナ姫と、サルダーニャ伯ドン・サンチョ・ディアスとの密《ひそ》かな恋から生まれた。事が露《あら》われると、妹の不義に立腹した王は、サルダーニャ伯を捕えてルーナ城に監禁、ヒメナ姫の方は修道院に入れてしまった。しかしベルナルドだけは、家来の者に預けて大切に養育させた。ロマンセの語るベルナルドの生い立ちは以上のごとくである。しかしこれにはまた別伝があって『第一年代記』はベルナルドを、シャルルマーニュの妹ティンボール姫（一説にはベルティナルダ）がガリシヤのサンチャゴ・デ・コンポステラに巡礼に赴いた際、サルダーニャ伯との間に儲けた子であるともいう。こちらの話が時代錯誤であることは明らかである。というのはサンチャゴが巡礼地となるのは、いくら早くとも九世紀、まさにこのアルフォンソ純潔王が十二使徒の一人聖ヤコブ（＝サンチャゴ）の墓をコンポステラで発見、これを中心に教会とその門前町を建設してからであるのに、もしベルナルドがロンスヴォー（〈西〉ロンセスバリエス）の戦い（七七八年）に参加しているとすれば、ティンボール姫の巡礼は、いくら遅くとも八世紀半ばに行われていなければならぬ筈だからである。ただこの伝承で注目すべき点は、シャルルマーニュとの関係が出てくることで、ベルナルドがティンボール姫の子であるとなれば、まさにシャルルマーニュの甥ということになり、ロランとシャルルマーニュとの間柄とまったく同じ立場に立つことになる。これはベルナルドという人物が、ロランを下敷きにして創られたことを示唆している。

さてベルナルドは何も知らずに成長し、武勇を発揮してアルフォンソ王の寵愛を恣《ほし》いままにする身となるが、ふとしたことから自己の出生の経緯を知り、ルーナ城に幽閉されている父親の解放を求める。しかしこれはアルフォンソ王の認めるところとはならなかったので、王の許《もと》を去ってカルピオの城に拠り、アルフォンソと対峙することになる。ここからベルナルド・デル・カルピオ（カルピオのベルナルド）という呼び名が生まれる。

一方アルフォンソ王は、甥のベルナルドには背かれ、子供もなく（というのは「純潔王」という呼び名が示すごとく、生涯妻を娶らなかったので子がなかった）、寄る年波に気弱となり、シャルルマーニュに使者を送って、激しくなる一方のモーロ人（＝サラセン人）との戦いにフランク軍を率いて来援してくれるならば、王国を譲ろうと申し入れた。シャルルマーニュの方はフランク帝国の拡大に関心があったし、またイベリヤ半島のイスラム勢力の討伐にも心が動いたので、この申し入れを大いに歓迎した。だが使者が戻って、国譲りの話が広まると、おさまらなかったのはレオン王国の人々であった。たとえキリスト教徒のシャルルマーニュであれ、外国人の支配に服するぐらいなら、死んだ方がましであるとして、重臣・貴族が全員一致で、申し入れの撤回か、あるいは廃位かの選択をアルフォンソ王に迫ったので、王としても再度使者を送って、国譲りの申し入れを破棄せざるを得ない立場に追い込まれた。この時、フランクの勢力下に入ることに最も強硬に反対したのがベルナルドであった。

ここから先は、話が錯綜して困ってしまうのであるが、主として『第一年代記』によって話を進めれば、約束の破棄を知ったシャルルマーニュは激怒し、アルフォンソを懲らしめるためにレオン王国を攻めることにする。ただこの討伐軍を発することにした時、シャルルマーニュはすでにスペインに入っていて、マルシル王のサラゴーサ城を囲んでいたらしいのである。そのことは、同年代記に「ベルナルドはそれ（＝シャルルマーニュの討伐軍派遣の報せ）を聞くと大いに怒り、（アルフォンソ）王の騎兵隊の大部分を引き連れて、当時シャルルマーニュ王が対戦していた、マルシルという名前のサラゴーサ王であるモーロ人の味方をするために赴いた」（六一九節）とあることから知られる。キリスト教徒のベルナルドとイスラム教徒のマルシル王との間に同盟関係が成り立ったのである。

「この間に（と『年代記』は続く）カルロス（＝シャルルマーニュ）王は、モーロ人相手の戦いをひとまず措き、兵を当時まだ少し残っていたヒスパニャ人達に向けた。そして進撃を開始し……トゥデラの町を囲んだ。して、もし王と共にあったガラロンという名の伯爵、その人物はモーロ人と内通していたのであるが、その伯爵の裏切りがなかったならば、この町を攻め落したことでもあろう。」ここではガラロン（＝ガヌロン）が、『ロランの歌』におけると同様、裏切り者として登場していることが注目される。ついでナヘラの町と「ハルディーノと呼ばれ、人のたくさん住んでいる山の町（＝ヴィラマイヨール・デ・モンハルディン）に来り、これを占領した後……エスパンナ（＝エスパニャ）に向かった」とある。ところが前出の如く、すでにシャルルマーニュはスペインに入っているのである。それが、あらためてスペインに向うためには、ナヘラ辺りで一旦フランスに戻り、再度ピレネーを越えて来なければならぬことになる（鬼一法眼秘蔵の『六韜三略』を見んがために、一度は金売吉次に伴われ奥秀衡を頼った義経が、また京に上る）。そんなことはあり得ないのだが、そうした矛盾はしばらく措くとして、「モーロ人の剣《つるぎ》を逃れて、この地に来ていた少数のキリスト教徒達は、（シャルルマーニュ）皇帝のことを聞いて、大いに怖れた」と『年代記』は述べる。フランク軍の進出は、じつはスペイン人のキリスト教徒にとっても歓迎すべき事柄ではなかったのである。実際すぐ続けて「この報せがアストゥリアス、アラヴァ、ヴィスカイヤ、ナヴァラ、ルコニヤ（とはガスコニャのことだが）そしてアラゴンに伝わると、人々は一斉に声を上げてフランス人の支配下に入るぐらいなら、死んだ方がましだと叫んだ」と書かれている。そして一同、アルソンソ王の許《もと》に駆け付け、フランク軍を迎え撃つこととなった。

いっぽうシャルルマーニュは、「殿軍を護るため、自軍の一部をピレネー山脈の麓、ロンセスバリエス（＝ロンスヴォー）山に留めおくことにし、自分は今日〈カルロスが渓《たに》〉と呼ばれる谷合いを通って――というのはそこがピレネー山中でもっとも緩やかな上りであったからだが――兵を進めた。そこからさらに峠の頂きの関まで縦隊は上がったのだが、先頭の隊列にはブレタニャの辺境伯ロルダン（＝ロラン）、アンセルモ伯爵、カルロス王の宮廷伯ギラルテ（＝ジラール）その他、立派な身分の高い人々がいた」と、ロランが出てくる。しかしその位置は、なんと殿軍ではなくて先陣なのである。

アルフォンソ王も手勢を率いてここに駆け付け、戦いが始まる。その中には「サラゴーサのマルシル王も、モーロ人とナヴァラ人と同じぐらいを含む大軍で参加していた」し、「ベルナルドも、この時ばかりは神への畏れを捨て、モーロ人と一体となってフランス人と刃《やいば》を交えるために突き進んだ。」戦闘は激しく、両軍に多数の死傷者が出たが、最後に「神の御加護により、ドン・アルフォンソ王が勝ちを占められ」、ロランその他フランクの重臣はことごとく討死した。「この間カルロスは、前述の谷合いを進軍しておられたのだが、兵共が算を乱して山腹を逃げ降りて来るのを見て、携えておられた笛を吹かれた。これを聞いて、逃げ惑っていた者共はカルロスの許に集まり、また殿軍を守っていた者達も、ベルナルドとマルシルの攻撃を恐れて、カルロスの許に集まった。というのも（マルシル王とベルナルド）両人が殿軍を襲《おそ》うためアスパの関、またセコラの関に回るという噂が流れたからである。」つまり笛はただ一回吹かれただけ、しかも吹いたのはロランではなくて、シャルルマーニュその人が、敗軍を集めるために吹いたということになる。

そして「カルロスは手勢が、あるいは討死し、あるいは手傷を負い、また四散逃走して、全軍意気消沈せるを目《ま》の辺《あた》りにし、かつエスパニャ人が関を占めたる以上、大いなる損害を蒙ることなくして敵に攻撃を仕掛けることも不可能なるを看て取らるるや、失いたる将士のことを想いて胸はふたぎ潰れたまいしかど、またの日にエスパーニャに来《きた》らんと誓いて、ゲルマニャに兵をば返したまいき」と、『第一年代記』は締め括っている。

この他にもロマンセや伝承の中には、ベルナルドがスペイン方の先頭に立って奮戦し、剣《つるぎ》の刃のたたない不死身のロランを双の腕《かいな》に挟み、締め殺した（「ロランの歌」では、角笛オリファンを余りに強く吹いたためにこめかみの血管が破れ、出血で死んだことになっている）という話も伝わっているのである。

四　史　実

以上『ロランの歌』と「ベルナルド伝承」の語るところを対比してみると、全く正反対といって好いほど異なる状況が多々ある。いったい史実は奈辺に在ったのであろうか。

タンジェールの総督タリク・イブン・ジヤドは七一一年、当時イベリヤ半島を支配していた西ゴート族の内紛に乗じ（西ゴートの有力部族に招かれたという）、七〇〇〇人のベルベル軍を率いてジブラルタル海峡を押し渡り、七月二三日グワダレーテの戦いで西ゴートのロドリゴ王を討ち取る。以後イスラム軍は、破竹の勢いでピレネー山脈を越えてガリヤ（フランス）に深く侵入、ようやく七三二年に、パリを去ること南々西三〇〇余キロ、スペインの国境とのほぼ中間地点にあたるポワチエで、メロヴィンガ王朝の宮宰《マジョルドーモ》でシャルルマーニュの祖父、シャルル・マルテルの率いるフランク軍に敗れるまで、止《とど》まるところを知らなかった。この勝利によりシャルル・マルテルの名声はとみに上がり、その子ペパン短躯王《ル・ブレフ》の時にメロヴィンガ王朝にとって代りカロリンガ王朝が成立する基《もとい》をつくった。そのペパンの子がシャルルマーニュ（在位七六八―八一四）というわけである。

この間イスラム世界では七五〇年に、予言者モハメッド（五七一―六三二）の跡を継いで教主《カリフ》となっていたウマイヤ王朝（六六一―七五〇、首都ダマスカス）が、アブル・アッバスの興したアッバス朝（首都バグダッド）に倒される。しかしウマイヤ家唯一の生き残りアブド・アル・ラーマン一世は、近東・北アフリカを駆け抜け、七五五年イベリヤ半島に達する。ここで半島を制圧していたイスラム勢力にカリフの正統として迎えられ、バグダッドに拠る東カリノ国に対して、初めは「大守《エミール》」（七五六―七八八）、後にアブド・アル・ラーマン三世（在位九二九―九六一）に至って「教主《カリフ》」を称し、西カリフ国（首都コルドヴァ）を建てる。西カリフ国は一〇三一年ヒシャム三世の廃位を以て終わるが、イスラム勢力そのものは、以後も小王国《タイファ》に分かれてイベリヤ半島南部を支配し続ける。すでに西カリフ国の末期に、宰相《ハジブ》アル・マンスール（いわゆるアルマンゾール九八一―一〇〇二）が、しきりに半島北部に遠征している。ついで、カスティリヤ王国のアルフォンソ六世によるトレード奪回（一〇八五）に始まる対イスラム「国土回復運動《レコンキスタ》」を迎撃して、北アフリカに起こった聖戦《ジハド》意識に燃えるアルモラヴィッド朝のユースフ・イブン・タシュフィンは翌一〇八六年、ジブラルタルを渡り、半島中・南部を席巻した。また十二世紀後半にも、北アフリカからアルモハッド朝の同様な介入があり、キリスト教勢力を脅かす。オックスフォード本の語るバリガン・エピソードにはこれら十一―十二世紀のイスラムの脅威が反映している可能性が考えられる。以後数々の変遷を経て、一四九二年カスティリヤのイザベラ女王とアラゴンのフェルディナンド王、いわゆるカトリック両王（結婚一四六九年）が力を合わせ、グラナダに拠る小王国群《タイファ》を滅ぼし、七一一年より八世紀を経て、ようやくイベリヤ半島がキリスト教の信仰の下に統一されるのである。

こうした歴史の大きな流れの中で、シャルルマーニュのスペイン遠征に関わる事項を洗い出してみると、まず遠征の前年七七七年、ドイツ西部ウェストファーレン地方の町パデルボルンに在ったシャルルマーニュの許に、当時イスラムの勢力下に入っていたスペイン北東部バルセローナおよびヘロナの総督スレイマン・イブン・アル・アラビーがフランク軍のスペイン進出を慫慂《しょうよう》するために赴いているという事実がある。(7) しかもこれは、エブロ河畔の町サフゴーサ（〈仏〉サラゴス）に拠る、やはりイスラム教徒の小領主アル・フセイン・ベン・ヤーヤなどとも示し合わせてのことであった。スペイン北東部のイスラム勢力が、シャルルマーニュのキリスト教軍を勧請するというのは、宗教的対立の観点からすると矛盾のようだが、ことはそれほど単純ではない。前述の如く七五五年にウマイヤ家の生き残りアブド・アル・ラーマン一世がコルドヴァに入り、イベリヤ半島に後ウマイヤ朝が成立すると、七一一年以来この地方を支配して、名目上は遠く離れたバグダッドのアッバス朝に臣従していても、実質的には独立の政治勢力となっていた、これらイスラム小領主達は危険を感じ、近いコルドヴァを牽制するために、遠いドイツの王シャルルマーニュの力を利用しようとしたのである。

キリスト教の信仰の拡大を目指すと共に、領土的野心もあったシャルルマーニュは、イスラム側からの誘いを受けて大いに食指が動き、翌七七八年春に軍《いくさ》を起こす。(8) すなわちイベリヤ半島の付け根、地中海寄りのル・ペルチュス経由で南ガリヤの軍団が、そして大西洋寄りのサン・ジャン・ピエ・ド・ポールを経てシャルルマーニュ自身が率いる西ガリヤのフランク軍が四月にピレネーを越えてスペインに入る。南軍はヘローナ、バルセローナ、レリダ、バルバストロ、ウエスカとなんの抵抗にも会わず進む。それはこの地域がフランク軍の半島進出を勧請した、当のイスラム小君主達の支配する地域であったから当然である。他方シャルルマーニュ自身の手勢は、後にヴァルカルロス（カルロスが渓《たに》）と呼ばれることになる谷合いを通って、スペイン側のパンプローナの町に達する。この町はキリスト教徒の町であり、ここでスレイマン・イブン・アル・アラビーから同盟の印として人質を受け取る。それよりしてウエスカに兵を進め、南軍と合流してエブロ河畔はサラゴーサの城下に陣を張った。しかしここで予期しなかった事態が発生する。サラゴーサの城主アル・フセイン・ベン・ヤーヤ、すなわちイブン・アル・アラビーと同心でフランク軍の半島進出を促し、シャルルマーニュが到着したらサラゴーサの町に迎え入れる筈のアル・フセインが、俄かに変心して城門を閉ざし、シャルルマーニュの入城を拒んだのである。シャルルマーニュは怒った。かかる約束違反はかねてから予定の行動、それもイブン・アル・アラビーも加担しての裏切りと断じ、自陣にいたイブン・アル・アラビーの身柄を拘束する共に、力づくでサラゴーサを抜こうと試みる。だがイスラム側の守りは堅く、却って手痛い損失を蒙って撃退される有様であった。サラゴーサを抜かずに、エブロ河以南の地域に入ることは出来ない。シャルルマーニュのイベリヤ半島遠征は重大な齟齬をきたした。『ロランの歌』がいうように「スペイン全土を平らげた」どころか、フランク軍はエブロ河北岸までしか進出することは出来なかったのである。この時点から、シャルルマーニュが軍を帰す決定を下す七月末までの一―二カ月間は、アル・フセインを相手に前年のパデルボルンでの約束――ただし巧妙にも、アル・フセイン自身はパデルボルンに赴いていない――の履行を迫る外交交渉に費やされたと考えられる。

また春から秋までが軍《いくさ》をする時期であった中世ヨーロッパにおいて、まだ十分戦える時間的余裕のある七月末というのに、なぜシャルルマーニュが本国へ兵を返す決定をしたのか、その理由については⑴敵地に入って糧道を断たれた、⑵イスラム側の賄賂によって軍を返すことに同意した、⑶シャルルマーニュの不在に付け込んでドイツでサクソン族の蜂起があったとするなど、諸説がある。が、いずれにせよフランク軍は撤退することとなった。その際、ピレネー越えに取るべき道はただ一つ、シャルルマーニュ自身が通って来たコースを逆に、パンプローナ、イバニエータ経由で、サン・ジャン・ピエ・ド・ポールへと辿る道である。イスラム側との外交交渉が不調に終わり、バルセローナとヘローナ一帯を支配するイブン・アル・アラビーまで監禁してしまった以上、イスラム勢力下にあるウエスカを経てソムポール峠を越え、オルロン・サント・マリーに出る最短コース、あるいは南軍の通ったヘローナを経てル・ペルチュスに向かうルートは利用できなくなってしまっていたからである。

そこでシャルルマーニュはピレネー山麓のキリスト教地域であるナヴァラ地方に入り、パンプローナの町に至る。ここで不思議なことに、住民のフランク軍に対する敵意を察したのか、シャルルマーニュは町の城壁を打ち壊させてしまった上で、いよいよピレネー越えにとりかかるのである。パリ国立図書館所蔵のラテン語手写稿中に見出される

「アッギハルドゥスの墓碑銘」に登場するアッギハルドゥス（Aggihardus）という人物が、『カロルス大帝伝』（Vita Karoli Magni Imperatoris, 八三〇年代 Eginhard 執筆）が挙げるロンスヴォでの敗死者の筆頭エッギハルドゥス（Egghi-hardus）と同一人物であるとすれば、このピレネー越えは七七八年八月十五日に行われたことになる。

フランク帝国の歴史を叙した『八二九年に至る王室年代記』（Annales Regii usque ad 829）には「〜（かろるす大帝ハがりやニ）帰還スル心ヲ定メ、ぴれねー山中ニ入レリ。該ぴれねー山頂ニ埋伏セシばすく人共ハ隊列ノ殿軍ヲ襲ヒテ、全軍ヲバ大混乱ニ陥シ入レヌ。シテふらんく兵ハ、装備ニヲキテモ、勇気ニヲキテモばすくノ徒輩ニ勝《マサ》レルト見エシニモ拘ラズ、地ノ利ヲ得ズ、マタ正々堂々タル戦闘ニモ非ザリシ故ニ、劣勢ヲ余儀ナクサレタリ。コノ戦闘ニヲキテ、王ガ軍ノ財貨ノ管理ヲ命ゼラレタル、宮廷ノ重臣ノ多数ガ討タレ、荷駄ハ略奪セラレ、敵兵ハ地ノ利ヲ心得タレバ、速カニ四散シ終ハンヌ[9]」と記されている。

五　「物語」の生成と発展

以上を踏まえて『ロランの歌』と「ベルナルド伝承」を比べてみると、まず第一に『ロラン』にはキリスト教の対イスラム聖戦意識が横溢しているのが認められる。ためにシャルルマーニュが兵を起したのは、スペイン東北部のイスラム勢力の誘いに応じてであったなどとは、絶対に書けなかった。フランク軍が半島西北部のキリスト教勢力とも対立し、イスラムとスペイン・キリスト教徒の連合軍により追い払われたという事情についても全く同断である。さらに驚くべきは、なんと英雄ロランが登場するのが『王室年代記』に少し遅れて書かれた、上記エギンハルトの『カール大帝伝』において初めてであるという事実である。細かい考証の紹介は紙幅の関係で省略するが[10]、じつは主人公のロランという人物は実在せず、民衆の想像が創り出し、こよなく愛した（その点でロランは義経にも、とくに非実在という意味では正《まさ》しく弁慶に匹敵する）英雄なのである。

いっぽうベルナルドがロランを下敷きにして創られ、ロランよりさらに架空の度の強い人物であるのはすでに述べた。その活躍を「歌い／語る」伝承には、郷土スペインを外敵の侵入から守ろうとする愛国心が通底している。ベルナルドが活躍する七七八年頃は、イスラム勢力が半島に入ってすでに七〇年を経て、スペイン北部ではキリスト教徒とイスラム教徒との「住み分け／共存」が成り立っていた。そこにまた強大な北のフランク勢力が進出してくることは、外敵の侵略と感じられ、両者は共同戦線を張ったのである。すでに指摘したように、これはキリスト教とイスラムの対立を基軸とする『ロラン』では到底触れることの出来ない事実であったが、『ベルナルド』ではごく自然に語られている。その代りに、外敵に国土を一歩たりとも踏ませたくないという愛国心が、ロランを殿軍ではなくて先陣に置いているのである。ピレネー山脈を隔てて対峙するフランスとスペイン両国民の感情がそれぞれの立場によって史実からの乖離《かいり》を生じさせたわけである。

それればかりではない。「叙事詩」と「伝承」のはざまにあって、一人残らず討ち死にしたはずのロンスヴォーの合戦を、どうして活写出来るのかという素朴な疑問は、戦いの細部を知りたいという民衆の貪欲な好奇心とあい俟《ま》って、南仏はアルルの聖《サン》ジルが神の奇蹟によって、遠く離れていながらロンスヴォーの戦いの情景を逐一眼の辺《あた》りにし、これを北仏はラーンの僧院において一書に認めた（『ロラン』一五五節、ドイツ語で残る『カール大帝伝』〈Karlmagnussaga〉という言い伝えを生めば、いっぽう義経伝説では、常陸坊海尊が寺参りに行って衣川の戦いに遅れ、心ならずも生き残り、実見した源平合戦の次第をつぶさに後世に物語る（『義経記』、柳田国男『雪国の春』）といった構成を要請する。かつドイツ語の『カール大帝伝』が示すように、ロランを主人公とする軍《いくさ》物語はヨーロッパ諸国民の想像力を強く捉え、スカンディナヴィアやネーデルランドにも多くの、「さしたる用もなかりせば、奥の一間に入りたもふ」式の、伝承を残した。

さらに外国、とくに異文化イスラム圏への遠征の主題は、十字軍に刺激され、東方との接触が頻繁だった地中海沿岸の南仏やイタリヤに入るや、ますます大きく発展する。ここでは「キリスト教対イスラム」といった宗教的対立の図式は背後に押しやられ、冒険への空想が自由に羽ばたく物語（『スペイン侵攻』、『シャルルマーニュの東方巡礼』）から、英雄の幼少時代を知りたいという民衆の希望に応えて、『メイネ』（Mainet、シャルルマーニュの青年時代）また『オルランディーノ』（Orlandino、ロランの子供時代）など、牛若丸と弁慶の出会いを語る『義経記』や、衣川の合戦後、蝦夷に渡りさらに韃靼に入って義経ついにはジンギス汗となると述べる『義経勲功記』に対応する作品があるかと思えば、さらにはロランの恋と冒険の物語、長大なルネッサンス叙事詩ボイヤルドの『恋するロラン』（Orlando innamorato, 1467－94、三万五千余行でも未完）、奔放なプルチの『巨人モルガンテ』（Morgante maggiore 1481, 二万九千余行、弁慶の滑稽版）、そして不朽の傑作アリオストの『恋に狂ひしロラン』（Orlando furioso, 1516－32, 三万八千余行）へと変転・昇華を続ける。

その一方で古い物語もまた、フランス・ロマン派の詩人ヴィニー（Alfred de Vigny）の「吾は愛す、黄昏《たそがれ》に、森の奥より響く角笛の音《ね》を」で始まる『角笛』（Le Cor, 一八二五）、ナポリの小説家サルヴァトーレ・ディ・ジャコモ（一八六〇—一九三四）の好短編『講談狂ドン・ペペ』（元マフィアの幹部で泣く子も黙るドン・ペペともあろう人物が、「講談師《カンタストーリエ》」トーレの語るロラン冒険譚の登場人物リナルドにすっかり自己同一化して、読み切りの次回が待ち切れず、トーレの家まで押し掛ける微笑ましい騒動記）、さらには筆者がミラーノのドゥオーモ広場の小屋掛けで実見した、シチリヤの人形芝居《プーピ》一座演ずるところの『オルランドの最期』（La morte di Orlando）一幕などが如実に示すように、今日に至るまで人々の心の琴線を掻き鳴らし続けて止まないのである。

注

（1）高津春繁・斎藤忍随著『ギリシア・ローマ古典文学案内』、岩波文庫別冊4、昭和38年、p. 102

（2）司馬遷『史記』―『淮陰侯伝』、わが国では「敗軍ノ将、兵ヲ語ラズ」の方が、好く知られている。

（3）La Chanson de Roland, éd. J. Bédier, Paris H. Piazza, 1947: 邦訳は筑摩書房、世界文学大系65、『中世文学集』に佐藤輝夫訳『ローランの歌』として所収、ただし「ローラン」は誤り（Laurent のカナ表記になってしまう）で、「ロラン」が正しい。

（4）Wace: Roman de Rou, éd. L. Clédat: Chrestomathie du Moyen-Age, Paris, Garnier Frères, 1932, p. 249

（5）橋本一郎著『ロマンセーロ』、新泉社、東京、一九七五、pp. 51－99 参照。

（6）La Primera Cronica General de España, ed. Ramon Menendez-Pidal, Gredos, Madrid, 1977, pp. 352－357

（7）シャルルマーニュの治世の記録 Annales regii usque ad 801, 七七七年の項

（8）シャルルマーニュの治世の記録 Annales Mettenses priores, usque ad 805, 七七八年の項。

（9）シャルルマーニュの治世の記録 Annales regii usque ad 829, 七七八年の項。

（10）拙校『「ロランの歌」と「ベルナルドの物語」～ピレネー山中の戦闘をめぐる伝説』、『文部省科学研究費補助金による共同研究：フランス文学における神話・伝説の研究』所収、昭和53年、東京大学文学部フランス文学研究室刊、pp. 22－23 参照。

軍記研究と歴史学

奥富敬之

史料としての有効性

歴史家にとって、すべての物は史料になる。一塊の土痕、一葉の断簡も、見るべき見方で見れば、過去における何事かが見て取れる。そのような意味において、世上に存在する事物は、なべて史料ならざるはない。ましてや歴史上の一定の戦乱を描いた軍記文学が、その戦乱を研究するさいに、重要な史料にならないわけはない。

『純友追討記』は〝承平ノ乱〟の史料であり、『将門記』は〝天慶ノ乱〟の根本史料である。『陸奥話記』抜きで〝前九年ノ役〟は語れないし、『奥州後三年記』は〝後三年ノ役〟を研究するのに必須の史料である。〝保元ノ乱〟を扱った『保元物語』、〝平治ノ乱〟の『平治物語』、〝源平合戦〟の『平家物語』、〝承久ノ乱〟の『承久記』、そして〝南北朝内乱〟の『太平記』など、いずれも重要な史料ならざるはない。

そして軍記文学を持つ戦乱に関する研究は、まさに枚挙にいとまないまでに多数であり、その上、それなりに研究は深化している。もちろんいずれの戦乱研究も、その戦乱を主題とした軍記文学に大きく依存しており、ときにはもっとも基礎的な史料として活用されている。

〝源平合戦〟に関する歴史学的研究は多く、すでに数百篇を超えているものと思われる。そしていずれの研究も、『平家物語』に大きく依存しており、ときには『平家物語』自体をベースにしている。また〝天慶ノ乱〟の研究は、それこそ『将門記』抜きではあり得ない。

これとは反対に、軍記文学を持たない戦乱に関する研究は、かなりの程度にまで立ち遅れており、しかも研究論文も少ない。平安末期の東国で四年にもわたって戦かわれた〝長元ノ乱〟は、東国における覇権が平氏から源家に移る端緒をなしたという、重大な歴史的意義を持った戦乱だった。(1) にもかかわらず、この戦乱を主題にした軍記文学は、ついに書かれなかった。その故であろう、この戦乱に関する研究はきわめて少なく、(2) まだ〴〵研究すべき余地が残されているように思われる。

このようなことから、軍記文学を持つ戦乱の研究は早くに進展するが、反対に軍記文学を持たない戦乱の研究は、かなりの程度まで立ち遅れるという事実を、当然のことながら指摘することができる、軍記文学が存在するということは、その軍記文学が扱った戦乱に関する研究を、大きく刺激して活発にするのである。ここに軍記文学の存在が、国文学の面においてのみでなく、歴史学的研究にも大きく貢献していると云うことができる。

その上、軍記文学の存在は、その軍記文学が主題とした戦乱の研究を、たんに活発にするというのみではなかった。その戦乱の原因、経過、結果などに関する研究に端を発っして、さらに二種の方向への歴史学的研究を促したのである。

一は戦略、戦術、指揮、兵員、武器等々、その戦乱に見出される微細な諸点への研究の深化であり、これは一軍記文学から得られる知見のみではなく、しば〴〵二軍記文学から得られた知見を綜合することによって、さらに次元の高い知見に昇華できるものであった。

〝天慶ノ乱〟の頃には、まだ木製弓（丸木弓）が使用されていたことが、『将門記』から判明している。そして〝源平合戦〟の頃には、すでに合《あわ》せ弓（合成弓）が用いられていたことが、『平家物語』から知られる。僅々二世紀の間に、これだけの進歩が指摘できたのである。

〝前九年ノ役〟、〝後三年ノ役〟の頃には、蕨手刀の進化した毛抜形太刀が多用されていたことが、『陸奥話記』、『奥州後三年記』から看取される。まだ騎馬同志の斬撃戦だったのである。ところが〝源平合戦〟の頃になると、斬撃用の大刀（太知《たち》）と刺突用の刀（加太奈《かたな》）との二本が併用されていたことが、『保元物語』・『平治物語』および『平家物語』から看取される。僅々一世紀半の間に、それだけ戦斗が厳しくなっていたことが窺がわれるだけでなく、前後十二年の合戦では基本的に騎馬武者相互の合戦だったのが、〝源平合戦〟では徒歩武者も戦場に現われたことが窺がわれ、さらには領主制の変化をも見ることができる。

十世紀の頃、多田満仲が造ったという〝源家八領ノ鎧〟は、多く牛皮を用いた革札であった。ところが〝源平合戦〟の頃には、鉄片を交える〝金交《かねまじり》〟の鉄札にかわっていた。このようなことも、保元・平治・平家の三物語を通じて知ることができる。

軍記文学を通して二種の方向に進展した研究の一が、いわばこのようなことだった。そして第二の方向は、このようにして得られた知見のさらに上に、組み立てられることになる。

丸木弓から合成弓への変化、毛抜形大刀一本から太知・加太奈二本併用への変化、革札から金交の鉄札への変化など、古代末期から中世初期にかけて見られた武具の変化(3)は、戦斗の激烈化を示しているのみではなく、とくに製鉄技術の進歩(4)という社会史的側面をも提示している。福田豊彦氏著の『平将門の乱』は、実に「関東の鉄と馬」という章に実に全文の約二割の紙数をさいている。(5)

そして東国での覇権が平氏から源家に移ったことの象徴が平直方が源頼義に鎌倉の地を譲ったことにあり、その鎌倉の西南郊稲村ガ崎の海岸では、近くの金山から流出した砂鉄が採取できる。(6) つまり『将門記』・『保元物語』・『平治物語』・『平家物語』などの軍記文学から看取される武器の進歩は、そのまま技術の進歩という点を通して、社会史のジャンルの研究にまで昇華できるのである。

要すれば軍記文学は、その軍記文学が主題とした一定の戦乱の研究に役立つことはもちろんであるが、それだけにとどまるものではなく、文中の一言半句から技術史を含む社会史から、経済史や政治史にいたるまでの知見を研究者に提示しているということである。そのような意味で、軍記文学は、きわめて得難い史料であると云える。

さらに付言すると、軍記文学特有の物語性の価値である。物語として記述されている関係上、作中人物の行動や性格がきわめてヴィヴィドに描かれていることは、ある意味では無味乾燥な古文書あるいは古記録の遠く及ばないものである。いわゆる歴史上の人物を、まさに眼前に髣髴させてくれるのである。

このような意味をも含めて、歴史学研究における軍記文学の有効性は、まさに量り知れないものがある。軍記文学は、きわめて有力な史料になり得るのである。

奇瑞と怪異

しかし反面では、だからこそ軍記文学はこわいとも云える。歴史的に重要な一定の場面などが、まさに眼前に髣髴されてしまい、研究者の目や思考を眩惑してしまうのである。軍記文学の文章表現に、作者固有の主観や修飾があることに、研究者は注意を払わなくてはならないのである。

『平家物語』に描かれている平清盛は、神仏をも怖れぬ傲岸不遜な独裁者である。しかし『山槐記』によれば、やがて安徳天皇になる幼児が指で穴をあけた障子を、感涙を流しながら倉に収蔵することを命ずる好々爺であり、また『愚管抄』によれば、周囲に対して細心の配慮を払って「アナタコナタ」する人物であった。

平氏一門の盛衰を主題にしたという点では当然かも知れないが、源頼朝は直接的には『平家物語』には現われない。つねに「鎌倉殿の仰」、「鎌倉殿の御代官」、「鎌倉殿の御使」、「鎌倉殿の御教書」などというかたちで、はるか遠い天上の存在ででもあるかのように描かれている。

それでいて読者には頼朝は、平忠房・六代などの平氏の残党から義経・範頼などの弟にいたるまで、多くの人々の運命までも操る冷酷無残な絶対者というイメージが植え付けられて行く。日本最初の武家政権を創設し、古代から中世を導き出した英雄像はおろか、九条兼実が『玉葉』で「威勢厳粛、其性強烈、成敗分明、理非断決」と評した頼朝像などは、『平家物語』には片鱗もない。

同様のことは、『太平記』についても云える。忠勇無双の楠木正成、天下取りの野望に燃える足利尊氏・直義兄弟というように、およそ類型化された人物像に描かれているのである。新田義貞を捨てて尊氏と和睦しようと後醍醐に献言したという『梅松論』に描かれた楠木正成像や、「大休寺殿（直義）は政道、私わたらせ給はねば、捨がたし、大御所（尊氏）は弓矢の将軍にて、更に私曲わたらせ給はず。是また捨申がたし」と、今川了俊に『難太平記』で書かせたような尊氏・直義兄弟の人柄なども、やはり『太平記』には見られない。

勇者は勇者、賢者はつねに賢者、暴逆なる者はいつまでも暴逆というように、一定の人物像をどこまでも保持し続けるのが、軍記文学での登場人物たちである。一瞬たりとも人間味のある行動をすることなく、つねに類型化されたかたちで、行動するのである。読者にとっては判り易いが、真実とは大きな懸隔があったに違いない。

ちなみに多くの軍記文学には、すぐには理解できない奇瑞伝説が記されている。石清水八播が巫女に乗り移って皇位を与えられた将門が「新皇」を自称したとする『将門記』、新田義貞が宝剣を海中に投ずるや、海水が二十余町も引いたので、俄かにできた干潟を通って新田勢は鎌倉に突入したという『太平記』などが、それである。

前者は将門に京都朝廷から離叛する意図があったか否かを考えるとき、決定的な徴証となる挿話である。大きく見れば、東国自立の意図の有無が、この挿話の解釈にかかっている。また稲村ガ崎の奇瑞伝説は、攻防五日目にして、ついに鎌倉幕府の滅亡の具体的な端緒をなした事件であるだけに、その奇端が事実だったか否かは、まさに考証しなければならない事件である。

『将門記』の巫女神託事件については、すでに若干の研究史がある。まず織田完之氏は酒宴のさいの座興に過ぎないとされて、軽くいなされてはいるが事実だったと肯定され、赤城宗徳氏は将門のライバルだった平貞盛らの捏造と解されて、事件はなかったと断定され、梶原正昭氏は『将門記』作者の創作とされ、やはり事件はなかったと否定された。(7)

『太平記』に記されている新田義貞稲村ガ崎干潟渡渉説についても、かなり詳細な研究史がある。

早く久米邦武氏は「太平記は史学に益なし」として奇瑞を完全に否定され、新田勢は霊山崎から鎌倉に討ち入ったとされ、坪井九馬三氏は江戸時代に干潟化した事例を挙げて肯定し、明治三十五年（一九〇二）八月四日と同五日の両日の午前二時五十八分、大森金五郎氏は実験的渡渉を敢行して成功し、これまた奇瑞を肯定された、しかし続く三上参次氏は、士気振興の目的で義貞が太刀投げという芝居をしただけのことで、干潟ができたはずはないと奇瑞伝説を否定された。

昭和期に入ると神懸りが進んだようで、新井信示氏は神威によって干潟化したとして伝説を肯定し、鎌田精一氏も干潟化は通例の干潮によるものとして、伝説を肯定され、さらに佐藤善次郎氏は説明や解釈も抜きにして伝説を肯定している。

しかし敗戦後、研究は本格化した。高柳光寿氏は干潟化を完全に否定され、『梅松論』に新田勢が通過した地点が「石高く、道細くして」とあることに着目されて、久米邦武氏の新田勢霊山通過説を復活させられた。続いて奥富敬之も『鎌倉遺文』所収の軍忠状などを傍証史料として、新田勢霊山通過説をさらに補強している。

しかし峰岸純夫氏は、干潟を利用した未明の侵攻作戦か、あるいは地震（海底地殻変動）による一時的遠干潟の出現ということを考えておられ、平成三年四月十五日、六月十五日、七月十二日、八月二十五日の計四回、実験渡渉を敢行された磯貝富士男氏は、鎌倉時代以来の自然的海水面隆起を七十〜八十センチ、関東大震災による陸地面隆起を六十〜百センチと推定され、「差引きされて、現在は元弘三年当時と、干潟化の条件はかなり近くなっているのではないか」とされた上に、岸壁に細道の痕跡も発見されている。(8)

このように研究史を見てくると、『将門記』の巫女神託奇瑞も『太平記』の稲村ガ崎干潟化の奇瑞も、事実だったか否かは、まだ決着が付いたとは断定はできない情況にあるようである。そこで翻って軍記文学と奇瑞との関係を考えてみると、軍記文学の作者たちにほゞ共通した一定の態度が、そこに見出されるように思われる、たとえば『将門記』における巫女神託奇瑞である。

将門が新皇を自称して東国の自立を図ったという歴史的事実を述べるとき、必然的に『将門記』の作者に書くことが迫られるのは、そのようなことを将門が思い立った動機あるいは原因といったことである。このことの記述が欠如すると、物語は連続性のない飛躍になってしまうからである。

そこで真正面からこの問題に立ち向かおうとすれば、この時期に東国が置かれていた情況、やゝ極言すれば京都朝廷の植民地のように扱かわれていた東国の情況を述べ、これに将門が悲憤していたというようなことを書くことになる。

しかしそのようなことは、多分、当時の作者には手にあまるものだっただろうし、またそのような記述をすれば、『将門記』自体の物語性が失われてしまうかも知れない。このように考えた作者が、巫女の神託ということを思い付いたのかも知れないと、思うのである。わずかな記述で、将門自立の動機などが、簡単に説明できるからである。

『太平記』における稲村ガ崎干潟化という奇瑞も、同様の仮説を応用すると、納得がつく。四日間もの間、猛烈な新田勢の攻撃を斥けていた要塞都市鎌倉が、何故、一瞬にして陥落したか。この謎は、今もって解けてはいない。しかし神威による稲村ガ崎の干潟化という奇瑞を導入すれば、物語としては謎は解けて、すくなくとも中世の読者は納得したはずである。

このような例は、『平家物語』にも見られる。かって平清盛が熊野権現に参詣したとき、船中に出世魚である鱸《すずき》が飛び入ったという奇瑞が紹介されると、(9)清盛の急速な出世は、すべて熊野権現の御利生によるということでかたが付いてしまい、それ以上の説明は不必要になってしまうのである。実際には院政支持派、天皇親政護持派、それに摂関政治賛成派と三派の政争が渦巻くなかで、『愚管抄』に記されているように、この時期の清盛は「アナタコナタ」していたのであるが、『平家物語』では鱸の奇瑞を語ることで、そのような真面目な記述の必要性を、まったくゼロにしてしまったのである。

また、足利尊氏・直義兄弟の仲の良かったことは、多くの例証で明白である。たとえば建武三年（一三三六）八月十七日、尊氏が清水寺に納めた願文である。(10)

この世は夢のごとくに候、尊氏にだう心たばせ給候て、後生たすけさせ、おはしまし候べく候、猶々とくとんせいしたく候、だう心たばせ給候べく候、今生のくわほうにかへて、後生たすけさせ給候べく候、今生のくわほうをば、直義にたばせ給候て、直義あんをんにまもらせ給候べく候

建武三年八月十七日　　　　尊氏（花押）

清水寺

きわめて強烈な宗教心と同時に弟直義に対する肉親愛が、如実に窺がわれるのである。二人が発出した下文・下知状を冷静に分析された佐藤進一氏は、主従制的支配の頂点に立つ尊氏と統治権的支配権を握った直義という官制体系の二元的現象を指摘されている。(11) 冷静な古文書操作の歴史研究なので、兄弟間の愛情などまでは突き込んではいないが、そこにはやはり言外に兄弟仲の良さも示されている。さらに今川了俊の『難太平記』などにも、二人の仲の良さは如実に示されている。

ところがひとたび〝観応ノ擾乱〟が起ると、二人の仲は急転する。たちまちに激烈な対立抗争を開始して各地で相互に攻撃し合い、あげくの果ては、ついに兄尊氏は弟直義を毒殺するにいたっている。

このような尊氏・直義の仲が激変した事情を理解できなかった『太平記』の作者が、自分では理解できなかったその事情を説明するために案出したのが、故大塔宮護良親王の怨霊が直義室の腹に宿って直義の子として生まれたとするなどの一連の怪異譚だったと思われるのである。(12)

以上のような若干の例から推して行くと、軍記文学の作者のある種の態度が、なにやら仄かに見えてくるような感がある。

将門が東国の自立を図った事情、清盛が急速に出世して行った理由、無類の要害だった鎌倉が一夜にして陥落して

しまった原因、もと〳〵は仲が良かった足利兄弟が突然に対立抗争するようになる情況など、説明に困った作者が奇瑞、怪異譚にかこつけるというのは、まさに彼らの常套手段だったかに見えるのである。

このような仮説がもし正しかったとなると、これらの奇瑞や怪異譚が事実だったか否かを考証するのは、むしろ馬鹿気た徒労のようでもある。

もちろん中世は、俗信に満ちた時代だった。だから軍記文学に描かれた奇瑞や怪異譚も、その時代には信じられていたものかも知れない。とすれば軍記文学に描かれた奇瑞や怪異譚は、作者が勝手にでっち上げた虚構ではなく、この時代の人々に本当に信じられていたのかも知れない。しかしそうではあったとしても、その奇瑞や怪異譚は、史実ではないのである。史実の追求を本務とする歴史研究者にとっては、有害無益な挿話ということになるのかも知れない。

「太平記」は、史学に益なし。

かって久米邦武氏が喝破された語が、ここに想起される。久米氏が「益なし」とされたのは『太平記』だけだったが、意味されていることを演繹すれば、〝すべての軍記文学は、史学に益なし〟と考えることもできる。

史実の考証

しかし反面、〝すべての軍記文学は、史学に益なし〟と、完全に断定してしまってよいか、どうか。

他に信憑性のある史料に乏しい〝天慶ノ乱〟の研究にさいしては、『将門記』は無視することのできない基礎史料である。『将門記』抜きで〝天慶ノ乱〟を研究した論考は、管見の限りでは皆無である。

同じように他の諸戦乱の研究にさいしても、その戦乱を主題にした軍記文学を史料として用いるのも、これまた当然のこととして行なわれてきている。とすれば、いま大切なことは、軍記文学を単純に史料として用いるのではなく、その前に厳密な考証を行なうことである。

このようなスタンスで軍記文学に描かれた挿話などを考証した研究は、きわめて多い。やや古くは岡部周三氏の論考があり、上横手雅敬氏、樋口州男氏、川合康氏などにも、この種の著作がある。驥尾に付したわけではないが、拙稿にもこの種のものがある。(13)

明らかに嘘と判る奇瑞や怪異ならば、あるいは軍記文学特有の虚構として見ることもできる。しかし史実と誤認しかねない虚構は、歴史研究の上では、きわめて危険である。この点、前記の川合康氏の著作の帯に記されている惹句は、強烈である。〝『平家物語』に騙されるな！〟と、記されているのである。編集部で付けた文かも知れないが、云い得て妙なのである。

『平家物語』における虚構については、きわめて多くの考証があり、また前記拙稿でも若干のことを指摘してあるので、史実と誤認しかねない危険な虚構あるいは間違いを、『保元物語』から指摘してみる。

冒頭の「後白河院御即位ノ事」に近衛院が「永治元年（一一四一）十二月七日、三歳ニテ御即位アリ」とある。しかし『皇代記』には「十二月七日辛未受禅、廿七日辛卯即位」とあるように、七日は践祚の日で、即位したのは同二十七日のことであった。

また続く文中で、「永治元年七月十日、一院（崇徳）、御グシヲロサセ給ヒケリ」とある。しかし『兵範記』の同三月十日条に「今日、太上皇（崇徳）於鳥羽殿可有御遁世事」とあるように、崇徳院の出家は三月十日のことであった。四ケ月の間違いである。

「法皇熊野御参詣并ビニ御託宣ノ事」に、「久寿二年（一一五五）冬ノ比」、鳥羽法皇が熊野参詣をしたとある。しかし『兵範記』など確実な記録には、そのことは記されていない。なお同十二月十六日、鳥羽法皇の皇后だった高陽院藤原泰子が死んでいるから、この時期に鳥羽法皇が熊野参詣をするとは、どうしても思われない。
　その鳥羽法皇が熊野参詣をしたときである。熊野権現の神託が下ったという。

　　明年、必ズ崩御アルベシ。其後ハ、世ノ中、手ノウラヲカヘスガ如クナランズルゾ。

　翌年に鳥羽法皇が死に、直後に〝保元ノ乱〟が勃発することを、神は予言したのである。そして事実、その通りになったのだから、物語としては、この場面は一種のクライマックスになる。だから情景描写も、おどろ〴〵しいまでに神秘的になる。

　　神殿ノ御戸ヲ排テ、白クウツクシク小キ左ノ御手ヲ指出シテ、ウチカヘシ〳〵三度セサセ給。

　ところが『愚管抄』巻四によると、この奇瑞が起ったのは白河法皇の熊野参詣のときだった。その情景は、次のようだった。

　　宝殿ノミスノ下ヨリ、メデタキ手ヲサシイダシテ、二三ドバカリウチカヘシ〳〵シテ、ヒキ入ニケリ。

文章までが酷似しているので、どちらかが他方を取り入れたことは間違いない。そして奇瑞が起ったのが鳥羽法皇のときだったとすると、その鳥羽法皇の死が〝保元ノ乱〟の原因になったのだから、物語としては非常に効果があがることになる。

また前述したように、このとき鳥羽法皇は熊野参詣はしていないらしい。このようなことから見ると、この奇瑞があったのは、『愚管抄』が云うように、白河法皇のときのことだったと考えられる。もちろん、本当に奇瑞が起ったとは、信じられない。例によって、軍記文学特有の常套手段のひとつだろうと思われる。

ところで『保元物語』では、しばしば藤原忠実が、「知足院ノ禅定殿下」の名で現われる。忠実が知足院に幽閉されたのは〝保元ノ乱〟後のことで、応保二年（一一六二）六月十八日、忠実は知足院で死んだ。つまり忠実が「知定院ノ禅定殿下」と呼ばれたのは、〝保元ノ乱〟後のことである。結局は忠実はそのように呼ばれるのだから、『保元物語』は間違っているわけではないが、やはり気を付けて読まなければならない。

ちなみに『吾妻鏡』は、この種のことでも、かなり正確である。たとえば頼朝は、「前右兵衛佐」、「武衛」、「鎌倉殿」、「二品」、「従二位源卿」、「二位家」、「新大納言家」、「亜相」、「右近衛大将」、「右大将家」、「前右大将家」、「羽林上将」、「幕下」、「征夷大将軍」、「将軍家」、「幕下将軍」と、ことあるごとに呼称が変っている[14]。

さらに下って「新院御謀反思シ召シ立ツ事」に、藤原頼長が「同（久安）七年（一一五一）正月十九日、万機ノ内覧ノ宣旨ヲカウブラセ給テ、天下ノ事ヲ知食ス」とある。しかし『尊卑分脈』頼長の項には、「仁平元（一一五一）正十六蒙内覧宣」とある。また頼長本人が書いた『台記』別記の久安七年正月十日条には、「今日、余蒙内覧宣旨」とある。いずれにしても『保元物語』は、間違っていたのである。

以上、『保元物語』の冒頭部分を読みなおしてみて、若干の間違いを指摘してきた。

このうち、近衛天皇の即位の日を践祚の日と間違えたのは、たんなるミスであろう。また崇徳院の出家の日が、本当は三月十日だったのを七月十日としたのも、思い違いによるミスだったかも知れない。いずれも歴史研究にさいしては、要注意という態度で臨めば、それほどの問題ではない。

しかし熊野参詣のおりの神託が、白河法皇のときだった（ものらしい）のを鳥羽法皇のときだったとするのは、明らかに作為である。もちろん物語としての構成上、効果をあげるために文学的な虚構をしたのであろうが、しかし史実ではないことは間違いない。軍記文学をそのまゝ史料として用いることができないのは、このような個所である。まさに厳密な考証が、必要なのである。

さらに考証を厳密にしなければならないのは、忠実が「知足院ノ禅定殿下」の名で、〝保元ノ乱〟以前に登場することである。すら〳〵ッと読み通しても、今となっては案外なまでに異和感も覚えないという点で、本当に注意しなければならないのである。

頼長が内覧の宣旨を受けた月日も、政治史の上では重要である。かりに本人が『台記』を書き残してくれなかったら、『尊卑分脈』の間違いが信じられたかも知れない。

このように見てくると、ほとんど軍記文学は信憑性を持たないという点で、歴史研究にさいしての史料にはならないと、云うこともできそうである。しかし大把みに一定の戦乱の概要を見ようとすれば、軍記文学ほど便利なものはないということも、また一面の事実ではある。結局、考証を厳密に行なった上でなら、軍記文学を史料として歴史研究をすることは可能であるという、しごく当然の結論になる。

研究対象としての有効性

軍記文学の史料としての有効性のみについて喋々してきたが、軍記文学というのは、たゞそれだけのものではないことも、忘れてはいけない。軍記文学そのものを歴史研究の対象として見ることも、当然のことながら必要なのである。

だいたい軍記文学自体が、時代の産物なのである。その時代に生きた人々の思想、意識、生活等々が、その軍記文学の成立に大きく関係しているものである。

だから軍記文学を歴史学的研究の対象とすることは、とりもなおさずその軍記文学を生み出した時代社会を研究することになる。つまりは軍記文学の歴史学的研究は、そのまゝ歴史研究でもあるのである。歴史文学を材料としてだけではなく、対象としても見なければならない道理である。

よく知られているように、『将門記』の文章は固い。事実を縷述するだけで、まだ文学的香気は低い。軍記文学発生期の産物であるということが、如実である。

しかし『保元物語』・『平治物語』になると、文章も次第にこなれてきており、中国の故事なども散見されるようになる。軍記文学発展期の産物と、云うことができよう。

そして『平家物語』こそは、軍記文学がもっとも高く昇りつめた段階の産物である。引用されている中国の故事なども、その場に相応していると云えよう。

しかし『太平記』になると、全体の構想にも無理が生じてきており、中国故事の引用も多用されすぎて、物語の流れをとめてしまうというマイナス効果さえ現わすようになる。軍記文学の衰退期に入ったものと云うことができよう。

そして『明徳記』、『応永記』、『応仁記』などを経て、『鎌倉大草紙』、『結城戦場物語』などになると、描かれた史実に誤りが目立つのみでなく、文体などにも香気が失なわれて、文学性さえ消失して行く。

このように軍記文学の歴史を概観したゞけでも、古代末期から中世末期までの歴史の展開を、窺い知ることができるのである。

軍記文学は史料として、そしてときには歴史研究の対象として、いまゝで多用されてきた。さまぐ\な問題があることは確かであるが、軍記文学の有効性は、決っして無にはならないであろう。

注

(1) 〝長元ノ乱〟の後、同乱を鎮圧できなかった平直方は、同乱を鎮圧した源頼信の子頼義を女婿に迎え、引出物として鎌倉の地を源家に譲り渡した。これまで〝平将門ノ乱〟や〝平忠常ノ乱〟が東国で起ったように、この時点までの東国の覇者は、平氏であった。だから直方から頼義への鎌倉委譲ということは、まさに東国での覇権の平氏から源家への委譲という事実を、象徴する事件だったのである(奥富敬之著『天皇家と多田源氏』三一新書)。

(2) 〝長元ノ乱〟に関する研究のうち管見に入ったものを列挙すると、次ぎのようである。『平家物語』をベースにした〝源平合戦〟の研究や『太平記』をベースにした〝南北朝内乱〟の研究などの多さに比すると、その少なさが痛感される。

阿部秀助「上総介忠常」(『三田学会雑誌』二ノ三―五、明治四十二年)。

阿部秀助「諏訪時代の上総介忠常」(『史学』一ノ二―三、二ノ三、大正十一―十二年)。

大森金五郎「平忠常追討の地理」(『歴史地理』一ノ一―二、明治三十二年)。

大森金五郎「平忠常の事跡追考」(『史苑』二ノ四、『歴史地理』二ノ四、明治三十三年)。

荒井庸夫「平忠常の叛乱に対する一考察」(『中央史壇』三ノ五、大正十年)。

大森金五郎「平忠常の乱の研究」(『武家時代の研究』第一巻、大正十二年)。

石母田正「平忠常の乱について――古代末期の辺境の反乱の一考察」(『法学志林』五十ノ一、昭和二十七年)。

安田元久「忠常の乱及び前九年役の軍事力」(『日本初期封建制の基礎研究』、昭和五十一年)。

野口実「平忠常の乱の経過について――追討の私戦的側面」(『坂東武士団の成立と展開』、昭和五十七年)。
(3) これらの変化については、関幸彦「「武」の光源―甲冑と弓矢―」(福田豊彦編『いくさ』、平成五年)および近藤好和『弓矢と刀剣―中世合戦の実像』(平成九年)に詳しい。
(4) 頼朝が鎌倉を本拠の地に選んだ理由として、「要害ノ地」だったことと「御嚢跡」だったことは、早くから多くの人々に指摘されているが、鎌倉の西南郊稲村ヶ崎で砂鉄が採取できた点を第三の理由に挙げたのは、奥富敬之「金洗沢《かねあらいざわ》」(同著『鎌倉史跡事典』、平成九年)である。
(5) 福田豊彦『平将門の乱』(『岩波新書』、昭和五十六年)。
(6) 注の1および4参照。
(7) 織田完之『平将門故蹟考』(明治四十年)。赤城宗徳氏『平将門』(昭和四十五年)。梶原正昭氏訳注『将門記』(東洋文庫)。
(8) 稲村ガ崎干潟化および新田勢の稲村ガ崎渡渉の伝説に関する研究史については、奥富敬之『鎌倉史跡事典』の「稲村ガ崎」の項に詳述してある。論文などを列挙すると、次のようになる。
久米邦武氏「「太平記」は史学に益なし」(『史学雑誌』二―十七・十八、明治二十四年)、坪井九馬三氏「霊山稲村崎」(『史学雑誌』四―四八、明治二六年)、大森金五郎氏「稲村崎の徒渉」(『歴史地理四―十一、明治三十五年)、三上参次氏「新田氏勤王事跡」(『上毛及上毛人』一一二、大正三年)、新井信示氏「新田義貞公鎌倉進撃路踏査記」(『上毛及上毛人』二四四・二四五、昭和十二年)、藤田精一氏『新田氏研究』(昭和十三年)。佐藤善次郎氏「新田義貞の鎌倉攻」(『神奈川県文化財調査報告』、昭和十七年)。高柳光寿氏『鎌倉市史――総説編』、昭和四十三年)、奥富敬之『新田堀江氏研究―通史―』(昭和五十七年)、同『上州新田一族』(昭和五十九年)、峰岸純夫氏『新田町史―第四巻』(昭和五十九年)、磯貝富士男氏「パリア海退と日本中世社会」(『東京学芸大学付属高等学校研究』二八号、平成三年)、同「中世の稲村ガ崎―稲村ガ崎調査の記録」(『中世内乱史研究』十二号、平成三年)。

(9)『平家物語』巻一、「鱸」。

(10) 建武三年八月十七日付「足利尊氏願文」(『常盤山文庫所蔵文書』)。

(11) 佐藤進一氏「室町幕府開創期の官制体系」(石母田正・佐藤進一両氏共編『中世の法と国家』、昭和三十五年)。

(12)『太平記』巻二五「宮方怨霊会六本杉附医師評定事」、同「自伊勢進宝剣事附黄粱夢事」、同巻二七「天下妖怪事附清水寺炎上事」、同「雲景未来記事」など。

(13) 岡部周三氏『南北朝の虚像と実像――太平記の歴史学的考察』(昭和五十年)。上横手雅敬氏『平家物語の虚構と真実』(上・下、昭和六十年)、樋口州男氏『中世の史実と伝承』(平成三年)、川合康氏『源平合戦の虚像を剥ぐ』(平成八年)。奥富敬之「『平家物語』の史料論」(杉本圭三郎氏編『平家物語と歴史』(『あなたが読む平家物語』三、平成六年)。

(14)『吾妻鏡』では、他の人々についても、ことあるごとに呼称が変っている。たとえば北条義時を例にとると、「北条四郎」・「江間四郎」・「江間殿」・「北条小四郎」・「相州」・「相模守」・「右京兆」・「右京権大夫」・「奥州」・「前奥州」・「奥州禅室」などである。

軍記研究と民俗学

――「曽我物語の遺品語り」をめぐって――

福田　晃

はじめに

わたくしは、昭和三十八年、甲賀三郎譚の管理者を尋ねるなかで、信州・滋野氏三家（海野・祢津・望月）に属する巫祝集団のあったことを確認したが[1]、他方、かの木曽義仲の手書きとして活躍した太夫房覚明（信救得業）が、この滋野・海野氏の出自であるとする伝承に逢着、その覚明が晩年に開基したとする浄土真宗白鳥山報恩院康楽寺（篠井市塩崎字角間）を訪ねた。ご住職は覚明のご子孫と伝える当寺第二十八世の海野協親氏。当寺には、木曽義仲の守護仏と伝える当寺のご本尊・一寸八分の阿弥陀像が祀られ、日月精珠など義仲所持の遺品、および覚明佩用と伝える三条宗近作の太刀一振などが蔵されていた[2]。ちなみに『本願寺通紀』（享保一九年～寛政六年）、『信濃奇区一覧』（天保五年）などによると、覚明は義仲が滅びた後、一時、信州に隠れ、箱根に蟄居することとなったが、建久六年、比叡山に登って慈円和尚の法庭に列し、円通院浄覚と改め、たまたま範宴（親鸞の幼名）と勉学を共にし、その非凡なるに感じて随従、建仁元年に範宴とともに吉水の法然上人に仕侍して、範宴は綽空、浄覚は西仏と名を改めたという。承久元年に親鸞が越後に流され、貞永元年に帰洛するまで、西仏は終始これに随従したが、文暦元年、師命によって信州に留まり、小県郡海野荘白鳥[3]に康楽寺と称する一寺を開き、仁治二年、八十五歳にて寂したと伝えるのである[4]。

　またわたくしは、平成八年、丹後・丹波の伝説を尋ね歩く機会をもったのであるが、当地方においても、源平の争乱期に活躍したヒーロー・ヒロインの遺祉が、少なからず見出されたのである。[5] そのなかに京都の船井郡八木町室橋の地に、巴御前のゆかりという臨済宗・橋目山如蔵寺があった。その当寺所蔵の「如蔵寺阿弥陀如来之略記」（万治二年書写）[6] によると、当寺は義仲に阿弥陀の霊仏を託された巴御前が、それを乳母の少将女房に附託、これにしたがい少将女房は、当地に至って草庵を結び、その木像を祀りつつ生涯を終えたという。すなわちその草庵が如蔵寺の前身とするのである。一方、同寺所蔵の「橋目山如蔵禅寺縁起」（文化十年書写）によれば、後年、巴御前は尼となって諸国行脚の末に、当地の少将女房を訪ねて、建治三年三月十日、八十九歳をもって当地において往生したと言い、巴御前の如蔵禅定尼の称にあやかって、当寺の寺号にしたと伝える。やや屈折した伝説であるが、当寺は今にその阿弥陀像を本尊とし、巴御前の霊牌とともに、巴御前愛用の古鏡を蔵している。なお当寺は、先の『縁起』によると、創建時は真言宗に属する尼寺であったが、享保年間に臨済宗妙心寺派の直末となったと伝える。つまり当寺は、臨済寺に属する以前は、少将女房につながると称する尼僧・比丘尼によって経営されていたということであろう。

　今、ここで注目することは、悲劇のヒーロー・ヒロインを祀ったする伝説においては、かならずその堂寺の創祀者に主人公の有縁者をあげるとともに、主人公の遺品を蔵して、その伝承の真実性を主張していることである。すなわち康楽寺の伝承においては、義仲の手書きであった太夫房覚明をあげ、義仲所持の遺仏を祀るとともに、その遺品を所蔵しており、如蔵寺のそれにおいては、巴御前随従の乳母・少将女房をあげ、巴御前より依託された遺仏を祀るとともに、巴御前所持の遺品を伝えている。そしてそれらの遺仏は勿論、その遺品もまた、主人公たちの魂の依り所なる形見であることが、伝承上は重要なのである。

一　曽我物語の形見・遺品

真名本『曽我物語』（妙本寺本）(7)の後半、つまり兄弟が死を決して富士野に赴かんとするときから仇討の直前にかけて、血縁・有縁の人々に対し、執拗なほどいちいちに形見を託し、数々の遺品を留めたと叙されている。

すなわち、まず巻六において、大磯の虎を訪ねた十郎は、その仇討の宿願のことを明かし、最後の別れの床において「形見ト成ス」ために、「イトウトモ人ハワスレス、云々」の歌を虎御前に留め、また大磯を出立するにあたっては、虎御前の「我身ヲ放タヌ形見ニ為ム」との求めに応じて、「我カ年来着馴タル目結ノ小袖ニ脱替」えて与えている。さらに葦毛の馬に貝鞍を置き、虎を懐いて舁き乗せ、最後の別れとなる山彦山の峠に向かう途次、「此馬ハシ此方ヘ返シ下フヘカラス、此三年カ程、一月ニ四五度・十度通ヒタラムニ、馬ハ替レハ鞍ハ是、鞍替レハ馬ハ是ナリ、留テ形見ニ為下フヘシ」と語って、この馬・鞍を虎御前に託している。

次いで曽我に戻った十郎は、母の女房を説得して五郎の勘当を許してもらい、「形見ニ為ム」と母に小袖を乞えば、母は「連銭付タル浅黄ノ小袖」を与え、五郎にも「白キ唐綾ノ小袖」を与えており、しかも母は「但シ此小袖共ヲハ、誰ニモ則テハ取ラスナ、狩庭ヨリ返テ後ハ返シ下ヘ」とことわっている。つまりこれは、後にこの小袖が母の女房の許に届けられることの伏線として用意されているのである。

さらに兄弟は、自分たちの死後に母の悲しむことを案じ、生きて再会できぬことを嘆き、「朽セヌ形見ニ水茎ノ跡コソ有ンナレ」とて檀紙を一重ね取り出し、まず十郎が、「今日出テメクリアハスハ小車ノコノワノウチニナシトシレキミ　是ハ十郎助成生年廿二歳、无カラム跡ノ形見ニ御覧シ候フヘク」と書き置き、次いで五郎が、「定メナキウキ風イト、思ヒシレトハルヘキ身ノトハンタヒニハ　是ハ五郎時宗生年廿歳、无カラム跡ノ形見ニ御覽シ候フヘク、親ハ一世ノ契トハ申シ候ヘトモ必ズ後生ニテハ參リ合ヒ進スヘク候フ」と書付ける。そして二人の形見の墨筆を結び合わせて玉手箱の懸子に入れ、わざわざ早く母の日に触れやすく蓋を開けたままにしておくのであった。

続く巻七に至って、兄弟は母御前と門出の盃を交わし、涙を押さえて屋形を出ようとするが、十郎は妻戸の障子の縁につまづいて倒れる。五郎はなんとかしてもう一度母御前を見奉りたいと思い、「御前ニ候フ扇ニ、此扇ヲ取替テ賜リ候ハム」とて、母の立派な扇を乞い受けて、自分の悪しき扇を母御前に託すのである。それならば、十郎の障子の縁はともあれ、母御前に託した五郎の扇は、まさしく形見の遺品として留められたことにもなろう。そして兄弟は、曽我の屋形を去りがたく、「最後ノ思出ニ、此ニテ物射テ見進セム」と畳紙を的として、「二番ツヽ射ケリ」とあるのも、さらなる遺品が曽我の屋形に留められことになろう。

やがて曽我兄弟は、母御前に見送られ、丹三郎、鬼王丸らを伴ない、曽我の屋形を出立し、あえて箱根路を辿り、箱根権現を詣で、箱根の別当に別れを惜しむ。兄弟の覚悟を察知した別当は、泣く泣く権現の宝蔵より太刀と小刀《さすが》を取り出し、五郎にはその兵庫鎖の太刀、十郎には黒鞘巻の小刀を与えている。しかもこれは、兄弟が仇討に際し、助経の手より五郎が受け取った赤木の柄の小刀ともども、身に付けて目的を果したものであり、兄弟の遺品ともなるべきものと推される。

さて巻九において、富士野に及んだ兄弟は、建久四年五月二十八日の夜半、いよいよ助経を討たんとすべての準備を整えるとき、母御前に別れの文をしたためるが、それは「九七ノ年ヨリ思立シ言葉ヲ書キ集タレハ、太《マウ》ナル巻物二巻ソ候ケル」とある。そしてその十郎の文には、「畏テ申候、御前ノ女房達申テ賜ヒ候へ、五郎ト助成ハ生年五ヤ三ノ年ヨリ孤子《ミナシコ》ニ成テ、母御前一人ヲ憑ミ進セツヽ、年月ヲ送シ事ノ悲シサニ、……今夜本意ヲ遂ンスル言ノ葉、大磯ノ虎ニ最後ヲ誂《アツラ》ヘシ事モ只推シ量セ下ヘク候、物ノ数ニテ候ハネトモ、膚ノ守ヲハ母御前ヘ進スル、着馴シテコソ候ヘトモ、膚ノ小袖ヲハ乳母ノ讃岐ノ御局ヘ奉ル、鬢ノ髪ヲ候フヲ、一把ヲハ二宮ノ姉御前ヘ進セ候フ、一把ヲハ三浦ノ伯母御前ヘ進セ候フ、一把ヲハ早河ノ伯母御前ヘ進セ候フ、（中略）馬鞍ヲハ曽我殿ヘ進セ候フ」とあり、「タラチトハカ、レトテシモソタテシニ我カ身ハ野邊ノツチト成哉　藤原ノ助成、生年廿二才ニシテ、（中略）慈父報恩ノ爲命ヲ失ヒ畢ナリ」と、「追手書ニハ、（中略）之ヲ以テ逆修ノ善根ト為テ一佛浄土ノ縁ト成セ下ヘシ云々」とある。また五郎の文には、「畏テ申候フ、御前ノ女房達母御前ニ申テ賜ヒ候ヘ、生年三ノ年ヨリ孤子ニ成ツヽ、母御前許《ハカリ》ヲ憑ミ進テ過キ行シ心ノ内喩ヘ遣ルヘキ方モ无シ、……筥根ヘ参リ候テ別當ニ後生ヲ誂ヘ奉シ言ノ葉ニモ……一把《ユイ》ノ鬢ノ髪ヲハ母御前ニ進セ候フ、一把ヲハ早河ノ伯母御前ニ進セ候フ、一把ヲハ三浦ノ伯母御前ニ進セ候フ、一把ヲハ二ノ宮ノ姉御前ヘ進セ候フ、一把ヲハ伊与ノ御局ヘ奉ル、馬鞍ヲハ曾我殿ヘ進セ候ヒナン」とあり、「思ハスヨ花ノスカタヲヒキカエテアラヌカタミヲノコスヘシトハ　藤原ノ時宗、生年廿歳ニテ、（中略）慈父報恩ノ爲命ヲ失ヒ畢ンナリ」と、「追テ書ニハ、（中略）之ヲ以テ逆修ノ善根ト為テ一佛浄土ノ縁ト成ルヘシ、云々」と書かれている。そしてそれぞれ堅く封をして丹三郎・鬼王丸を呼び、数々の形見とともに、この文を母御前に参らせよと託し、二人にも「弓矢沓行騰ニ於テハ己等取テ後ノ形見ニ爲ヨ」と与えている。しかもその折兄弟は、「我等カ小袖共ヲハ必ス返セト仰セラレシカハ、此等ヲモ同ク文ニ副テ母御前ニ進スヘシ」と、かの出立の折にあえて乞い受けた小袖をも丹三郎・鬼王丸に託している。当然、二人の従者によって、形見・遺品の数々が曽我の里にもたらされるとき、母御前をはじめ、曽我殿、血縁の女房たちの悲嘆の深さは一通りではないが、それは巻十の叙するところである。

さて右は、真名本によって、兄弟が血縁・有縁の人々に託した形見・遺品をとりあげたのであるが、仮名本ではそれが叙されているのかどうか、仮名本甲類に属して最古態と判じられる十巻本・太山寺本(8)のそれを確認しておこう。

まず十郎が別れの床で大磯の虎に留めた形見について、真名本が「イトウトモ、云々」の一首の和歌としているのに対し、太山寺本は「鬢の髪」とする。また最後の別れに託した形見は、真名本が「目結の小袖」と「馬鞍」であるが、太山寺本も全く同じ物とする。次に兄弟が母の女房に乞い受けた小袖について、真名本が「連銭付タル浅黄ノ小袖」（十郎）「白キ唐綾ノ小袖」（五郎）としているのに対し、太山寺本は「秋の野摺りたる小袖」（十郎）「白き唐綾の小袖」としており、少しの異同がある。また兄弟が曽我の屋形に留めた形見の水茎について、真名本が十郎の和歌を「今日出テ、云々」、五郎のそれを「定メナキ、云々」とするのに対し、太山寺本は十郎の和歌においては全く同じであるのに、五郎の和歌を「ちゝぶ山おろす嵐のはげしきに枝散り果てゝ葉はいかにせん」と変じている。さらにまた五郎が別れがたく母と交わした扇について、真名本が「世ニ悪シキ扇ニ取リ替テ出ニケリ」と叙するのに対し、太山寺本は、「母、扇取り寄せて、時宗にこそ賜ひにけり」と叙し、その母の扇には霞に雁の立ち連れたるが描かれ、「同じくは空に霞の関もがな、云々」の古歌が添えられていたとする。しかし兄弟が屋形を去りがたく残した畳紙の的については、真名本のみが叙し、太山寺本がふれることはない。次いで箱根を訪れた兄弟に別当の与えたものについて、真名本が「黒鞘巻ノ小刀《さすが》」（十郎）「兵庫鎖ノ太刀」（五郎）、太山寺本は「鞘巻（中略）名をば微塵と云ふ」（十郎）「兵庫鎖の太刀」（五郎）とする。しかも太山寺本は、別当の「行実」の実名をあげて叙している。また最後の仇打ち直前に富士野から母の許に書き送った文については、真名本が十郎・五郎それぞれの書面を紹介しているが、太山寺本は「各々、文をぞ書きたりける」と叙しながら、「我等五つや三つの時よりして、父を敵に討たせ、暫しも忘るゝ隙もなくて、九つ七つと申せし月の夜に、……委しく書きて命をば父に回向申すなり。親は一世の契りと申せども、来世にても必ず参りあわん」と書いたとして、一括して紹介する。また縁者に対する形見・遺品について、真名本が文のなかで、それぞれを指示するのに対して、太山寺本は兄弟の文にそれを含めず、鬼丸・道三郎を呼んで、「小袖は、母に参らせよ。馬鞍をば、曽我殿に参らせよ。（中略）肌の守りと、鬢の髪をば、二人の弟の形見に御覧候へとて、二宮殿へ参らせよ。弓矢をば、汝に取らするぞ」と託したとして、簡略な叙述となっており、あえて母御前から乞い受けた小袖の返却についても、右の言葉のなかに簡単にふれるにとどめている。

右のごとく、太山寺本は、真名本といささかの異同をみせながら、大略においてそれに準じて叙しており、仮名本乙類に属する流布本系の十二巻本(9)も太山寺本と変ることはない。そして各諸本に通じた形見・遺品の執拗な叙述には、これらにもとづく語りの用意されることが予測されるのである。

二　箱根山の唱導法会

およそ真名本『曽我物語』巻十は、兄弟討死後の愁嘆場に始まり、その血縁・有縁の人々による兄弟鎮魂の営みを叙するものとなっている。

すなわち丹三郎・鬼王丸が「空シキ形見共ヲ各々カ肩頚ニ懸テ」、曽我の里に戻り、「次第ノ形見共ヲ取出ツヽ、庭ノ面ニ倒レ伏シテ」、兄弟の討死を知らせると、母御前を始め、兄弟の乳母なる讃岐の局・伊予の局、その次様《つぎさま》の女房たち、婢夫《しづのを》・婢妻《しづのめ》までが大庭に走り出て、声をそろえて泣き合う。そのなかでももっとも哀れを留めたのは、母御前の嘆きであった。すなわちそれは、

母ハ子共ノ許ヨリ返シタリケル小袖共ヲ取集テ、胸ニ當テ、腰ニ纏ヒ、天ニ仰ギ地ニ伏シテ、心有リ間ノ人有ラハ、我ニ暇ヲ免セヨ、二人ノ子共ト列レテ琰魔ノ廳ヘ参ラムトソ悵ヘ焦レ下ケル、（中略）此小袖共ヲハ最後ノ形見ト思テ乞ケル物ヲ、急返セト云ケル事ノ悲シサヨ、金銀ヲモ小袖ニ伏テ着スヘカリケル物ヲ、返々モ口惜ト

言テ焦レ下フモ哀ナリ、

と叙される。またそれは、

母ハ二ノ文ヲ取並テ讀マムト欲シ下ヘトモ、涙ニ暗レテ見モ分セス、餘ニ悲シケレハ、悲ミテ亦昇巻ツヽ、胸ニ當テ焦レ下フ、（中略）其ノ後二ノ文共ヲ引披キテ、是ハ十郎カ文ヨトテ、一ト行《クタ》リ讀テハ顔ニ押當テ絶入リ、二行リ讀テハ絶入リ、咹《アラ》口惜ノ十郎カ仕態ヤトテ、天ニ仰キ地ニ伏シテ消入リ下フ、適《タマタマ》十郎カ文ヲ讀ミ了ヘテ巻収メツヽ、其後亦五郎カ文ヲ取リテ、是ヲモ一行リ讀ムテハ悲シミ、起擧リテハ打伏シ、打伏シテハ起擧リ下ヒ、終ニ消入リ下ヌ、女房達泣ク泣ク走リ近付キ奉リテ、水ヲ吹キ奉リケレハ、少シ活《ヨミガヘ》リ下ヒヌ、活リ下ヒヌレトモ甲斐ソ无キ、无キニモ非ス在ルニモ有ラヌ心地シテ、半死半生ノ御有様ナリ、

などとも叙される。形見を手にした母御前の絶望的な悲しみがそこにあったという。ところで、この場面を太山寺本にみると、

さて、母は、子供が返したる小袖を顔に押し当て、そのまゝ消え入り給ひにけり、女房達、やう〳〵拵へ申されければ、顔を少し持ち上げつゝ、天に仰ぎ、地に伏し、歎き給ふぞ哀れなる。せめての事に、文を抜き給へども、目も暗れ、心ならねば、胸に当て、打ち伏し、啼く〳〵口説き給ひけるは、「誠に凡夫の身程、はかなきものは無かりけり。この小袖を後の形見に見せんとて、二人連れて来たりて借りけるを知らずして、返せと云ひつる悔しさよ。（中略）名残惜しさよ、懐かしさよ、打ち出でし面影は、何時の世にかは忘るべき」と声も惜しまず泣き給ふ。

と叙されている。つまり太山寺本は、真名本の写実性を含んだ叙述に準じながら、それを簡略化し、その情感を深めていると言えよう。

さて、真名本に戻ると、かの曽我におけるその悲しみから百ヶ日ともなる九月の上旬、大磯の虎は、嘆きのうちに曽我の屋形を訪ね、「百ヶ日ノ孝養」が箱根の御山において営まれる由を聞き、その次いでに出家の営みをも仕りたいと申し入れる。すると母の女房は大いに喜んで、これを十郎の住居の跡に招き入れ、涙ながらの対面となるが、虎は涙をおさえて、「只今打出ムトシ下ヒシ時、馬鞍ヲ留メテ、馬ハ生有ル物ナレハ死ヌルトモ、鞍ハ永キ世の形見ニ爲《セ》ヨト言シカハ、何《イカ》ナラム世ノ末マテモ身ヲ放タジト思ヘドモ、(中略)是ヲ御布施ニ進セムト思ヒ侍ルナリ」咹《ア》ノ馬鞍コソ」と申し出ると、母の女房はその馬鞍を一目見給いて、もだえ焦れなさるのであった。また母の女房は涙を留めて、「鎌倉殿、富士野ヨリ返セ下フトテ、曾我殿ヲ召テ、曾我ノ荘ノ年貢所當ヲハ此等カ母ニ取ラスルナリ、孝養吉ク吉クスヘシト仰セ下サレ侍レハ、(中略)佛事ヲ取リ營マムト思カ、此邊ニハ然ルヘキ人モ御在サネハ、筥根へ登テ別當ヲ導師ニ憑ミ奉ラムト思カ、兄一人參ラム事モ心細ク侍ルニ、佐テハ列レ奉ラム事ノ喜シサヨ、是コソ富士野ヨリノ十郎カ手跡ヨ」と、その文を渡されると、大磯の虎はそれをただただ胸に当てて嘆き焦れるばかりであったという。

これに対して太山寺本は、この場面を真名本に準じて、曽我を訪ねた大磯の虎は、十郎の託した形見の馬・鞍を百ヶ日の供養の布施にしたいと曽我の女房に申し出るのであるが、それに続けて、

母、宣ひけるは、「仰せのごとく、形見は由なき物にて候うぞや。彼等が狩場より返したる小袖を見る度ごとに、心の乱れ候へば、是をも、今度の御布施に思ひ向け候う。……出でしその日の最期とは、夢にも知らぬ悲しさよ。何時《いつ》の世にかは相見ん」と、又、打ち臥して泣き給ふ。

と、かの兄弟の形見の小袖を布施とすることにふれる。しかる後に、母御前は、「是に候う御経は、彼等が最期に、富士野より送りたる文の裏に書き奉りて候う。この文を読まんとするに、涙に眩れて文字も見えず、人に読ませて聞き候へば、心も心ならず候うぞや。近く寄りて読み給へ」と差し出したとして、箱根の供養法会に、富士野からの文の

裏に書いた御経が持参されることを明らめている。

さて再び真名本に戻る。その翌朝のこと、二人の女房は、丹三郎・鬼王丸を従え、箱根山に登って別当の坊を尋ねる。別当は大いに喜んで、二人を持仏堂に招じ入れ、涙をおさえつつ高座に登り導師をつとめるが、その唱導説法の詞のなかには、

生死無常ノ理ハ始テ驚クヘキニアラネトモ、亦今開題供養ノ御經ノ裏ハ、此ノ人々ノ手跡ナリ、之ヲ見ルニモ定メ無キ憂世ハ最渡《イトヽ》思知ラレテ哀ナリ、問ハルヘキ身ノ問ハム度《タヒ》ニハト書カレタリ、外ニテ見ルタニ悲シキニ、倍シテ御身ノ上ニ差シ當ヌル御心ノ内、佐コソ悲シク思シ食サレケメト、哀ニ覺エテ候、

とある。これによると、当日の開題供養の経典は、兄弟の手跡を裏として書写されたものであり、その手跡は、「問ハルヘキ身ノ問ハム度ニハ」というのであれば、兄弟が曽我の屋形を出立する直前、玉手箱の懸子に留めたものとなる。すなわち、その形見の水茎は、前節にあげるごとく、「今日出テメクリアハスハ小車ノコノワノウチニナシトシレキミ、云々」（十郎）、「定メナキウキ風イトヽ思ヒシレトハルヘキ身ノトハンタヒニハ、云々」（五郎）と書き留められていたのである。[10]

これに対して太山寺本は、「たゞいま供養する所の御経は、彼の人の、最後に書きし文の裏を返して書けるなり。それ、人界に生を享くる者、愁嘆の憂へ絶ゆる事あるべからず」と叙しており、仮名十二巻本もこれに準じている。そしてこの御経の文は、兄に母御前が「是に候う御経は、彼等が最期に、富士野より送りたる文の裏」と示したものと判じられる。兄弟の形見として、もっとも強く主張されるものは、曽我の屋形において兄弟が母に乞い請け、富士野からあえて返却した小袖と、母あてに長々と書き記して同じく富士野から届けた太い巻物である。したがって、兄弟弔問の最初であり最大である箱根の唱導法会に用意された開題御経の文としては、真名本よりも太山寺本・仮名十二

巻本の叙述に真実性が認められるであろう。

さて、母の女房と大磯の虎を施主とし、箱根の別当を導師とする兄弟百ヶ日の弔問法会は、兄弟形見の手跡をたよりとしてみごとに進められたわけである。そしてその布施の品としては、十郎が虎御前に留めた形見の馬・鞍が用意されていたことになるが、太山寺本・仮名十二巻本によれば、さらに富士野より母の許に返却された名残りの小袖も含まれていたことになる。つまりこれによると、あれほど深い関心をもって取り上げた形見の小袖についての消息にふれぬ真名本よりも、簡略ながらこれを説く太山寺本・仮名十二巻本に一貫性がみられることとなるであろう。

三 曽我・大磯の唱導法会

曽我兄弟の死後、その鎮魂の唱導法会が、兄弟ともっとも深い関係をもった人々により、まずは箱根山において営まれたことを叙する『曽我物語』であるが、真名本によると、さらに兄弟の古里である曽我の地においても、同じくその血縁・有縁の人々により繰り返し営まれていたことを記している。

すなわち、兄弟の弔問法会に続けて、別当を戒の師として出家した虎御前は、曽我の女房と別れ、ひとり回国の旅に出るが、次の年の五月十八日には、曽我の里に入ったとする。しかして、これを喜び迎えた曽我の女房によって、五月二十八日、同じく箱根の別当を導師に招じ、兄弟一周忌の法会が盛大に営まれたが、その説法の後、兄弟の従者、丹三郎と鬼王丸は、髪を切って兄弟の墓に収め、別当より戒を受け、修行回国の旅に出たとする。

さてこの一周忌の後、虎御前は再び善光寺を目ざしての回国の旅に赴き、第三年の仏事に当る日には、再び曽我の里に入る。されば、その「第三ヶ年ノ孝養ハ耳目ヲ驚カス程の佛事」であったが、その日の説法が終わると曽我の女房は出家して、兄弟のために造られた「曽我ノ大御堂」に引籠れば、虎御前もともに籠り居《い》つつ、仏前に香花を備える生活に入ったという。そこで曽我殿も鎌倉殿の許しを得て出家、鎌倉殿は「曽我ノ太郎ノ菩提心ノ程、母ノ歎キノ浅カラヌ由ヲ（中略）聞シ食シ哀マセ下ヒッ、、念佛田ト名テ、土橋・中村ノ兩郷ニハ公田百六十町有ケル處ヲ御寄進有リケリ」といい、「其後、助信入道殿モ、大ニ喜ヒ、十二人ノ供僧ヲ定メテ、不斷恒例ノ勤メ怠リ下ハス、御堂ノ壁ニハ廿五ノ菩薩行者來迎ノ儀ノ眦キ變相ヲ道場ノ内ニ移シッ、、朝夕稱名ヲ事トシテ、念佛怠リ下ハス、……」と叙される。ちなみに鎌倉殿は、曽我兄弟の仇討のおこなわれた富士野からの帰り道、佐河の宿において曽我の太郎を召し、「自己以後曽我ノ荘ノ年貢ノ辨濟ニ於テハ、二人ノ者共カ孝養ノ為ニ母ニ取ラスルナリ、汝モ相副ヘテ倶ニ力ヲ付ケッ、、修羅道ノ苦患ヲ助クヘシ」とて、公役御免ノ御教書を与えていたのであり、この度は、それに加えての御寄進であり、これによって大いなる念仏会が続けられることになったというのである。

かくして「正治元年己ノ未ノ年五月廿八日ノ申ノ剋」に曽我の女房が大往生を遂げるが、まもなく虎御前は、三度目の回国の旅に赴き、富士野の井手の屋形を訪ねる途次、兄弟を御霊神と祀る富士残間の客人の宮を見出す。ここで七日七夜の不断念仏を営み、兄弟の成仏を祈願して曽我の里に戻る。そしてその後の虎御前は、大磯の母を誘って出家させ、あるいは昔に親しんだ遊君や女房たちをも不犯の道に導き、毎日極楽依正の法門を論ずるのであった。されば、「六時不斷ノ念佛ノ時衆、十二人ノ尼公達モ、虎ヲ長老ト爲テ朝夕ニ怠ラサリケレハ、念佛同時ノ聲澄テ、峰モ軒半モ響キ亘テ貴ケレハ、歸依ノ丹那モ多クシテ、三浦・鎌倉ヨリ始テ施入ノ丹那太多集聚マルトソ聞ヘシ、況ヤ曾我ノ一門ハ申スニ及ハス、本間・澁谷・海老名・二ノ宮・松田・河村・土谷・土肥・岡崎・澁美・早河ノ人々マテモ、借染ノ佛事トハ思ヘトモ、曾我の大御堂ニトテソ集リケリ」という。そのなかで虎御前は、「一期ハ程ナキ栖ナリ、露ノ詞ヲ獻シテノ神意ヲ開キ、風躰ヲ祈テ聲響ヲ黍ス……」とみごとな説法を唱演したとする。そしてその虎御前も六十四歳、その大御堂において大往生を遂げたとして真名本十巻は結ぶのである。

右のごとく真名本『曾我物語』は、曾我大御堂における唱導法会を繰り返し叙するのである。しかしそれは、箱根山の唱導法会とはちがって、その仏前に兄弟の形見・遺品が用意されたことを全く記していない。

ところで、この曾我大御堂の唱導法会の場面を太山寺本に検するに、その記述は見出せない。つまり太山寺本は、箱根における兄弟弔問の法会の後、別当を戒師とする虎御前の出家にもふれず、二人の女房が山を降り、「泣く〳〵道より立ち別れ」、やがて虎御前は、「はや〳〵憂き世の中を遁れ出だして、一筋に仏の道を願はんにはしかじとて、濃き墨染に袖をかへ、十郎が菩提を弔いける」と、その往生にはふれないで結ぶのである。

一方、仮名十二巻本も、巻十一においては、太山寺本に準じて箱根山の虎御前出家にふれないまま、二人の女房が山を降り、「なく〳〵母は、曾我にくだり、虎は大磯にかへらんとす」と叙している。ところが巻十二に入ると、真名本に準じるごとく、「百ヶ日の佛事のついでに、なく〳〵翡翠のかんざしをそりおとし、五戒をたもちけり。さしも、うつくしかりつる花の袂をひきかへて、墨の衣にやつしはてける」と叙している。そして虎御前は、「曽我へいでさせ給へ」という曽我の女房の誘いをしりぞけ、「これより善光寺への心ざし候。下向にこそ参り候はめ」とて別れ行くとする。さらに虎御前は、富士の裾野・井出の屋形を心ざし、兄弟の死骸を葬る塚を訪ね、はからずも手越の宿において、仇討の夜に祐経の宿所に侍っていた少将の女房と出合う。少将の女房は、虎の詞に動かされ、墨染の衣に着替え連れ立って善光寺に赴き、さらに都に上って法然上人に会い奉り、その念仏の法門を承り、

それより又、山〳〵寺〳〵おがみめぐりけるが、虎、さすがに古里やこいしかりけん、又、十郎のありしほとりやなつかしけん、大磯にかへり、高麗寺の山の奥に入り、柴の庵にとぢこもり、一向専修の行をいたして、九品往生ののぞみおこたらず、二人の尼、一つ庵に床をならべ、おこないすましてぞ候ける。

と叙しており、独自な展開をみせるのである。

　しかして仮名十二巻本は、曽我の大御堂ならぬ大磯の庵で、念仏の唱導の営まれたことを叙すのである。すなわち、曽我の女房は、七年忌に当る五月二十八日に、兄弟供養の法会を営み、これに参座した二の宮の姉を誘い、山彦山を打ち越え、高麗寺の奥に虎御前を訪ねると、虎御前は「さらに現《うつつ》共おぼえず候」とて、二間なる道場を打ち払い、涙ながらに二人を内に招き入れ、

　母も姉も、なく〳〵庵室の體を見わせば三間に作りたるを、二間をば道場にこしらへ、阿彌陀の三尊を東むきにかけたてまつり、浄土の三部經、往生要集、八軸の一乘妙典も、机の上におかれたり。また、傍《かたはら》に、古今、萬葉、伊勢物語、狂言綺語の草子共とりちらされたり、佛の御前に、六時に花香あざやかにそなへ、二人の位牌の前にも花香おなじくそなへたり。

と、『平家物語』の「大原御幸」を模して叙される。そこで二の宮の姉が、「あらありがたの御心ざしの程や。（中略）これに十郎殿ばかりをこそとぶらいたまふべきに、五郎殿までとぶらひたまふ事のありがたさよ。（中略）いづれも前世の宿執にて、善知識となり給ひぬ」と言うも果てずに涙を流すので、母も少将も声を立てるほどに悲しむのであった。やがて虎御前が、

　およそ、分段輪廻の郷にもまれて、かならず死滅のうらみをゐ、妄想如幻の家にきては、ついに別離のかなしみあり。いづる息の、いる息をまたぬ世の中にもまれ、あまつさへ、あひがたき佛教にあひながら、此度、むなしくすぐる事、寶の山に入て、手をむなしくするなるべし。急ぐべし〳〵……

と申すと、二人の女房は随喜の涙を流して、「今の法門をうけたまはり候へば、なつとくおもひたてまつり候。（中略）いかやうなる趣にて、往生すべく候や、（中略）くわしく承候はば、いかはかり嬉敷《うれしく》候ひなん」と言う。そこで虎御前

が少将の女房をうながすと、少将が、

一年《ひととせ》、都にて、法然上人おほせしは、「抑《そもそも》、生死の尋候へば、たゞ一念の妄執にかどはされて、よしなく法性の都をまよひ出て、三界六道に生《うまれ》、衆生とはなれり。されば、地獄の八寒八熱のくるしみ、餓鬼の饑饉のうれへ、畜生殘害のおもひ、そのほか、天上の五衰、人間の八苦、ひとつとしてうけずといふ事なく、上は有頂天をかぎり、下は阿鼻を際として、いづる期はなきが故に、流轉の衆生とは申《まうす》なり。……解脱の袂は安樂として、濟度利生したまふべし。たゞし、往生の定不定は、信心の有無によるべし。ゆめ〳〵うたがふ事なかれ」との給ふを、我〳〵は聽聞申《まうし》て候、

と、長々と説けば、母の女房は感涙をおさえて、「今より後は、方々の御弟子にて候べし」と、二人の比丘尼を三度伏し拝み、姉の女房を伴って、二の宮へ帰って行ったとする。そして大磯に残った二人の尼も、やがて齢《よわい》七旬に及び、眠るがごとく、往生の素懐を遂げたという。

右のごとく仮名十二巻本は、真名本とも違い、大磯の高麗寺の奥に庵する虎御前を訪ねきた兄弟の母・姉に対して、同朋の少将の尼ともどもに虎御前がみごとな説法唱導をおこなったとするのであるが、その兄弟の仏前にかの形見・遺品が用意されていたことは全く叙述されてはいないのである。

四　形見・遺品語りの行方

右で検したごとく、真名本『曽我物語』は兄弟の形見・遺品について執拗なほど繰り返し叙述しており、仮名本もおよそこれに準じているが、それらが後の唱導法会にどのように機能したかをみると、不十分ながら箱根山における

兄弟の鎮魂法会に機能するのみで、その後の曽我大御堂のそれには全くそれがうかがえない。それを明確にするために、兄弟の形見・遺品の行方を表にしてみると、およそ次のようになるであろう。

順序	巻数	項目	託された人物	機能	備考（仮名本）
1	巻六	十郎の手跡（和歌）	虎御前	×	仮名本は「鬢の髪」
2	〃	十郎の小袖	虎御前	×	
3	〃	十郎の馬・鞍	虎御前	箱根山の法会	
4	〃	母に乞い受けた兄弟の小袖	母御前	×	仮名本は箱根山の法会にアリ
5	〃	兄弟の手跡（和歌）	母御前	箱根山の法会	仮名本は箱根山の法会にナシ
6	巻七	母と交わした五郎の扇	母御前	×	
7	〃	思い出に射止めた兄弟の畳紙の的	母御前	×	
8	〃	別当から託された十郎の小刀、五郎の太刀	（箱根の別当）	×	
9	巻九	富士野で書かれた兄弟の手跡（文）	母御前	×	仮名本は箱根山の法会にアリ
10	〃	十郎の膚の守り・小袖・鬢の髪・高鞍	母・姉・乳母・伯母・曽我殿	×	仮名本は、小袖（母）馬鞍（曽我殿）肌の守りと鬢の髪（姉）とする
11	〃	五郎の髪・馬・鞍	母・姉・乳母・伯母・曽我殿	×	
12	〃	兄弟の弓矢・沓・行縢	丹三郎・鬼王丸	×	仮名本は「弓矢」のみ

つまり、12項目にまで及んで、執拗に取り上げられた兄弟の形見・遺品は、一部、3の「十郎の馬・鞍」、5の「兄弟の手跡（和歌）」（仮名本は、9の「富士野で書かれた兄弟の手跡（文）」）のみが後段の箱根山の唱導法会に機能するにとどまっている。あるいは、その二つをもって全体を代表させているとも言えるであろうが、やはり不自然さは免

れまい。それならば、真名本『曽我物語』に先行して、さまざまな形見・遺品による曽我語りが伝承されており、そのままとは言えないまでも、編者ははからずもそれらを取り込んだということになろうか。

しかし、それにしても、形見・遺品が箱根山の唱導法会にとどまって、曽我大御堂のそれに機能した叙述を見せないのは不審である。真名本の叙述にしたがえば、その多くが曽我の屋形の母御前の許に託されており、それは曽我大御堂とともに虎御前に引き継がれていたはずである。が、思えば、現存真名本（妙本寺本）は、原真名本を改変するものであり[11]、特に巻十の後半、すなわち曽我大御堂をめぐる唱導法会の叙述にそれがうかがえるものであった[12]。それならば、その改変が真名本『曽我物語』が当初に意図した形見・遺品語りの構想を曲げてしまったと言えるであろう。しかるに、現存真名本とは別本の真名表記本の流れを受けて成立したと推される仮名十巻本（太山寺本）[13]は、その曽我大御堂の唱導法会にふれず、箱根山における兄弟の弔問法会をもって結ぶために、むしろ現存真名本よりは形見・遺品語りの構想をおよそは崩さぬものとなったと言えよう。またこの仮名十巻本の後出本による仮名十二巻本は、仮名十巻本に真名本における曽我大御堂の唱導法会を模した大磯の唱導法会に関する叙述を加えている。結果的にそれは、現存真名本と同じく形見・遺品語りの構想を不完全なものにしてしまったのである。

おわりに

さて、真名本『曽我物語』における兄弟の形見・遺品は、膚の守り、鬢の髪、小袖、馬・鞍、沓、行縢、あるいは兄弟が手にした扇、弓、矢、刀、そして兄弟の墨跡などである。およそ亡者が生前に身に付け、あるいは親しく手にとった品々、またその手跡のたぐいは、亡者の形見として、その亡霊の依代的な意義を有するものであり、それゆえに弔問の仏事に用意されるものでもあった。また形見・遺品の語りが後々まで伝承されるのもそれにもとづくと言える。

したがって、箱根山の別当坊において、兄弟の形見・遺品による弔問の法会が営まれたとすることも十分に予想されることである。当代の物語としてはそれなりのリアリティを保持するものであったと言える。たとえば建礼門院徳子が、先帝形見の直衣を布施として奉り、長楽寺の阿証房印西を戒師として出家されたことは、『平家物語』（覚一本）の灌頂巻の記すところであり、その御衣は「幡に縫うて、長楽寺の仏前にかけられけるとぞ聞えし」ということであった。しかも、その長楽寺における安徳帝の菩提を弔う「仏事」には、その「先帝御衣」が仏前に飾られていたことは、守覚法親王の『左記』[14]で確認できることである。また貴族社会における唱導法会が、死者生前の手跡をしるしとし、あるいはその墨書の裏、あるいはそれを加えてすいた折紙に書写した経典をもって営まれていた事例は、聖覚撰『転法輪抄』などに、しばしば見出されるものである[15]。

しかし、箱根山において、兄弟の形見・遺品による弔問の法会が、ほんとうに営まれたものかどうかは確認できることではない。たとえば、しばしば『曽我物語』の叙述に一致することをみせる『吾妻鏡』は、曽我兄弟の仇討事件直後の建久四年五月卅日の条には、

> 卅日　乙未　申の剋、雑色高三郎高綱、飛脚として、富士野より鎌倉に參著す。これ祐成等が狼籍《らうぜき》の事を御臺所に申さるるが故なり。また祐成・時致最後に送る書状等を母の許において召し出さるるのところ、幼稚より以來《このかた》、父の敵を度《はか》らんと欲するの旨趣、ことごとくこれを書き載す。將軍家御感涙を拭ひてこれを覽、永く文庫に納めらるべしと云々。

とある。これによると、真名本『曽我物語』の９「富士野で書かれた兄弟の手跡（文）」が曽我の母御前の許に届けら

れたとすることは認められないし、その富士野からの「兄弟の手跡」の裏に書写された経典によって箱根山の弔問法会が営まれたとする仮名本の叙述は虚構としなければなるまい。しかも『吾妻鏡』は、箱根山における曽我の母御前と大磯の虎の二人による兄弟百ヶ日の弔問法会を認めてはいない。すなわちその法会は、同年六月十八日の条に、

十八日　癸丑　故曾我十郎が妾大磯の虎、除髪せずといへども、黒衣の袈裟を着る。亡夫の三七日の忌辰を迎へ、筥根山《はこねさん》別當行實坊において、佛事を修す。和字の諷誦文《ふじゆもん》を捧げ、葦毛《あしげ》の馬一疋を引き、唱導《しやうだう》の施物等となす。件の馬は祐成最後に虎に與ふるところなり。すなはち今日出家を遂げ、信濃國善光寺に赴く。時に年十九歳なり。見聞の經素《しそ》悲涙を拭《のご》はずといふことなしと云々。

とあるのみである。つまりこれによると、箱根山における兄弟弔問の法会は、その三七日の日に、虎御前ひとりによって営まれていたことになる。したがって、箱根山において母と恋人との二人によって兄弟百ヶ日の弔問法会が営まれたとする『曽我物語』の叙述は、史実によるものとは言えず、あるいは伝承的真実によったものと言わねばなるまい。

ところで、右の『曽我物語』の伝承的真実性をたよりとして、今日、箱根山を尋ねると、兄弟の形見・遺品と称するものが幾つかは蔵されている。すなわちそれは、兄弟が箱根の別当より兄弟に与えられ、かの仇討に使われたとする二振の太刀「微塵丸」（箱根神社・宝物）「薄縁」（同）と、五郎が祐経から与えられその祐経のとどめを刺すのに用いられたとする「赤木柄短刀」（同上・国指定重要文化財）などである。ちなみに当社蔵の「兄弟太刀由来記」(16)によると、いずれも事件後に頼朝より当社に奉納されたものという。また寛政四年・成嶋仙蔵源峯雄筆の「曽我兄弟縁起」(17)には、「時宗のみつから書写ありし法花經八まきいまに全く神庫におさめかつ當寺図禄ありしとき時宗のもとよりをくりし書翰なども存在して、水くきのあとたゆることなしとそ」とあるが、その時宗書写とする法花経八巻および書翰などは、今日、その行方を知ることができない。

次いで、兄弟の故里の曽我の大御堂ははやくに廃れているが、その後ともいうべき稲荷山佑信院城前寺には、その寺宝として曽我兄弟の守本尊と伝える「不動像一躯」、兄弟の用いたとする「旗二流」、五月十八日に十郎に届けたという「大磯虎文一通」などが伝えられている。[18]さらに虎御前の旧地なる大磯を尋ねると、旧高麗寺地蔵堂には、曽我祐経の持念仏を腹籠りとする虎御前の持念仏なる延命地蔵が祀られており、その北方の旧山下村には虎の閑居したという「虎草庵蹟」、また虎が祐成に贈った文を集めたとする「文塚」が見出されるのである。[19]

注

（1）　拙稿「信州滋野氏と巫祝唱導——甲賀三郎譚の管理者をめぐって——」（上）（下）（『日本民俗学会報』30号・31号、拙著『神道集説話の成立』（三弥書店、昭和59年刊所収）

（2）　このほか覚明真筆と伝える『円頓戒文』『成敗式目』各一軸、覚明自作と伝える覚明西仏坊木像一体などが蔵されており、彼が親鸞に随行中に、その行状を筆録してその行状記を書き、それに孫の浄賀が絵を加えたという『親鸞上人絵伝』四巻を蔵している。

（3）　これによると、覚明西仏坊開基の寺院は、海野氏の始祖を祀る白鳥神社を擁する小県郡本海野村（現東部町海野）に存したことになる。ちなみに当康楽寺の別寺であった浄土真宗下房山浄楽寺（上田市上田、住職滋野正実氏）所蔵の「白鳥山報恩院康楽寺由緒」（江戸末期）によると、覚明西仏坊は、文暦元年の秋に古郷の海野に一寺を造営し、白鳥山報恩院康楽寺と称したが、嘉禎二年に及んで塩崎の郷に転地したという。

（4）　なお太夫坊覚明の事蹟と伝承については、はやく梶原正昭氏の「太夫房覚明——その生涯と文学——」（『古典と遺産』四号、昭和33年6月）の論攷があり、また「軍僧といくさ物語——太夫房覚明の生涯」（日本文学鑑賞講座『平家物語』尚学図書、昭和57年『軍記文学の位相』汲古書院、平成10年）がある。

（5）福田晃・真下厚共編『京都の伝説――丹後を歩く――』（淡交社、平成6年）には、「平家の落武者」「磯の静御前」、福田晃・小林幸夫共編『京都の伝説――丹波を歩く――』（同）には「源頼政の遺跡」「勅使の鋳物師」（頼政伝説）「高倉神社のヒヤリ踊り」（高倉宮伝説）「那須野与市堂と阿弥陀如来」「保津庄の文覚」「文覚池」「如蔵寺の巴御前」などが収められている。

（6）長瀬久左衛門尉忠次なる人物が、たまたま当寺を訪ねるとき示された旧縁起によって執筆したものである。

（7）本稿では、角川源義氏編『妙本寺本曽我物語』（角川書店、昭44）により、私に書き下し文にして示している。

（8）本稿では、村上美登志氏校注『太山寺本曽我物語』（和泉書院、平成11）によって本文を示している。

（9）本稿では、十行古活字本を底本とした市古貞次・大島建彦両氏校注『曽我物語』（岩波・日本古典文学大系、昭41）をもって本文を示している。

（10）なお真名本は、巻十の冒頭において丹三郎・鬼王丸によってもたらされた兄弟の遺品によって、母の女房を中心に悲嘆にくれる場面を叙し、次いで十郎の討死の噂を聞いた大磯の虎の悲嘆を述べるのであるが、それは噂のみならず丹三郎が大磯を訪ねて直接にその消息が伝えられ、さらなる悲嘆となったと叙す。しかも、その悲嘆のさまを聞いた曽我の女房は、これを哀れんで「形見ニ爲下ヘト十郎カ出ツル時書キ置タリシ文ヲハ虎カ許ヘソ送ラレケル」という。それならば、曽我の屋形を出立するときに書き置いた十郎の文とは、玉手箱の懸子に収めた「今日出テメクリアハスハ小車ノ、云々」の形見の水茎の跡ということになり、開題供養の経典に用いられたとすることと、いささか矛盾が生ずるものとなろう。

（11）（13）荒木良雄氏「大山寺本曽我物語をめぐる諸問題」（『国語と国文学』昭14・11月号）同『大山寺本曽我物語』〈解説〉（昭16）（白帝社・昭36）には、次のような諸本系統図が示されている。

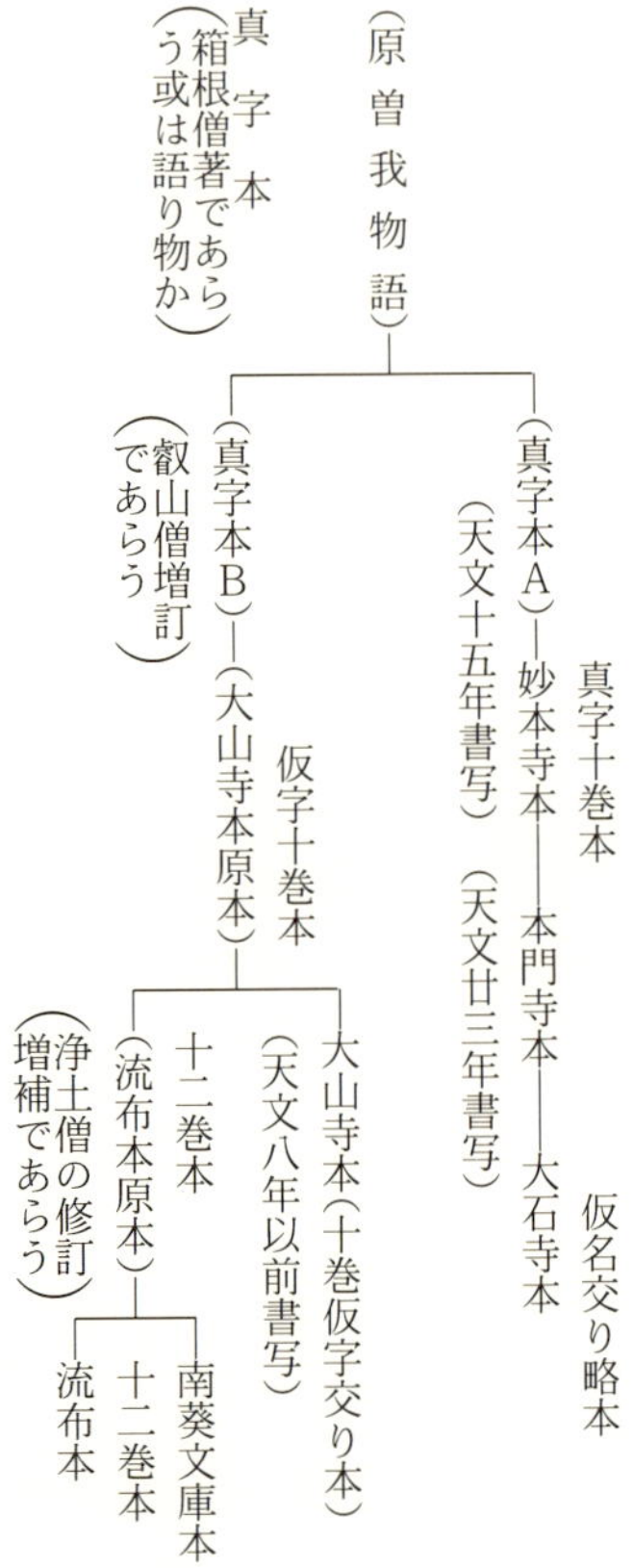

（12）村上学氏「真字本曽我物語・為盛発心因縁・往生講式」（『軍記と語り物』十八号、昭和57・3月）、同氏『曽我物語の基礎的研究』（風間書房・昭59）序篇第四章「真字本管理者についての一臆測」など参照。

（14）文治元年（一一八五）〜同二年（一一八六）ごろの成立。その序に次のごとき文が見られる。

去比。長楽寺聖人奉下為二彼御菩提一。有下餝二佛事一之儀上。爲二結縁一潜詣二件道場一。佛前有二奇恠箱一合一。尋二問聖人一之處。爲二先帝御衣一之由答。聞自二御着帯一至二御在位一。御祈勤行之事。朝暮無レ懈。寤寐不レ忘之間。當初御加持等。累年之懇志也。外土遷幸之後。又偏御歸洛之事雖レ奉レ祈レ之。皇運早盡。佛力不レ及之謂。此時殊被二思識一侍。今奉レ見二御衣一。彌啼二夢中之夢一。倍添二恨上之恨一。就中仙洞御祈事。遺二寢食一而向レ之。摧二心肝一而勞レ之。半存二至孝之則一。半重二護持之宜一故也。依レ之頭戴二重於年之雪一。眉低二冷於齡之箱一。去年追討使上將範頼義經歸參之後。世間靜謐云々。

（15）たとえば「表白末乳母・養母・祖母・亡息・亡主人・」には、次のような表白文が見られる。

（前欠）增愁ヲ一、唐玄宗ノ悲ミ陽皇后ニ、未央宮《ヒアウキウ》ノ之柳更ニ催涙、自古一至今一此恨未盡、自賢及愚此悲未哀一者歟、伏惟、亡室才色悦シムレ目ヲ

婉順叶《カナフ》レ情《ニ》、並《テ》レ枕《ヲ》歳月漸《ク》久《シ》、結レ髪《ヲ》星霜多積《クレリ》、（中略）但有爲《ノ》悲《ハ》無常理《ニ》朝聞《ニ》夕聞、生死《ノ》別《ハ》恩愛涙在レ古在レ今、唯須修追福追善一、宜祈得道得果一、仍中陰《ノ》影《ノ》中《テ》大暮《ノ》悲《ノ》間《タ》、手自書寫妙法蓮花經一部十軸、金光明觀無量壽等數軸、大乘料紙皆亡室手跡也、扶持《シテスキ》鯤花箋《センニ》一捧持寫實教《ヲ》一、涙共《タトモニ》レ筆《ト》下《ル》悲隨《ニ》レ寫成《ニ》今、當大陽如祀一中陰將盈《ミチナント》一、不改産所《ノ》小屋一卽《ヲ》（後欠）

（16）『新編相模風土記稿』巻二十八「足柄下郡巻之七」〈箱根三社權現上〉の項。

（17）『箱根神社大系』下巻（箱根神社々務所、昭10）史料編〔補遺〕所収。

（18）『新編相模風土記稿』巻三十八「足柄下郡巻之十七」〈城前寺〉の項。

（19）右掲書巻四十一「陶綾郡巻三」〈高麗權現社〉〈山下長者宅蹟〉〈文塚〉の項など。

〔追記〕課題の「軍記研究と民俗学」については、拙著『軍記物語と民間伝承』（民俗芸双書66、岩崎美術社、昭47）が、これに応えるものであると言える。したがって本稿では、その方法の一例として、あえて民俗学的視野にもとづく『曽我物語』の考察を試みた次第である。拙著とあわせお読みいただければ幸いである。

軍記研究と仏教思想

——法然義論争の検証にことよせて——

山田昭全

一、延慶本の文覚呪咀譚

延慶本平家物語の末尾に文覚の亡霊が明恵に紙をねだったという奇怪な話が記されている。

文覚は後鳥羽院を廃して守貞親王（後高倉院）を擁立しようと画策していた。しかし、正治二年の頼朝死去に乗じて後鳥羽院は文覚を佐渡へ流す。これは頼家（左衛門督殿）のとりなしでまもなく赦されるが、依然として後鳥羽院を及杖《ぎっちょう》冠者《かんじゃ》とののしり、その造反がやまなかったので、こんどは隠岐に流した。文覚はくやしまぎれに、「後鳥羽院を自分のいる所へ迎えとる」とのろいつつ死んだ。遺言に従って、弟子達は遺骨を高雄の都の見える所に葬った。十一年後、行法を修している明恵のところに文覚の亡霊が現われ、後鳥羽院に謀反するため回文を配りたい、ついてはその紙をもらいたいと言う。明恵はやむなく紙五十帖を高雄の文覚墓前で焼き上げて冥界へ贈った。後日再び亡霊が現われ、送られた紙を使って回文を配布した旨を告げ、公家（＝後鳥羽院）から関東（＝幕府）損亡の祈禱をせよと言ってきても取りあうな、逆に公家損亡と祈れと迫って消えた。だから後年後鳥羽院が討幕の事をおこして失敗したのは文覚の怨霊の画策によるものである。

以上のような話である。甚だ奇怪な話であるが、当時の幕府対後鳥羽院の対立の構図、それに後鳥羽院、頼朝・文覚・明恵らの人間関係などはほぼ的確におさえている。弓削氏はその点に注目して「文覚呪咀説話は明恵の夢証と通じる面が多く、もともとそれらに通暁した場で形成されたものであろう(1)」とみておられる。しかし、史実では文覚が二度目に流された先は隠岐ではなく、対馬であった。文覚や明恵のそば近くにいた者だったら、流罪先を後鳥羽院のそれと混同するはずがないから、おそらく文覚呪咀説話は、承久乱後かなり時間が経過して文覚の流罪先が曖昧化したころ、文覚や明恵の周辺から離れて、むしろ幕府側に通じた人々の間で形成されたのではないかと思われる。
ちなみに、この文覚呪咀譚は三分の一以下に簡略化された形で語り系諸本にも継承されている。こうした風説の類は伝承過程で奔放に作りかえられてゆくということを示す好例であるが、いずれにせよこの説話は延慶本にはじめて登載されたものと思うのである。

二、法然伝に見える明恵の懺悔譚

ところで、九巻伝と通称する法然伝の末尾(九巻下)に明恵の亡霊が小女の口を借りて、『選択集』を論難した書『摧邪輪』ならびに『荘厳記』を著述したことを後悔したという、これまた奇妙な話が載っている。

栂尾の明恵上人、さきに摧邪輪を造て選択集を破し、後に荘厳記を製し、重ねてこれを破す。しかるを逝去の後、ある月卿の辺に侍る小女に託して云、我は是明恵房高弁也。さらに悪心をもて来らず。聊示すべき事有。我日来法然上人を破する故に生死をいでず。剰へ魔道に堕せり。この事を懺悔せんが為に来れり。若不審を残さば、是をもて知べしといひて、紙十枚計を続て、華厳の十玄六相、法界円融の甚深の法門をかく事滞りなし。法門といひ、手跡といひ、皆是上人の平成の所作也。又小女の声全くかの上人の音声に違せずして早く摧邪輪を焼べしとのたまへり。厳重の奇特、殆言語のおよぶ所にあらず。

明恵が摧邪輪を著わしたことは鎌倉仏教史に著名なことである。選択集の中で法然は、菩提心を軽んじ、聖道門を群賊にたとえるという二つの大罪を犯していると断じ、激しく非難したのであった。ところが九巻伝ではその明恵の亡霊が小女にとりついて、「あの本を書いたのは誤りであった、早く焼捨てよ」と口ばしったというのである。

この話、一読したとき、文覚の亡霊出現の話とよく似ており、それをヒントにして作られたものであろうと直観した。文覚の場合は後鳥羽院をうらみ、復讐のために現われ、それに成功するという筋書きになっているのに対し、明恵の場合は生前のおのれの行為がまちがっていたとして懺悔したことになっている。恨みと懺悔とでは心情吐露として正反対のものであるが、あの世から裟婆にいる者に向かってこれこれしかじかのことをせよと言ってくるという点をみれば、まったく一致している。文覚の場合紙を焼いて冥界にとどけたのに対し、明恵の場合は著書を焼けと注文をつけてきた。行為の趣旨や目的は全く異るけれども、紙を焼くという点では類似している。そのような類似点からみて、私は九巻伝の明恵懺悔譚は延慶本の文覚呪咀譚にヒントを得てあとから創作したものだろうと直観した。

九巻伝の冒頭には序があり、そこに法然上人示寂後「すでに一百年におよべり」と記されている。法然は建暦二年（一二一二）に没しているから、その百年後は正和元年に当る。すなわち九巻伝の成立は正和元年（一三一二）のころと一応認められるのである。

いっぽう延慶本は延慶二年（一三〇八）七月二十五日紀州根来寺石曳院内の禅定院住房において書写したという本奥書があるから、延慶二年以前に成立していたことは確実である。延慶二年以前どのくらいさかのぼるのか、そしてどの程度流布していたのかは不明であるが、九巻伝の著者が延慶本を見ようとすれば見得た書物だったことは疑いない。

ところで、この明恵懺悔譚は九巻伝の独自記事であって、これ以外にはどこにも存在しない。四十八巻伝は九巻伝本文を大はばに取り込んでいるが、明恵懺悔譚のところはきれいに削除し、かわって明遍が民部卿長房と仁和寺の昇蓮房に摧邪輪を読むようにすすめられると、「我は念仏者なり。念仏を破したらん文をば、手にもとるべからず、目にも見るべからず」と言って披見しなかったという話をはめ込んでいる。ここは明らかに明恵懺悔譚を没にしたところである。なぜ没にしたのかはっきりしたことはわからないが、ただ明恵懺悔譚がかなり無稽な話なので、これをきらってさしかえたのではないかと想像するのである。(2)

三、九巻伝の「重衡卿の事」は延慶本からの引用なり

明恵懺悔譚が延慶本の文覚呪咀譚をヒントにして作られたとするなら、九巻伝にはまだほかにも延慶本に拠ったところがあるはずだと思ってさがしてゆくと、はたせるかな、九巻伝二上の「重衡卿の事」は延慶本五末「重衡卿法然上人ニ相奉事」から引用したものだということがわかった。ここに双方の本文を上下に置いてくわしく対比してみよう。

延慶本

三位中将ハ九郎義経ノ方へ、「出家ヲセバヤ」ト宣ケレバ、「我ハ叶ハジ」トテ、院エ被申タリケレバ、法皇仰ノ有ケルハ、「関東へ下シテ頼朝ニ見セテコソ、入道ニ成サントモ法師ニナサムトモ計ラハセメ。争カ是ニテ

九巻伝（浄土宗全書第十六巻所収本）

治承四年庚子十二月廿八日、平家の本三位中将重衡卿、父大政入道の命によりて、南都をせめし時、東大寺に火をかけしかば、大伽藍忽に灰燼となりにき。其後、元暦元年二月七日、一谷の合戦の時、本三位の中将生とられ

無左右形ヲ傷《ヤツス》ベキ」ト被仰下ケレバ、中将ニ此由ヲ申ス。三位不力及給。土肥次郎ニ宣ケルハ、「我世ニ候シ時、年来憑テ候シ聖人ノオワスルヲ請奉テ、今一度奉見参、臨終ノ作法ヲモ尋ネ、後世ヲ誂置候バヤ」ト宣ケレバ、「上人ハ誰人ニテ御渡候ヤラム」。「黒谷ノ法然上人」トゾ被仰ケル。「安ク候」トテ、請ジ奉リタリケレバ、①三位、上人ニ向《むかひ》奉リ、涙ヲ流シ掌ヲ合テ、泣々被申ケルハ、「重衡ガ後生ヲイカガシ候ベキ。身ノ身ニテ候シ時ハ、出仕ニマギレ、世務ニホダサレテ、楽ミ無《なく》レ隙《ひま》、栄花ニ誇リ、憍慢ノ心ノミ深シテ、当来ノ昇沈ヲ不レ顧。運尽世乱レテヨリ以来、是ニ諍ヒ彼レニ戦ヒ、人ヲ亡シ身ヲ助ムト営ミ、悪業朝暮ニ遮テ、善心惣テ不発一。就中南都炎上ノ事、②云王宣一父命ト申、随世一道難遁一シテ、為《ニ》レ鎮《ンガ》二衆徒ノ悪行一ヲ、③罷向テ候シ程ニ、④不慮ニ伽藍滅亡ニ及シ事、⑤不及力一次第ニテ候ヘドモ、⑥大将軍ヲ勤候シ上ハ、責一人ニ帰ストカヤ申事ナレバ、⑦重衡ガ罪業ニ成候ヌト覚候。⑧且ハ加様ニ人シレズ此コ彼コニ恥ヲ曝シ候モ、⑨併ラ其報トノミコソ思知ラレ候ヘバ、⑩頭ヲ剃リ戒

て、都へのぼりて、大路をわたされて、さん〴〵の事共のありし時、法然上人を招請して、後生菩提の事を申合られしに、上人、中将のおはする所へ、さし入て見給へば、さしもはなやかにきよげに見へ給ひし人の其とも不レ覚。やせおとろへて、装束は紺村ごの、直垂小袴に、折烏帽子、ひきたてたるをき給へり。目もあてられぬありさまなれば、上人心よはくも、涙のうかみけるを、かくては、あしかりなむと、思しづめて、さらぬ様にもてなして対面あり。①三位中将なく〴〵申されけるは、今度生ながらとられけるは、今一度上人に見参に入べき故に侍ける。重衡必しも大仏殿を焼奉らんといふ所存は候はず。②故入道の命そむき難によりて、③南都へむかひ侍し時、いかなるものかしつらん、近辺の房舎に火をかけ侍しに、時しも風はげしくして、④大伽藍を灰燼となし奉し事は、⑤不レ及レ力次第也。重衡発心せぬ事なればとは存ずれども、⑥時の大将軍にて侍しうへは、責一身に帰する事にて侍るなれば、⑦重衡一人が、罪業につもりて、無間の重苦はうたがひあらじと存知せり。一門の人々多く侍し

持ナンドシテ、偏ニ仏道ヲ修行シ度ク候ヘドモ、カヽル身ニ罷成候上ハ、心ニ意ヲ任候ハズ、今日明日トモ知ラヌ身ニテ候ヘバ、旦暮難レ期候。何ナル行ヲ修シテ、一業助ルベシトモ覚ヘ候ハズ。心憂コソ候ヘ。倩ラ一生ノ所行ヲ思知リ、屢先世ノ業因ヲ案ジ連ケ候ニ、罪業ハ須弥ヨリモ高ク、善業ハ微塵計モ蓄候ハズ。⑪角テ空ク命終リ候ナバ、火血刀ノ苦果、⑫敢テ疑候マジ。願ハ慈悲ヲ施シ、兼テハ憐ミヲ垂給テ、カヽル悪人ノ後生可助二方法候ハヾ、示給リ候バヤ」ト被申タリケレバ、⑬上人涙ニ咽テ、シバシハ物モ宣ハズ。⑭良久有テ、⑮「誠ニ難受一人身ヲ受テ、空ク三途ニ還御坐ム事ハ、悲テモ猶悲カルベシ。⑯然バ今厭《ヒ》二穢土一《ヲ》、傾《ヒ》二浄土一《ヲ》、翻《シ》二悪心一《ヲ》、発《シ》二善心一《ヲ》給ハム事ハ、三世諸仏モ定テ随喜シ給ラム。⑰出離之道雖レ区《ト》、末法濁乱ノ機ニハ、称名ヲ以テ為勝一タリト。十ヲ分二九品一、行ヲ縮《メ》二六字一《ニ》テ、⑱十悪五逆モ廻向スレバ往生ス。十悪五逆罪滅往生ト釈ルガ故ニ、⑲一念十念モ心ヲ致セバ正因トナル。一念弥陀仏即滅無量罪ト説ガ故、専称名号至西方ト釈シテ、専名号ヲ称スレバ西方ニ至ル。『念々

に、⑧′重衡一人いけどられて、こゝかしこに耻をさらすも、⑨′併其報とこそおぼへ侍れ。⑪′かくて命終せば火血刀の苦果、敢てうたがひなし。⑩′出家こそ心ざす所なれども、ゆるされなければ不レ及レ力。只本どりをつけながら、戒をうけ候はん事いかゞ侍べき。⑫′かゝる悪人の助かりぬべき方法侍らば、示給へと、うちくどき申されければ、⑬′上人涙をながして、暫く物もの給はず、⑭′良久ありてのたまひけるに、誠御出家社功徳広大なれども、御ゆるされなくば、四部の弟子なれば、御髪つけながらも、戒を持せ給はん事、子細有べからずとて、戒を授たてまつりて、粗存知の旨を説たまふ。⑮′難レ受人身をうけながら、むなしく三途に帰り給はんことは、かなしみてもなを余あり。歎ても又盡べからず。⑯′然に穢土を厭、浄土を欣ひ、悪心をすて、善心を発し給はん事は、三世の諸仏も定めて随喜し給ふべし。⑰′其にとりて出離の道まちまちなりといへども、末法濁乱の機には、称名をもて勝たりとす。罪業深重の輩も、愚癡闇鈍の族も、唱ればむなしからざるは、弥陀の本願也。罪ふかければとて卑下し給べから

称名常懺悔』ト述テ、念々ニ御名ヲ唱レバ、懺悔スル也ト教タリ。⑳『利剣即是弥陀号』恃メバ魔縁不近付。㉑『一声称念罪皆除』念ズレバ罪皆除コルト見ヘタリ。浄土宗ノ至要、存略ルニ、大略是ヲ為肝心ト。但往生ノ得不得ハ依信心之有無ニ。只深ク信ジテ、努々不可生疑ヲ給フ。㉒若深ク此教ヘヲ信ジテ、行住坐臥時所諸縁ヲ蔺ハズ、三業四儀ニヲイテ、心念口称ヲ不忘シテ、命終ヲ為テ期ト、此苦域ノ界ヲ出テ、彼ノ不退ノ土ニ往生シ給ハム事、何ノ疑カ有ム」ト教化シ給ケレバ、㉓中将ウレシク省シテ、随喜ノ涙ヲ流シテ、「此次ニ戒ヲ持バヤト存候ガ、出家仕ラズシテハ叶候ハジヤ」ト宣ケレバ、「出家セヌ人モ戒ヲ持事、常ノ事ナリ」トテ、頂ニ髪剃ヲ充テ、剃ルマネヲシテ、十戒ヲ授奉テ、「若今日ノ中ニ殊ナル御事候ハズシテ過サセ御サバ、今ノ功徳莫太ノ御事」ト宣ケレバ、三位返々悦給テ、「大罪ヲ犯ス身ナガラモ、二度上人ニ相奉テ、二ノ法ヲ受持シ候ヌル事、来世ノ要路也」ト宣テ、御布施ト省シクテ、㉔都ニ如何ニシテ残留給タリケルヤラム、双紙鏡ノ一合有ケルヲ、木公右馬允尋出テ

ず。⑱′十悪五逆も回心すれば往生し、⑲′一念十念も心をいたせば来迎す。経には四重五逆諸衆生、一聞名号必引接と説き、釋には忽遇往生善知識、急勧専称彼仏名と判ぜり。たとひ無間の重罪なりといふとも、称名の功徳にはかつべからず。⑳′利剣即是弥陀号、たもてば魔縁近付ず。㉑′一声称念罪皆除、唱へば罪業のこりなし。罪障を消滅して、極楽往生を逐ん事、他力本願にしくはなし。御榮果むかしも今もためしなき御身也。然ども有為の境のかなしきは、いまだ生をかへざるに、かゝるうき目を御らんずるうへは、穢土はうたてき所ぞとうれへ思召捨て、㉒′ふかく弥陀の本願をたのみましまさば、御往生疑有べからず。これ全く源空の私の詞にあらず。弥陀因位の悲願、或は釈尊成道の時、説をき給へる経教也。一念も疑心なく、一心に称名をたしなみ給ふべきよし、こまごまと教化し給へば、㉓′中将掌を合て、なく〳〵聴聞して、冥より冥に入心ちにて侍つるに、此仰を承る社、さりともとたのもしく侍れと悦で、㉔′いかにして都にてむつび給し人の許に、双紙筥をとりわすれ給事の有けるを、入御の御事

奉ル。「是ヲ御身近ク置セ給テ、㉕御覧ゼム毎ニ度一、念仏申サセ給テ、後世ヲ訪テタビ候ヘ」ト申サセ給タリケレバ、㉖上人是ヲ給テ懐ニ入レ給ヒ、何ニト云事ヲバ宣ハズ、只涙ニ咽テ泣々出給ケルコソ哀ナレ。

もやとて、送り遣しけり。折節うれしく覚て、中将自とり出て、御戒の布施とおぼしくて、上人の御まへに指置て申されけるは、御用たるものには侍ねども、人にはかならず形見と申事あり。重衡が餘波とも、御らんじ思召ば、いつも不退の御念仏なれば、㉕′御目にかゝり候はん度には、とり分、重衡が為と、御回向有べきよしを申されければ、心ざし感じて、㉖′上人懐中して出られけり。

対比の便を考えて延慶本・九巻伝の本文を上下に配置した。延慶本と対応する九巻伝の本文に①〜㉖、①′〜㉖′の番号を付した。その場合近似度の高いものには二重線を、おおむね近似するものには一重線、語句よりも句意または文脈で対応している箇所には点線を付した。

さて、こうしてみると、延慶本⑪⑫⑬⑭⑮⑯⑰⑱⑲⑳㉑は九巻伝のそれとほぼ同文に近い。しかも九巻伝①′〜⑧′のあたりは、延慶本の本文を九巻伝の文脈の中に異和感なく取り込むための助走区間といったおもむきを呈する。出発を異にする二つの文章が偶然にこのような同文関係に入るということはあり得ないことである。いずれかがいずれかを取り込んだと見るべきであろう。しかし、この二者だけをただ比較するだけではいずれが先行すると判別するのはむつかしい。そこで、ここに、明恵懺悔譚は延慶本の文覚呪咀譚をヒントにした創作であるという仮説をあてはめると、必然的に九巻伝が延慶本を引用したことになる。(3)

仮説を前提にして導いた判断だから、これでは九巻伝の延慶本引用説を実証したことにはならない。しかし、逆に九巻伝にみる法然の授戒譚は延慶本からの引用だということを前提にして文覚呪咀譚と明恵懺悔譚との相互関係を考えてみると、後者は前者をヒントにして創作したという仮説がいかにもあり得べきこととしてすなおに容認できるのである。

九巻伝が法然上人の顕彰を至上命題としていることは言うまでもない。いま九巻伝の作者は延慶本に法然の重衡に対する授戒譚を見出し、これを九巻伝中に取り入れた。九巻伝作者は延慶本の記述をそのまま法然の教化活動の史実とみなし、法然顕彰の有力資料として積極的に取り上げたものと思われる。ところが、延慶本に法然が登場するのはここだけで、他には杳として消息を現わさない。しかし、末尾に至って、突如文覚呪咀譚が現われ、そこに法然義に対して激しい批難をあびせた明恵が登場する。法然顕彰を至上命題とする九巻伝作者はこの事実をだまって見逃し得ない衝動にかられた。すなわち、文覚呪咀譚と同じ手法を用いて、明恵の亡霊を呼び出し、これに摧邪輪の述作を後悔させるという説話の創作を着想し、これによって法然顕彰の目的を達成すべく図ったのではないかと思うのである。

高僧伝や祖師伝では被伝者を顕彰するため、現実にはあり得ない付会説を創作することが鎌倉時代においてもごく普通に行われていた。九巻伝は延慶本平家物語にみられる法然の重衡への授戒を、上人の教化活動を示す重要史料とみてこれを取り込み、返す刀で延慶本末尾の文覚呪咀譚をヒントにして明恵懺悔譚を創作したものと推測する。

四十八巻伝はこの付会説を削除して、いかにもあり得べき明遍の話にきりかえているが、明遍の話の末尾のところに「かの明恵上人、菅宰相為長卿のもとへおはしたりけるに、摧邪輪の事を申いだしたりければ、さる事侍しかども、ひが事なりけりとおもひなりて、いまは後悔し侍なりと、申されけるとなむ」としるし、生前菅原為長の前で摧邪輪の著述を後悔したとしている。これはおそらく小女の口を借りて後悔したとするよりも、実在の菅原為長[4]に告白する方が真実味を増すとして作りかえたものであろう。つまり、四十八巻伝の明恵懺悔譚は、むしろ九巻伝の明恵懺悔譚が付会説だということを証明する効果をもっていると考えるのである。

四、平家物語と法然義の論争

ここに九巻伝の一部が延慶本から取材しているという事実を指摘したのは、法然伝について何かを論じようとしたためではない。この事実は法然伝の成り立ちについて新しい知見をもたらすものではあるが、いまは措いて、ここではこの事実がかつてたたかわされた、平家物語と法然義をめぐる論争に新しい展望を開く有力な手がかりになると考えたのであえて指摘してみたのである。

故福井康順氏はかつて、平家物語には法然の思想・信仰が取り込まれ、かつ法然讃美の姿勢が顕著であるが、だとすると慈円の庇護を受けた行長を作者に擬するのはおかしい。なぜなら当時法然および法然義は厳しく弾圧されており、平家物語のような語りによって社会に宣布されるような情況ではなかったからという主旨の論文を発表された。(5)

周知のように、徒然草二百二十六段に、

この行長入道、平家の物語を作りて、生仏といひける盲目に教へて、語らせけり。

とある。従来の平家物語研究ではこれを信用して行長原作説を容認してきたのであった。ところが、突如発表された福井論文では法然義弾圧という歴史的事実をきっかけて、行長作者説を全面的に否定したので、たちまち衝撃がはしり、大型の論争へと発展していった。いわゆる平家物語における法然義の問題は、この論文を起点として波紋をひろげてゆくこととなる。

論争は仏教史家の福井説に対して国文学者が入れかわりたちかわり反論するという形で展開していった。いまその主なものをあげると、まず石田吉貞「平家物語と新古今集――行長作者説の検討――」(6)が現われ、次いで渡辺貞麿「平家物語にあらわれた浄土教」[7]、小林智昭「仏教文学の課題――法然義の問題をめぐって――」[8]、同「平家物語と仏教」[9]、山下宏明「平家物語の仏教史的考察」[10]、信太周「四部合戦状本平家物語について――平家物語説話の仏教史的考案」[11]、同「〝歴史そのまま〟と〝歴史ばなれ〟」[12]、佐々木八郎「平家物語評講」[13]等がある。

これらの反論を観察すると、おおよそ三つのタイプに区分することができる。第一は石田吉貞の説。石田は徒然草の行長原作説を吟味してゆくと、伝記的にも、時代的にも行長を作者とすることに何ら不都合はなく、在来の説のままでよい。そもそも平家物語と新古今集は成立の時代を同じうしており、文学的生命の深層部においては互いに共通するものを持っていたというのである。これは従来の作者説を肯定するタイプ、言いかえると徒然草二百二十六段を全面的に信頼するタイプと言ったらよいだろうか。

これに対し、第二のタイプは〝法然義〟に的をしぼり、法然義とは何かを詳しく規定し、それが平家物語にいかように表現されているかをさぐって反論してゆくタイプ。渡辺貞麿がそのタイプの代表格である。渡辺は重盛、建礼門院が念仏信者として描かれていることはたしかだが、伝統的な平安浄土教の信者に仕立てられているにすぎず、「戒文」に法然を登場させてはいるが、これとても法然義の核心ともいうべき絶対他力の念仏者になりきってはいない、「戒文」における法然の行動は天台浄土教徒のそれと共通するところが多く、従って平家物語に法然義ありとする福井の説は成り立たないというのである。

続く山下宏明、信太周、佐々木八郎も、それぞれの論拠資料によって同じタイプの反論を試みている。特に信太は平家物語の古態本であり、かつ史実に忠実な記述姿勢を示すとされる四部合戦状本を取り上げ、そこには言われるような法然義が見あたらず、むしろ高野本のような〝歴史ばなれ〟のすすんだ後出本に法然義が認められるとして、平家物語の法然義は本文が成長発展してゆく過程に取り込まれたのであろうと論じている。

佐々木八郎も、「『原・平家物語』は法然義以前のものであり、そして『原・平家物語』に「祇王」「戒文」「維盛入水」が増補潤色されてゆく発展の過程において、法然義が採り入れられたのであって[14]」と述べ、信太とほとんど同じ結論に達している。ただ佐々木の場合四部合戦状本は用いず、かわって「古朴の姿を遺している」屋代本を根拠とした点が信太と異なるところである。

ちなみに、渡辺、山下、信太、佐々木の四者は法然義の有無を手がかりにしての反論であったが、前二者は、現存本に法然義は認められないという立場をとるのに対し、後二者は原平家に法然義はなかったけれども本文の成長過程で取り込まれたという見方に立つものである。後述するように、この違いは法然義論の帰趨を決するとき、大きくかかわってくる問題をはらんでいるのである。

反論の第三のタイプは小林智昭の論である。小林は我々が今日見るような平家物語（覚一本のようなテキスト）の形成期を仁治元年（一二四〇）以降と限定し、この形成期における法然義の趨勢をさぐり、それが平家物語といかようにかかわってくるかについて犀利な考察を加えた。この期の法然義は弾圧の嵐も去り、その存在が社会的にも容認され、法然面授の弟子たちがそれぞれに活発な教線を敷いていたから、当然法然義は多様性をおびはじめていた。折から十二巻本へと増広過程期にあった平家物語はこの多様化した法然義と接触し、吸収し、文芸的な表現を与えていった。したがって、ここで吸収した法然義は西山派の証空、諸行も往生の正因と説いた長西などの念仏も混在していて、純粋な法然の思惟体系のしかも上限なるものなぞ、とうてい捕捉し難い。まして宗教が文芸に取り込まれるときは比喩、因縁、霊験、説話のような下限的なものを媒介とするから、ますます絶対他力などという硬質の教説は文芸化されにくいというものであった。

小林はむしろ平家物語の中に、法然の思惟体系の上限なるもの（たとえば撰択集に祖述されている絶対他力の教義）の有無を論じた福井説に反論した渡辺の方法を批判したものと思われる。平家物語は文芸であって、法語ではない。まして法然義の多様化してゆく時代にはぐくまれて成ったものであれば、作品に、厳密な法然義の条項をあてはめ、その有無を論ずることはどだい無理だと考えていたようである。ちなみに、小林は法然の弟子達が説いた浄土教も法然義の範疇内だとする広義の立場をとる。しかもそうした法然義こそ、当時依然として教権を維持していた天台、真言等の古代仏教を超えて、平家物語の内在的契機たり得たのだと見るのである。

以上、法然義弾圧時代に成ったとされる平家物語は行長の作にあらずと声高に訴えた福井説に対して寄せられた反論のあらましである。もちろん福井はこうした反論に沈黙していたわけではない。その後「平家物語の仏教史的研究[15]」、「平家物語の原作者についての疑問――行長説の再検討――[16]」、「平家物語の仏教史的断面[17]」、「平家物語「潅頂巻」の仏教史的性格[18]」、「平家物語の仏教思想[19]」等を次々と精力的に発表し、国文学者側からの反論に一人で立ち向かった。この論争で福井ははじめの論旨を曲げることはなかったが、ただ当初は法然義が初期段階の平家物語に取り込まれているという見方に立って論じていたのを、「今の平家物語」は承久の乱以後十三世紀半ばごろまでに形成されたものであろうとの見方にきりかえてゆき、とすると、そのような平家物語には「信西一門の筆が加えられている[20]」のではないかというように、新しい作者像を探求する方向へと論点を移していった。結局この論争で得た結論は、平家物語は「原平家」から「今の平家」へと段階を経て増広されたもので、増広された平家物語には法然義が取り込まれている、もちろん増広にかかわった人は行長とは別人であるというところに落ち着くのではないだろうか。

五、「重衡受戒」「明恵懺悔」両譚の生成と流伝

さて、問題はこれからである。平家物語における法然義の論争と九巻伝が延慶本から引用しているという事実とはどうかかわってくるのか、これを考えるのが本稿の主要目的である。

言うまでもなく延慶本はその本奥書により延慶二年（一三〇九）以前に成立していた伝本である。そして末尾の第六末に後鳥羽院が承久の乱後隠岐島に流された話を置いているから、成立は承久三年（一二二一）以後だということもはっきりしている。承久三年から延慶二年までは八十八年もあり、この間のいつごろ成立したのかはっきりしないのであるが、水原氏は限りなく延慶二年に近いころの成立とみておられるようで、[21]私もそれに従っておきたい。

この延慶本は今日伝えられる多数の平家物語伝本のうち書写年代の最も古い伝本だということはよく知られている。書写年代が古いだけでなく、屋代本・長門本・覚一本などいわゆる語り系伝本が実は延慶本を母体として生成・展開したものであるということが、最近わかってきたのである。たとえば「康頼祝言」「卒都婆流」「赦文」という一連の章段は、宝物集にみえる康頼と蘇武の流謫の歌、並に康頼に仮託された者の自己告白の部分をヒントにして延慶本作者が創作したものだということが明らかになった。[22]この「卒都婆流」を中心とする一連の話は今日知られる平家物語諸本のほとんどが具有している。ということはそれら諸本の卒都婆流譚はすべて延慶本から流れ出たものだということになるのである。

ところで、九巻伝が重衡受戒譚を延慶本から引用したということは、おそらく延慶本が最初にその記事を登載していたからであろう。従来の法然伝を超えて、より詳しい伝記をものしようとしていた九巻伝著者が、たまたまそれを

見出して直に引用したものと思われる。この九巻伝に収載された重衡受戒譚は、その後四十八巻伝（第三十巻）に、ほぼ五分の一に縮少されて掲げられる。九巻伝には重衡に説いた上人の説法が詳しく記されているのに、四十八巻伝ではその部分を惜しげもなく省き、ただ重衡に戒を授けたことと重衡が布施として雙紙筥を上人に献じたことの二つを淡々と記すだけである。

三田全信氏によると、九巻伝は舜昌の書いたもので、後に着手する四十八巻伝の草稿本的位置をしめす本だという。(23)従って九巻伝の記事はそのまま四十八巻本に取り込まれているものが多い中に、この重衡受戒譚は大はばに切りつめられている。これは何を意味するものであろうか。

文覚呪咀譚を翻案して明恵懺悔譚に仕立てたのは九巻伝の独自文だったが、これも四十八巻伝になると、明遍が摧邪輪のような邪義の書は読むに価しないと言って通読のすすめをことわったという話にさしかえられている。どうも平家物語関連の記事が法然伝の最終の増広過程では縮少または差しかえられているのである。これはなぜか。

前記したように、三田氏は、明恵の懺悔譚が差しかえられたのは、九巻伝の記事があまりにも稚拙だったので、廃棄されたとみている。そうした観点からすると、重衡受戒譚の場合も、史料的価値を下方修正した結果、省略したという見方もできないわけではあるまい。

以上、九巻伝の重衡受戒譚と明恵懺悔譚とを法然伝の系譜の中に置いて見ると、二者ともに流動的で不安定な説話であったということが見えてくる。両者は、いずれも九巻伝に突如として姿を現わしたかと思うと、たちまち変身するか、または行方をくらまして、その後杳として姿を現わさなくなってしまうのである。

一方、平家物語諸本の間にこの二者の存否をたずねるとどういうことになろうか。私はかの卒都婆流譚が延慶本作者の創作によってはじめて平家物語諸本間にその姿を定着させることができたと考える。(24)重衡受戒譚と明恵懺悔譚の原拠になった文覚呪咀譚もこれと同様に延慶本上にはじめてその姿を現わしたものと思う。重衡受戒譚のごときものがもし延慶本以前の文献にあったとしたら、当然九巻伝以前の法然伝に収載されていたであろう。延慶本が何から取材して「重衡卿法然上人ニ相奉事」を平家本文中に組み入れたか、それは全くわからない。しかしとにかくいったん延慶本本文として成立すると、これが「戒文」という句題名にかえられて語り系諸本に継承されていった。ちょうど延慶本の「康頼本宮ニテ祭文読事」「康頼ガ歌都へ伝ル事」「漢王ノ使ニ蘇武ヲ胡国へ被遣事」が語り系諸本の「康頼祝言」「卒都婆流」「蘇武」という句題名となって伝承されていったのと同じ経過をたどったものと思われる。

それならもう一方の文覚呪咀譚は平家物語ではどう継承されたであろうか。

されば承久に御謀反おこさせ給ひて、国こそおほけれ、隠岐国へ移され給ひけるこそふしぎなれ。彼国にも文覚が亡霊あれて、つねは御物語申けるとぞ聞えし。（高野本巻十二「六代被斬」）

いま覚一本系のテキストに限定してみると、文覚の亡霊が明恵に回文の用紙を求めてきたという部分はきれいに省かれているが、後鳥羽院が承久の「御謀反」に敗れて隠岐に流されたこと、かの地で文覚の亡霊が荒れたことの二点にかろうじて文覚呪咀譚の痕跡をとどめていると思われる。九巻伝は文覚の亡霊を明恵の亡霊にすりかえ、全く別の話に作りかえたため、両話が同根のものとは誰にも気づかれないようになってしまった。

ちなみに、文覚呪咀譚は屋代本には覚一本系とほぼ同様の形で収載されるが、長門本、源平盛衰記などには全くとり上げられていない。ということは、この話おそらく重衡受戒譚と同様に延慶本にはじめて登場したものの継承に不安定なところがあって、「戒文」が流行したようにはゆかなかったものと考えられる。明恵懺悔譚が文覚呪咀譚から派生したものだということが誰からも指摘されなかったのは呪咀譚伝承の不安定さにも起因しているのではなかろうか。

六、法然義論争批判

以上のような新しく見えてきたところをふまえつつ、ここでもう一度法然義論争を反芻してみよう。

最初の福井論文で提示された重要な論点は、平家物語が成立したとされる時期は、法然義弾圧の時期と重っているから、そんなときに

1「法然義が全巻にわたって夥しく見え隠れしている「今の平家[25]」が出現するはずがない。

2 弾圧側に立つ慈円の庇護を受けたという行長が平家物語を書くはずがない[26]。

というものであった。1は平家物語の成立時期についての疑義となり、2は作者説についての疑義となって声高に国文学者側に投げつけられた。

福井説は、平家が原作された時期を従来の国文学者は「徒然草にいう「後鳥羽院の御代」を更に圧縮して「行長の剃髪した元久二年（一二〇五）から実朝の殺された承久元年（一二一九）までの十五年間」としている[27]」ということを前提にして提起したものである。

いまここでは平家物語の成立について従来の定説がどうであったか論ずることはしない。ただ、法然義論争で重要な一段となっている「戒文」が、延慶二年（一三〇九）に接近した時点で延慶本中にはじめて取り込まれ、延慶本から平家物語諸本に流伝していったという状況をふまえるとき、福井説の前提が大きく崩れてくることに気づかざるを得ない。すなわち、平家物語の法然義は原平家の時期には存在せず、延慶本のような増広本の成立過程に平家物語に取り込まれたであろうとする小林智昭の推論が有力になってくるのである。福井論文によると、法然義は「戒文」以外

に「千手前」「熊野参詣」「灌頂巻」「灯炉之沙汰」「維盛入水」「三日平氏」「大臣殿被斬」「重衡被斬」等々にも表出されているというが、それら章段の本文はほとんどが延慶本本文と密接な関連があり、「戒文」同様延慶本から流れ出て「今の平家」に受け継がれていると考えられる。言うまでもなく延慶本はいわゆる原平家ではない。それは承久乱によって後鳥羽院時代に幕がおろされたあと、延慶二年（一三〇九）に近接するころまでに増補されたテキストであったと考えられる。法然義はその増補過程に取り込まれたとみれば、法然義弾圧という歴史的事実に抵触しないから、徒然草二百二十六段の説をむきになって否定する必要もなくなるのである。

次に何をもって法然義とするかという問題がある。福井論文では余行（＝雑行雑修）を排してひたすら念仏する「一向専修」が法然義の基本だとして、これを尺度に平家物語中の法然義を洗い出してゆき、前掲のような多数の章段に法然義ありと論断する。これに対する渡辺論文も源空の思想は「念仏一行をもって正業とする」[28]という。これは福井説とほとんど変りがない。ただ渡辺は念仏一行を厳密にあてはめて、持戒、熊野詣、造寺造仏・念仏・布施等は念仏一行から「甚しく距離のある」こととして法然義から外してしまう。福井論文で法然義とするところはいわゆる雑行雑修の余行であって、それらは既に良源、源信らの天台浄土教の流れの中で説かれてきたことで、法然義とは言い得ないと主張するのである。

山下論文[29]もこれとほぼ同じ姿勢を貫く。山下は「称名を本願として選択する姿勢の有無こそが法然義か否かの決め手になる」とし、「単なる称名や第十八願の引用のみを以て法然義の特徴とは解し難い」という。こうして山下は平家諸本に言うところの法然義の有無を厳格に検証していった結果、

一　法然義と確認できる箇所は諸本を通じてきわめて稀である。一部、南都本・覚一本などの、初期諸本の中でもやや降る諸本に新しい法然義的色彩の断片が見られる。

二　法然義か否かの判断のつきかねる箇所も覚一本に多く、闘諍録・四部本・屋代本には少い。法然義の見える覚一本などの場合、この識別困難な箇所を法然義と関係づけてとらえることが可能かもしれない。

三　王朝期浄土教的色彩は諸本すべてにわたって色濃く、特に四部本などの古態本において濃く見られる。しかも覚一本のごとき降った本文にもこれが濃くなっている。

このような三項にわたる結論を引き出して結んでいる。この論文では平家物語の作者論・成立論には触れていないが、福井論文に対する反論であることを考慮すると、言外に、後出の平家テキストにわずかに認められるにすぎない法然義をもって、平家物語全体の作者論、成立論を云々してもらいたくないという主張があるように思われる。

このような法然義か伝統的天台浄土教かを厳密にふるいにかけようとする論調に接するとき、私はどうしても、平家物語中唯一法然を登場させる戒文の章段(源平盛衰記にはこの他「甘糟太郎の事」に法然が登場する)が延慶本にはじめて登場し、九巻伝がそれを引用しているという事実を思い出さざるを得ない。九巻伝は法然の撰択集の正統性を主張するために明恵の懺悔譚を創作している。それほどまでして法然讃美に徹している九巻伝の重衡受戒譚は、延慶本とくらべて著しく法然義の要素を加えているとも思われない。しかも九巻伝のあとに出現した四十八巻伝になると、かんじんの法然の説法部分はきれいに省略して、ただ戒を授けたことと、布施として雙紙筥をもらったことの二点を記すにすぎないものに切りつめられてしまう。

法然義を厳密にあてはめようとする論者によると、戒律とか布施とかいうものは余行にすぎないとして法然義からはずしてしまう。法然義のかたまりともいうべき九巻伝、四十八巻伝も法然義からはずされかねないという危惧を感ずるのである。ここはやはり法然義をもう少しはばのあるものに解しておいたほうがよいと思う。

私はここでも小林智昭の説を評価しておきたい。すなわち教理・経論等が文学に取り込まれる場合は上限的なものよりも下限的なものを媒介として文芸的表現が与えられるという見方である。延慶本が成立した十四世紀初頭にはすでに法然義弾圧の社会状況はなくなっていた。小林のいうように長西、証空など法然面授の弟子達の信仰が流布し、法然義は多様化していった。浄土宗という宗団が確立し、盛んな布教活動を通じ、法然および法然義は社会の各層に広く深く浸透していった。延慶本にはそうした社会情況の中にある浄土教が取り込まれているとみるほうが理にかなっていると思われる。

七、平家物語の仏教思想

藤村作編「日本文学辞典」（昭和二十六年新潮社刊）の「仏教文学」の項（筑土鈴寛執筆）をみると、平家物語について「宗教的要素が豊富なるがため、宗教的価値要求から創作されたもののやうに見受けられる」と記している。別のところで「一種の宗教的稗史と称してよいと思はれる」とも書いている。筑土は平家物語と仏教との結びつきはそれほど深いと見ていたのである。

平家物語と仏教とが深く結び合っていることは誰もが認めるところであるが、それならどのような仏教とどのような仕方で結びあっているのかと問うと答は必ずしも容易ではない。小林智昭は一連の法然義論争の中で「天台・真言などの古代仏教は、ついに平家物語の内在的契機とはなり得なかった」とし、これに対し「法然の教義自体が、とかく平家物語の発想と方法、あるいはその文芸性に交わり得る可能性を秘めていた」[30]と論じている。福井論文でも「平家物語は、先学の論ずるように、仮りに当初の本質はいわゆる戦記文学であろうとも、後には濃厚に仏教思想が盛りこまれて行き、特にそこには法然義が盛りこまれており、現に見るような唱導文学的な傾向の強い今の「平家」が出現しているのであろう」[31]と記している。両者ともに法然義が平家物語の全体をおおい、その「内在的契機」にさえなっているとみているようである。

さて、このように言われると、はたしてそうなのだろうかという疑問が私にはおこってくる。平家物語が他の軍記に比して文芸的に高い評価を得ているのは、仏教をもって全体を構想し統括しているからであって、それなくしてあのようなすぐれた表現ないし文芸性はかちとり得なかったであろうと私も思う。しかしその構想と統括の契機が法然義であったと言われるとにわかに首肯し難いものを覚えるのである。

平家物語全編を貫く仏教とは何かを問うとき、私は法然義とか天台浄土教とか特定の宗派の思想・信仰に限定すべきではないと思う。平家物語を細かく見てゆくと、叡山や高野山に対する敬意を披瀝したところが随所に出てくる。すなわち顕教があり密教もあるということである。さらに、こまかく見てゆくならば新興の禅を盛り込んだところもある。[32]巨視的にみるならばたとえば東大寺炎上のくだりでは、華厳・法相ひいては南都仏教という既成宗派の枠を超えて、日本の全仏教の中核をなす大仏殿が炎上したということを深く慨歎しているところもある。要するに平家物語全体を通して眺めてゆくと、天台浄土教とか法然義とか特定の仏教ではなくて、王法に対する仏法という広い視野に立って仏教を全体的にとらえているという事実が見えてくるのである。文覚が平家物語中の英雄として大きくとり上げられているのは、彼が源平合戦の戦端を開く時に大きくかかわっていたということのほかに、王法とともに仏法を守護する、すなわちそれによって鎮護国家を実現するのだという熱烈な真言僧の国士的風貌に対して深い畏敬の念を持っていたからでもあると考えられるのである。この部分だけを取り上げれば平家物語の中には真言に対する敬意が抜き難く存在していたと言わなくてはならない。

平家物語には総じて仏法に対して畏敬の念が流れていることは誰しも首肯し得ることだと思うが、それなら平家物語全体を貫流する仏教は天台・真言・法相・華厳・浄土・禅といった仏教の寄せ集めだったのかというと、これにも反発せざるを得ない。そんな雑然としたものが平家物語のような傑作を構想する内在的契機とはなり得ないと思うからである。

結論から言うと、平家物語全体を貫く仏教には第一に「諸行無常」があり、第二に「因果応報」があり、第三に「六道輪廻」がある、そのような見方をすべきではないかと私は考えている。

　諸行無常は天にのぼる階、是生滅法は愛欲の川をわたる船、生滅々已は剣の山をこゆる車、寂滅為楽は八相成道の化果也。

この文は、宝物集が仏道至宝論を開陳するに先だって、栄花物語に所載[33]する院源の説法というものを引用したところ[34]に出てくるものである。栄花物語によると、院源が道長葬送の折りに行った説法の中でこれを説いたという。

　諸行無常　是生滅法　生滅々已　寂滅為楽

涅槃経聖行品に見えるこの無常偈を印源は仏道へのかけ橋であり、愛欲を断ち、諸縁を放下して、成仏道に至る道筋だと説いている。宝物集もそのひそみに倣って仏道を説きはじめる冒頭部にこれを置き、おもむろに成仏道に至る十二の道門を語りはじめる。

言うまでもなく無常観は仏教が世界を認識するときの根本原理とするものである。天台・真言・浄土等、いずれの宗派もこの原理による認識を起点としてそれぞれの宗義を立てていると言ってよい。ただ天台浄土教をはじめ、永観・法然・親鸞・一遍等浄土門系の祖師達は特に無常の認識が痛切で、無常をバネとして念仏に集中しようとする傾向が顕著であった。

もとより平家物語は巻頭に祇園精舎をすえ、無常をもって重々しく語り出した。この無常が平家物語の根底部を最後まで筋金のように貫いていることは誰しも認めるところであろう。平家物語中の種々の仏教はこの筋金を起点として表面に浮かび上がってくる。だからこそ無常をバネとする浄土門系の仏教が現われやすいと考えるのである。

第二の因果応報観、これも仏教の世界観の根本原理といってよい。因は能生、果は所生、因のあるところ必ず果があり、果のある所必ず因がなくてはならない。原始仏教以来これを基本原理として、あらゆる宗義がここから説きおこされたことは先の無常観とほぼ同じであった。日本には諸行無常よりもこちらの方が一足早く根づいた結果、たとえば『日本国現報善悪霊異記』というような優れた仏教説話集がすでに平安初期に成立している。

平家物語の中で、盛者だった清盛は「承平の将門、天慶の純友、康和の義親、平治の信頼」らと並んで、「久しからずして、亡じにし者」だったと位置づけられている。なぜ亡びたか、それは勿論無常の理法に従ったからであるが、もう一つ、因果応報の理法にものっとって亡びさったと見ている。周知のように、清盛は王法と仏法に対して悪逆を働いた張本人であった。このため、その報いは極めて重く、病死するときには地獄からの迎えを受け、高熱にうなされて「悶絶躃地してあつち死」をしなければならなかった。清盛ばかりではない。平家にあらざれば人にあらずとして「楽しみをきはめ、諫をも思ひいれ」なかったおごれる平家の人々、重衡・宗盛・維盛・六代等横死した者たち、平家とは別におごれる人であった成親・西光、さらにまたいち早く京へ攻め上り、武威にたけり誇った木曽義仲等々、総じて平家物語に登場するすべての人々は因果の理法の中で栄枯盛衰を繰り返していると俯瞰されているのである。

第三の六道輪廻もこれとほとんど同じ構造になっている。というよりも、六道輪廻は因果の理法の所産として認識されるものであるから、因果を説くところには六道輪廻もいっしょについてまわっているとみるべきことなのである。

しかし、平家物語の中で地獄に堕ちたことがはっきりしているのは清盛一人だけである。清盛があっち死するところに地獄に行った醍醐帝が日蔵にその苦衷を訴えるくだりが出てくるが、これは清盛の堕獄を暗示するための傍系説話で、平家物語本流の話ではない。

南都を焼討した重衡も堕地獄の報いは必定と覚悟していたが、法然に戒を授けられたためか、地獄へ行ったと断定されてはいない。平家物語中悪趣におもむいた話が出てくるのはこの程度であって、餓鬼道、畜生道を巡る話に至っては一つも見当らないのである。

だから平家物語に六道輪廻の思想が薄いのかというと、実はさにあらず、平家物語は全巻をしめくくる最終部分に、いわゆる灌頂巻を置いて、生きながら六道を巡歴した建礼門院の告白を掲げている。延慶本、屋代本は灌頂巻を特立しないが、最終巻の末尾に灌頂巻に相当する部分を具有しているから、読み本系、語り本系のすべてが門院の六道巡りを持っている点ではかわりがない。

言うまでもなく、門院の六道廻りは彼女の生涯を俯瞰し、それを六道巡歴に見立てたものであった。しかし、この見立てはひとり彼女の生涯にとどまるものではない。彼女の所属した平氏一門が等しく経験したものであり、彼女一人が代表して代弁しているにすぎないのである。そして同時にそれは「祇園精舎」から説きおこし、十二巻にわたって延々と述べてきた平家物語の全体を展望した帰結として導かれたものだったのである。言うならば六道輪廻は源平合戦の顚末をしめくくる理法としてはじめから予定されていたものであった。

このようにみてくると、平家物語はまず中心に無常観という太い筋金を通し、それへ因果応報・六道輪廻という二本の綱を縒り合わせ、これを支柱としつつ展開していった軍記物語だったということになる。言いかえれば平家物語はそのような方法で仏教をとり込み、それを支点としながら、天台浄土教・法然義など、念仏信仰を中心としつつあるときは顕、あるときは密、そしてあるときは南都仏教及至は新興の禅などを具体的に作中に取り入れていった。平家物語と仏教とはそのようなかかわり方をしていたと想うのである。

六道輪廻に関してもう一点指摘しておかなくてはならないことがある。それは建礼門院が生涯を六道巡歴になぞらえたあと、覚一本系では建久二年きさらぎの中旬(延慶本貞応二年春ノ晩)大原の寂光院(延慶本法性寺)において臨終正念にして静かに往生の素懐をとげたことになっている点である。言うまでもなく、極楽に往生するということは六道(=苦界)から脱出して永遠の楽土すなわち極楽に往生することである。一旦極楽に往生した者は再び苦界に舞い戻ることは決してない。つまり平家一族のうちの唯一人生残った建礼門院が苦界を脱出して永遠の浄土へ生まれかわったところで平家物語はその最終巻を閉じるという構造になっているところに注目しなくてはならない。平家物語の作者は源平合戦の全過程を六道輪廻の相ととらえ、苦界遍歴からの脱出には弥陀の誓願にすがる以外にないとして尼となった門院を敬虔な念仏信者として描き、静かに往生させたのであった。平家物語はそのようにして仏教と深く結びついていたのであった。

八、軍記物語と仏教

延慶本と九巻伝の関係を起点に平家物語と仏教のかかわりを長々と述べてきたが、考えてみると、平家物語だからこそ仏教とのかかわりが問題になるのであって、これが平家以外の軍記物語だったらこれほど大きな問題にはならなかったものと思われる。

平家物語は他の軍記物語に比し文学的結晶度が抜群に高い作品と言われてきた。今述べてきたように、この文学性の高さは内在化された仏教によってもたらされたものだ。だから平家物語の仏教は常に問題視されるのである。

それなら平家以外の軍記と仏教のかかわりはどうだったのか。これについて詳しく論ずる余裕はもはや尽きている。ただ一つだけはっきりしていることは、他の軍記物語には全体を構想し統括する仏教は存在しなかったということである。このことは平家物語よりはるかに厖大な長編太平記をみれば明らかである。太平記のような長編になると当然全体を構想し、統一する柱のようなものがなくてはならない。太平記はそれを仏教ではなく、儒教的な政道観をもってした。濃厚な仏教色をもつ部分や場面は太平記中に多い。しかしそれは部分にとどまるものであって、全体を貫くものは中国の史記あるいは貞観政要などにみられる史観であった。

仏教が部分にとどまるという点では保元物語・平治物語も同様である。保元物語に

釈迦如来、生者必滅ノ理ヲシメサントテ、沙羅双樹ノ下ニテ、カリニ滅度ヲトリ給シカバ、人天トモニ悲メリ。

（上「法皇崩御」）

のような文がみえるが、鳥羽上皇の崩御を哀悼する場面で用いられただけで、「祇園精舎」に見るような作品全体を貫く太い筋金には発展してゆかなかった。かわって、愚管抄や神皇正統記にみるような皇統史観を中軸として全体を叙述しているように思われる。

伊勢大神宮ハ、百王ヲ護ラントコソ御誓アリケレ。今廿六代ヲ残シテ、当今ノ御時、王法ツキナンコソ悲ケレ。

（上「将軍塚鳴動并ビニ彗星出ヅル事」）

こうした百王思想の発現は皇統史観の延長線上のものと考えられる。

平治物語も保元物語に近似する皇統史観を軸として構想されている。

いにしへより今にいたるまで、王者の人臣を賞ずるは、和漢両朝をとぶらふに、文武二道を先とせり。文をもっては万機のまつりごとをおぎのひ、武をもっては四夷のみだれをしづむ。しかれば、天下をたもち国土をおさむ

ること、文を左にし、武を右にするとぞ見えたる。（上、「信頼・信西不快の事」）

開巻劈頭、国王は文武二道のバランスの上に国政を統べるべきだとしている。このバランスが乱れるとき国は乱れる。平治の乱は「文にもあらず、武にもあらず、能もなく、又、芸もな」い藤原信頼が文人信西と不仲となり、武人源義朝を味方につけて、熊野参詣に出かけた清盛の留守をねらって、突如院御所三条殿をかこみ、信西邸を焼き払うという経緯をへて勃発した。平治物語の作者は後白川院治政下の文武二道のバランスの乱れが平治の乱をひきおこしたとし、以後その観点から乱の推移を叙述してゆく。というわけで、平治物語の中心には仏教は全くかかわりを持たない。しかも保元物語とくらべて部分的な仏教も極めて少いのである。

承久記は劈頭に、過現未の三世に三千仏が出現すること、ならびに過去七仏を経て出現した釈尊が八十歳入滅のあとはやくも二千余年を経過していることを記す。濃厚な仏教色が全巻を覆うのかと期待をいだかせるのだが、この書き出しは直ちに、我が国が「天神七代、地神五代」の出現から始まって、

人王ノ始ヲバ、神武天皇トゾ申ケル。葺不合尊ノ王子ニテゾマシマシケル。其ヨリシテ去ヌル承久三年マデハ、八十五代ノ御門ト承ル。其間ニ国王兵乱、今度マデ具《つぶさに》シテ、已ニ十二ケ度ニ成。

というように、承久の乱が発生するまでの、大ざっぱな皇統年代記に直結させてゆく。何のことはない冒頭の仏法年代記は我が朝の皇統の年代記を引き出すための序詞にすぎなかったのである。このあとさらに十二か度の国王の兵乱を列記し、ようやく承久の乱におよぶと、その勃発から終結に至るまでを時間の経過を追いつつ詳しく記述していった。要するに承久記は紀伝体という歴史叙述法にのっとって全体が構想され、記述されているとみてよい。やはりここにも部分的仏教はあるが、全体を統一するそれは見えないのである。

さて、平家物語以外の軍記物語に目を転ずるとき、以上のような概括が得られる。平家物語と仏教とのかかわりが

いかに深いものであるか、そしてそれが平家物語の文芸性に大きく貢献している事実がこうした比較を通じてあざやかに浮かび上がってくるのである。

私に与えられた課題は「軍記研究と仏教思想」ということであった。私はこの課題を平家物語における法然義の問題にことよせつつ、軍記物語で仏教思想が問題になるのは、平家物語のみであるということを述べてきたつもりである。平家物語以外の軍記物語では法然義論争のようなことはおそらくおこらないであろう。軍記を研究するとき、あらかじめこうしたことをわきまえておくことが大切なのではないかと思う者である。

九巻伝の延慶本からの引用という煩瑣な考証から説きおこしたために、すでに予定された紙数が大はばに超過してしまった。法然義と平家物語の関係ではまだ発言したいことがあるが、それらは他日にゆずり、とりあえずこれをもって結びとしておきたい。

注

（1）弓削繁「延慶本平家物語第六末「文覚被流事」の周辺」〈岐阜大学国語国文学21号〉

（2）三田全信氏は『法然上人諸伝の研究』四四七頁で「明恵の歿後神子寄をよくする一少女の口をかりて、自著の『摧邪輪』を焼けと托する」話は内容が稚拙なので、四十八巻伝ではもっと「精錬され」た明遍の話にさしかえられたとしている。さらにこのさしかえの事実をもって、九巻伝を四十八巻伝の草稿本と判断する根拠の一つにしている。

（3）高橋貞一氏は『続平家物語諸本の研究』（四四一頁以下）で、九巻伝にみる法然の重衡受戒譚は平家物語の長門本・源平盛衰記・延慶本の記事と近似するが、このうち最古態の長門本の本文を基礎にして書かれたとみる。また、渡辺貞麿氏も『平家物語の思想』（二五六頁・四六六頁）で、九巻伝記事は長門本と盛衰記と両系の本文を取り込んでいるとする。二氏とも延慶本を新態本とみるが、全く逆で、延慶本こそ長門本・盛衰記に先行する本文を有し、しかも両本の祖本になっていると確信している。これについては近く別稿で発表する予定。

（4）国書人名辞典によると、為長は家名を高辻といい、菅諫議とも称した。大学頭菅原長守の男で、元久元年文章博士となり、土御門、順徳、後堀河、四条、後嵯峨まで五代の天皇の師となった。保元三年（一一五八）生、寛元四年（一二四六）没。

（5）「平家物語の仏教史的性格」（「文学」二七巻十二号、一九五九年十二月。

（6）「文学」三〇巻八号、一九六二年八月。

（7）「仏教史学」一〇巻二号。

（8）「国語と国文学」昭三十八年八月号。

（9）「文学」三二巻九号、一九六四年九月。

（10）「文学」三二巻二号、一九六四年二月。

（11）「軍記と語り物」一号、昭三十九年二月。

（12）「文学」三四巻十一号、一九六六年十一月。

（13）上巻は昭和三十八年二月二十五日、下巻は昭和三十八年八月五日、いずれも明治書院刊。

（14）『平家物語評講上』二一頁。

（15）早稲田大学大学院「文学研究科紀要」8号、一九六二年。

（16）「文学」三一巻八号、一九六三年八月。

（17）結城令聞教授頌寿記念『仏教思想史論集』所収。昭和三十九年三月、大蔵出版刊。

（18）『干潟龍祥博士古稀記念論文集』所収。昭和三十九年六月、干潟博士古稀記念会刊。

（19）佐々木八郎博士頌寿記念論文集『軍記物とその周辺』所収。昭和四十四年三月、早稲田大学出版部刊。

(20) 注17の論文。
(21) 『延慶本平家物語論考』第五部「延慶本の軌跡」参照。
(22) 山田昭全「平家物語「卒都婆流」の成立――延慶本作者が宝物集に依って創作した――」〈「文学語学」一六二号、平成十一年三月刊〉
(23) 『成立史的法然上人諸伝の研究』四四七頁。
(24) 注22の論文。
(25) 注16の論文。
(26) 注5の論文。
(27) 注5の論文。
(28) 注7の論文。
(29) 注10の論文。
(30) 注9の論文。
(31) 注15の論文。
(32) 延慶本一末「康頼油黄嶋ニ熊野ヲ祝奉事」の中に「サテハ禅ノ法門コソ教外ノ別伝ト申テ、言語道断ノ妙理ニテ候ヘ」とあるように禅宗のことが出てくる。
(33) 栄花物語巻三十。
(34) 宝物集巻二、「諸法空・諸行無常」の項。

補注 本論文中にあげた福井康順氏の論文はすべて『福井康順著作集第六巻』〈昭和六十三年十二月二十日　法蔵館刊〉に収載されている。参照されたい。

軍記研究と中国文学

増田欣

一　日中比較文学の始動

昭和七年に幸田露伴氏が「支那文学と日本文学との交渉[1]」と題する文章を書いている。その中で、露伴氏は「平安朝末期に至つては、支那と日本との距離は益々遠くなつた」と述べたのち、「保元平治物語や源平盛衰記」が出現する中世になって、「文飾的の一面に於ては古のものよりも支那文気を多く含む」ようになったことを評価しながらも、「一面に於ては写実的の力を増し」、「支那文学とは遠ざかつた訳である」と述べている。「支那文気」、つまり文章を一貫する勢いに中国文的な迫力を看取するのは、和漢混淆体の成立と流行が念頭にあっての発言なのであろう。中国の小説に親しみ江戸の稗史を渉猟した露伴氏だけに、ことに近世文学と中国小説との交渉に関して詳しい記述が見られるのであるが、それでも氏は、文章の末尾で、「日支文学交渉の研究は大に興味のあることでもあるが、又決して容易なことでは無い。部分的に精微な研究が積まれ〳〵て行かぬ限りは統綜概括的な教科書風の説明は今のところ出来兼ねるといふのを真実とする」と断っている。その時から半世紀余りが経過して、昭和五十八年十月に発足した和漢比較文学会が、発足後わずか三年にして刊行を開始した『和漢比較文学叢書』（汲古書院）第一期八巻（昭61・3〜63・6）、第二期十巻（平4・9〜6・8）を公刊した。所載論考は実に二百五十余編に及んでいる。まさに隔世の感があるとはいうものの、露伴氏が嘆いた「統綜概括的な」記述の困難さは依然として、というよりも、いっそう増大しているというべきかもしれない。

昭和十三年四月、『国語と国文学』誌が「日本文学と支那文学」を特輯し、塩谷温氏が「支那文学と国文学との交渉」(2)なる文章を載せている。そこで取り上げられた項目は、

㈠音読と訓読　㈡真名と仮名　㈢唐詩と和歌　㈣唐人伝奇と物語草紙

㈤元明戯曲と能狂言　㈥明清小説と江戸文学

となっている。㈣以下の項目についての記述が詳しく、とくに近世関係の㈥がもっとも詳細である。塩谷氏は大正九年に『晋唐小説』(『国訳漢文大成』文学部12)を出しており、この文章でも、伝奇及び伝奇的素材の受容に視点が据えられていて、中世関係の㈤もその例外ではない。が、軍記物語に関しては全く触れられていない。これは、露伴氏の論と同じく、たとえ文章表現に漢詩文の影響が認められようとも、題材は日本の歴史的事件であるとする観念が優先しているのであろう。挿入された中国故事の翻案とその典拠、あるいは中国の史伝に媒介された人物像の造型や歴史事件の虚化などという問題は、まだ視野に入って来ていない。それが中国文学研究者の一般的な認識であったとは必ずしも言えないが、軍記文学研究としてはまだそういう段階にあったと考えることができよう。この問題はむしろ、軍記は史書にあらずとその史料的価値を否定する史学者の側から、その叙述内容の虚誕性を暴くための例証として指摘されていたのである。(3)

大正十五年十月には、『国語と国文学』が「軍記物語号」を特集しているが、所載二十二編の論文の中に、御橋悳言氏の「平家物語の典拠ありと思はるゝ文につきて」(4)がある。百ページを超える長大な論考で、他の論文を圧倒している。漢籍のみならず国書・仏典に典拠を求めうる語句を『平家物語』の叙述から抜き出していて、その事例は実に二

百九十七項に達しており、後に『平家物語略解』（宝文館、昭4・9刊）の巻末に「平家物語略解索引（典拠及語釈）」として付載されている。明治四十年頃から続けられたという精力的な考証の成果がまとめられているのであるが、氏はこれを単に表現上の文飾にのみ関わる問題とは見ていない。『平家物語』を「我が散文詩中最も大なる産物」と評価し、「一部始終を熟覧するに、各章記載の事実、文章、詞句、熟語等多くは其の拠る所あり。随ひて其の本文を検索し、記述の内容、用語の意義を究めつくさゞれば、何が故に此の物語の文学の上に価値を有するや、国民の性情の此の物語に共鳴を感ずるやは知るべからず」（前記論文）と、その目的を説いている。覆刻版（芸林舎、昭和48・8）には、御橋言《のぶ》氏の「父の思い出」と題する一文が添えられていて、そこには、次のような逸話が記されている。女学校二三年の頃、家の学問が仏教哲学なのになぜ『平家物語』なのかと父悳言氏に質問したところ、「日本思想の内容を研究するための素材として『平家物語』を選んだ。神儒仏その他諸々のいずれも濫觴を異にする日本の思想の諸流は、蒐って、『平家物語』に代表される鎌倉期の大湖に入ると、ここから又分派し、下って後の諸思想へと発展した。だから『平家』を研究すれば、後先が明らかになると思ってこれに取りかかり、学問の対象にしたのであって、文芸的な鑑賞とか批評とかの取組みは、他に人がするさ」という答えであったという。前記論文で説く意義よりも、具体的ではるかに理解しやすい。文学としての軍記の研究を目的とするものではなかったが、『平家物語』の注釈研究の先駆となった記念すべき労作であることはいうまでもない。考証を主とする氏の注釈研究は、言氏によれば、その対象が「むしろ余技のような気安さで」他の軍記物語にも広げられ、その遺稿はやがて御橋悳言遺著刊行会の手で『保元物語注解』（昭55・12）『平治物語注解』（昭56・5）『曽我物語注解』（昭61・3）として刊行（続群書類従完成会）された。その注解が『太平記』にまで及ばなかったのは、すでに慶長十五年頃成立の『太平記鈔』（世雄房日性撰）の如き詳細な考証の実績があったことにもよろうが、作品があまりにも浩瀚であったためのようでもある。氏が後に発表した「太平記の辞句の白氏文集に拠るものに就いて」[5]で、「一応通読してその書名を挙げるにも」と前置きして、国書では『平家物語』以下十種、漢籍では『周易』以下四十一種、仏典では『涅槃経』以下十一種の書名を列挙し、その上で、「精しく読めばなほ多々あらう。これらの諸書に見えるものは僅かな紙面に掲げ尽しがたい」と言い、「今は只白氏文集に拠る辞句のみに就いて述べることにする」と断わって、『白氏文集』に拠る辞句五十二例を掲出するにとどめている。後に軍記物語における『白氏文集』の影響に関する研究が盛行するようになる、その先駆をなした労作である。

二　軍記物語に挿入された中国故事

御橋悳言氏の『平家物語略解』が公刊されて間もなく、前述の新潮社版『日本文学講座』と時期を同じくして、『岩波講座「日本文学」』が刊行されるが、その一冊として昭和七年九月に青木正児氏の「国文学と支那文学」[6]が出る。その「鎌倉室町期」に関する記述では、五山文学、説話文学（今昔物語）と翻案翻訳物（蒙求和歌・唐物語・唐鏡・李娃伝）、軍記物、及び歌謡（宴歌・謡曲・延年舞）を取り上げて中国文学の影響を説いているが、そのうちの軍記物については、「次に注目すべきは此時代に発達した軍記物に往々支那の説話を挿入してゐる事である。それは読者の興を増す為の挿話であるか、筆者の衒学であるかは知らぬが、兎に角筆者も読者も支那の説話を好んだことが窺はれる」として、

『保元物語』（無塩君の事、1条）
『平治物語』（許由・漢楚戦・呉越戦の事、3条）
『平家物語』（一行阿闍梨・褒姒烽火・蘇武・漢高祖医療・咸陽宮の事、5条）
『源平盛衰記』（周の成王臣下・王莽・則天武后・会稽山・一行流罪・幽王褒姒烽火の事など、23条）

『太平記』（韓湘・紀信・呉越軍・項羽自害・漢王陵・驪姫・干将莫耶の事など、24条）

のように、各作品に挿入された中国故事を列挙し、その他『曾我物語』にも凡そ十条の挿話があると付け加えている。そして、それらは「大概人口に膾炙した故事であるが、吾人の之に対する一つの興味は若干支那小説の影響が窺はれる事である」として、とくに次の四作品を取り上げ、それらの影響についてやや詳しく説いている。

①『漢武内伝』（晋葛洪撰）と西王母の伝説（『唐物語』、謡曲「西王母」「東方朔」）

②『燕丹子』（晋裴啓撰）と荊軻の説話（『平家物語』巻五、『源平盛衰記』巻一七、謡曲「咸陽宮」）

③『枕中記』（唐李泌撰）と黄粱夢の説話（『太平記』巻二五、謡曲「邯鄲」）

④『青瑣高議』（宋劉斧撰）と道士韓湘の説話（『太平記』巻一）

青木氏が正統的な経史の書や詩文集よりも、六朝の志怪や唐宋の伝奇などの影響について関心を注いでいる点は、御橋氏の注解とは甚だしく趣を異にするところで、中国文学の専門家の日本文学に対する一つの視角が示唆されていて興味深い。それは、先に見た露伴氏や塩谷氏にも共通するところであったが、さらに早く、狩野直喜氏の所説にも窺われるものである。

大正七年二月、当時京都大学教授であった狩野直喜氏は、国文学会で「太平記に見える支那の故事」と題する講演を行っている。その折の草稿(7)によると、『太平記』の文章は中古の国文とは違って漢文の要素が非常に多く、五経は勿論、『史記』『漢書』『文選』『白氏文集』『和漢朗詠集』等の文句を多く用いており、「余程此の書の作者は博学の人にて、国典や釈典以外支那の文学に精通して居た事が分る」と述べ、さらに中国故事の引用の多いことに触れて、「一段の物語があると、此の物語と類似な事を、支那の故事に求め、或は其の物語と支那故事と何等か関係あれば、物語の了りたる後に、支那の故事に就いて長たらしき談義が始まる」と、その特徴を指摘して、巻一「無礼講事、附玄慧文談事」
巻二「主上臨幸依非実事山門変議事、附紀信事」
巻十「安東入道自害事、附漢王陵事」
巻十二「兵部卿宮薨事、附干将莫耶事」

などの例を挙げている。そして、それは作者の衒学趣味とばかりも言えず、中国の経籍が尊尚されていた時代の風潮と読者の好尚に適っていたのであろうとしている。

狩野氏は、『太平記』所引の中国故事には、次の三類型があるとしている。

(1)直ちに出典の分かるもの　(2)出典不明のもの　(3)話の内容に現存の漢籍と異同があるもの

(1)は例えば『左伝』『史記』『漢書』の類で問題はないが、(2)の場合には典拠の散佚した可能性もあり、(3)には当時存在した書籍と現存のものとが別である場合、あるいは何者かが付け加えた可能性のある場合が考えられる、と述べている。典拠の摂取・受容を考えようとする時に避けることのできない課題がすでに予見されているわけであるが、おそらく、中国文学研究における深い体験にもとづいて、共通する問題性を『太平記』の挿入説話の中に見出だしていたのであろう。そして、この点については、

巻一「昌黎文集の事」　巻四「呉越軍の事」　巻十二「干将莫耶の剣の事」　巻十八「程嬰杵臼か事」
巻十九「嚢砂背水陣の事」　巻二十「諸葛孔明か事」　巻二十五「黄粱夢の事」

の諸説話を例に挙げて、具体的に説明する予定であったらしい。しかし、やや詳しく触れているのは、最初の「昌黎文集の事」つまり韓湘の説話だけで、他の事例についてはごく簡単に触れるか、もしくは草稿に項目を記すにとどまっている。

韓湘の説話について、狩野氏は、これを『酉陽雑俎』『青瑣高議』『仙伝拾遺』（『太平広記』所引）に見える韓湘の故事と比較している。玄恵が談義したという『昌黎文集』で、早く日本にも伝わり旧い和刻もある『五百家注音弁昌黎文集』の詩注には、『酉陽雑俎』も『青瑣高議』もともに引用されているが、『太平記』の作者はその詩注に引かれている『青瑣高議』に拠ったのであろう、というのが狩野氏の推測である。[8] ずっと後年になって筆者[9]は、唐宋の詩話の集大成である南宋の魏慶之撰『詩人玉屑』の巻二十「方外」に「青瑣集」の名で引かれている『青瑣高議』がより直接的な典拠ではないかという考えを出し、柳瀬喜代志氏[10]も同様の見解を発表している。

韓湘説話だけでなく、六朝の志怪や唐宋の伝奇とわが国の説話文学及び軍記文学との関係については、柳瀬氏のここ二十年にわたる継続的な研究があって大いに進み、さらに今後の拡充深化が期待されていたが、平成九年十一月にその不測の訃に遭うこととなったのはまことに残念である。遺された中国古代説話と日中比較文学に関する数々の論文が、平成十一年三月、同僚知友の手で『日中古典文学論考』（汲古書院）の大著にまとめられた。軍記物語における中国説話に関する今後の研究にも、大きな刺激を与えることは疑いない。

三　中国の俗講と軍記物語

中国の古代説話といえば、前述の塩谷、青木、狩野氏ら諸先学の文章では触れられることのなかった敦煌変文に関わる問題がある。日本文学に受容された変文の素材についての考察は、川口久雄氏[11]によって推し進められた。『平家物語』巻二の蘇武・李陵譚と「蘇武李陵執別詞」、『太平記』巻十の王陵の母の説話と「楚滅漢興王陵変」、同書巻四の呉越合戦譚と「伍子胥変文」などの影響に照射が当てられることになった。川口氏の驥尾に付して筆者も、『太平記』巻三十二の虞舜至孝説話と「舜子変」の関係について考察し、同書巻十八の程嬰・杵臼説話と元曲「趙氏孤児」との関係を通して、元曲の素材となった変文の存在を想定した。[12] また、早川光三郎氏によって古活字本『曾我物語』巻五「貞女が事」の「かんはく」説話と「韓朋賦」との関係も指摘されている。[13]

「変文」について小川環樹氏は、「仏教の伝道のために用いられた語り物、一種の唱導文芸のテクストである。これを語って聞かせることは「俗講」とよばれ、（中略）仏教説話の俗語化であった。かくのごとき俗講のテクストが変文である」[14]と説いている。このことは、今ではよく知られている。近藤春雄氏[15]は、俗講僧たちが聴衆の興味を惹くために民間に流行した物語説話を採り入れて講唱（伍子胥変文・王昭君変文・舜子至孝変文・西征記など）するようになった中国の講唱文学の流れを概観して、「叙事詩乃至は叙事詩的なものが民衆を背景に、民衆的色彩の強いものの中に見出され、語りものが寺院を背景に展開し、しかもそれが叙事詩乃至は叙事詩的なものをとり込むことにより大きな成果を収めてゐること」を述べ、「今は暫く中国のそれが日本に影響し（因に長安諸寺の俗講のことは、早く日本にも伝へられ、例へば会昌初年入唐した僧円仁の入唐求法巡礼行記巻三にもその記載がある。）少くも一つのヒント刺戟となって、平家のそれをうんでゐるのではないかといふことを指摘するに止めて筆をおきたいと思ふ」と結んでいる。近藤氏は「我が国平家平曲研究家はぜひとも注目してよいことのやうに思ふ」と注意を促したが、そのことを具体的に追求することは容易なことではない。渥美かをる氏の試論[16]が管見に入るくらいのものである。

渥美氏は、主として前出の小川環樹氏の論説「変文と講史」、那波貞利氏（「中晩唐五代の仏教寺院の俗講の座における変文の演出方法に就いて」『甲南大学文学会論集』2）、金岡照光氏「唐代民間孝子譚の仏教的一断面」（『東洋大学紀要』第十三集）などの考説にもとづきながら、中国の唐五代から北宋時代にかけての俗講、ことに変文体説経の展開とその諸相について述べ、次のように説いている。

このように見てくると、中国の変文体説経は日本の説経界にこそそのままの姿では移入されなかったが、和讃・講式・澄憲説経・平曲・増補系平家物語・太平記などとなって、民衆教化の素材となり、あるいは軍談語りとなって、民衆と共に生きていたことに気付くのである。唱導から軍談語りへの展開は、あたかも中国における変文から講史への分化発展の経過と相似する。

そして、「平曲は琵琶語りという様式をとった長編の唱導芸術である点で変文、講史を総合した性格をもつと言えよう。更に平家物語の増補系と太平記とは、変文から分化した講史の影響を多分に受けている」と総括している。作品研究のレベルで捉えられた「類似」をそのまま「影響」に置き換えているという感は否めないが、二つの文化の間に、多少の時差をおいて併行的に現象する相似性の中に、両者の交渉の影を透かし視るしかないのかもしれない。この課題は本質的に、文学研究や芸能研究の埒を超えた、はるかに広汎な視野に立つことを要請する問題であることを痛感させられる。

四　注釈書の研究と中国故事の伝承世界

前項で見た敦煌変文との関係にしても、類似する説話要素が共有されていることを指摘しうるにとどまり、変文そのものを直接の典拠と認めうるような事例は見出だしがたい。その他の変文以外の故事についても状況は同じで、軍記物語に受容された故事の典拠と認めうる中国の文献についての新しい指摘は乏しい。が、両者の間に介在する日本の文献についての発掘は、この二、三十年の間に飛躍的に進んだ。それに大きな刺激を与え誘発したのは、注釈書研究の展開である。『古今集』『伊勢物語』等の古注釈、また、幼学書と呼ばれる『千字文』『蒙求』『胡曾詠史詩』三注の研究、また、とりわけ『新楽府』『和漢朗詠集』に関する信救や永済の注釈等の研究の進展により、さらにそれら注釈書の集成刊行にともなう普及によって、軍記研究の上にも大きな成果がもたらされたといえる。

この方面を代表するものに、黒田彰氏の一連の論考がある。例えば、『太平記』巻十二に見える驪姫の説話に関連して、「史記に源を発しつつ、さらにそれを展開させた、中世固有の汎驪姫理解の世界というもの」を措定して、これを「仮に〈中世史記〉の世界と呼」び、その世界を窺うことのできる資料の一例として、晋の重耳（文公）と介子推にまつわる「寒食」の本説として驪姫説話を記している諸文献、すなわち醍醐寺本『白氏新楽府略意』巻上「陵園妾」の注、『塵袋』、及び『和漢朗詠集』（春・躑躅）所載の源順の詩句の永済注を挙げ、とくにその永済注が『太平記』や『壒囊鈔』の驪姫説話のより直接的な材料となっていることを詳しく考察している。[17] 氏はこのような、「〈中世史記〉の世界」からの照射によって得られた知見を数々公表して、軍記物語の研究に一つの新しい道を開いた。

もう一つ相似た事例を、『平家物語』に関して取り上げてみたい。『平家物語』（覚一本）における比較的長い挿入説話といえば、巻二「蘇武」の蘇武・李陵の故事、巻五「咸陽宮」の燕丹・荊軻の故事の二話であるが、いずれについてもすでに多くの研究者が論じている。とくに、鬼界が島の流人康頼入道の「卒都婆流」の話に関連して語られている蘇武の話は、三巻本『宝物集』（中巻「愛別離苦ト云ハ」）にも鬼界が島で詠んだ康頼の和歌と胡国に囚われた蘇武の話が併記されているところから、『宝物集』と『平家物語』との先後関係をめぐって、対立した意見が行われて来た。

それらを承けて、今成元昭氏[18]はこの『宝物集』の「愛別離苦」の一段の構成を詳しく分析した上で、「平康頼談と蘇武談との対置を、いつ誰が構想したか」を問題として追求している。『漢書』李広蘇建伝の蘇武談が『平家物語』や『宝物集』三巻本に見られるような話へと変容した、その時期や改変者を考えるために、『漢書』本伝が伝える「旧態蘇武談」とは異なる幾つかの説話要素に着目し、『今昔物語集』『俊秘抄』『宝物集』一巻本、『蒙求和歌』『日蓮遺文』

『保元物語』及び『平家物語』諸本（源平闘諍録・屋代本・延慶本・源平盛衰記）等と比較検討して「新態蘇武談」なるものを捉える。氏の推論によれば、その「新態蘇武談」は、「『宝物集』一巻本以降、古態を留める現存『平家物語』の成立期から多くは遡らない時期」に、「上流知識層ではなく、広範な語り世界と密着した知識層―即ち僧団」によって、『瑚玉集』をその改変の際の根本資料として生成された、ということになる。

最近、山田昭全氏[19]の反論が提出された。氏は、小泉弘氏（『古鈔本宝物集の研究』角川書店、昭和48・3）による『宝物集』伝本研究の成果から、『宝物集』の一巻本から三巻本へ、さらに七巻本への増補改訂は、「すべてを著者康頼自身が行っているという事実が見えてきた」として、「卒都婆流」と「蘇武」の二話は一対のものであるが、「結論から先に言うと、最近になって私は二話一対の発想と卒都婆流という奇譚構想の原拠は宝物集であり、しかも延慶本作者が卒都婆流を創作したのだという確信をもつに至った」と述べ、とくに七巻本が創作の原拠だったと考える、と結論している。今その論証の過程を辿る紙幅のゆとりはないが、氏の関心はもっぱら、『平家物語』の「康頼赦免に至る経緯には付会説が目立ち、とうてい事実譚とは考えられない」もので康頼生還の奇譚はいったい誰によって作りあげられたのかという点に注がれている。それだけに、一方の蘇武生還の奇譚については、ただ「一応中国産の説話にもとづいている」とか、「漢書に発する中国産の故事に拠る」と述べるにとどめている。

中国の故事が我が国のある作品にいかなる経緯で取り込まれたかという問題と、その故事がいかなる構成と表現を具えて作品に定着しているかという問題とは、もちろん関連はあるものの、必ずしも次元を同じくしない。『平家物語』延慶本の蘇武説話の場合、その叙述に際して部分的に源光行の『蒙求和歌』を利用していることが認められるが[20]、その全体的な構成において、『平家物語』の蘇武の説話は、『漢書』の蘇武伝とははなはだ異なるところが多い。話の冒頭、覚一本では「いにしへ漢王胡国を攻られけるに、はじめは李少卿を大将軍にて、三十万騎」（岩波新日本古典文学大系）の勢を差し向けたが、李少卿（陵）は戦い敗れて胡王に生け捕られたので、「次に蘇武を大将軍にて、五十万騎をむけらる」と語り出される。その状況設定からしてすでに『漢書』の叙述を大きく逸脱しているのであるが、延慶本の場合では、冒頭に「昔唐国ニ漢武帝ト申帝マシ〳〵ケリ、王城守護ノ為ニ、数万ノ栴陀羅ヲ被召ータリケルニ、其期スギケルニ」（勉誠社刊）、その「胡国ノ狄」の懇願で三千の宮女の中から王昭君を与えて伴わせたという話が置かれる。徒らに胡国に朽ち果てることを嘆く王昭君を取り返そうと、李陵にわずか千騎の兵を添えて派遣するということになっている。『漢書』によれば、天漢二年（前九九）に弐師将軍李広利は三万騎に将として匈奴の右賢王を天山に撃ち、李陵は歩卒五千人を率いて浚稽山に単于の三万騎と戦って遂に降る（李陵伝）。蘇武が節を持して且鞮侯単于のもとに使いし、匈奴に抑留されるのはその前年のことである（蘇武伝）。また、元帝が呼韓邪単于の懇請で「後宮良家子王嬙字昭君」を賜うのは、竟寧元年（前三三）である（匈奴伝）。ただ、蘇武が匈奴に使いする数年前、すなわち元封中（前一一〇～前一〇五）に武帝が劉細君（江都王建の女）を公主として烏孫王昆莫に嫁がせたという事実があり、公主はその嘆きを「悲愁詩」に詠んでいる（西域伝）。『平家物語』の前記のごとき叙述には、この烏孫公主細君と王昭君を混交させていると思われる節もある。また、老いた昆莫は公主を孫の岑陬に娶せ、公主が死んだ後に漢はまた解憂（楚王戊の孫）を公主として岑陬に娶せた。岑陬の没後、解憂は匈奴の侵略にさらされている烏孫の救援を昭帝（在位前八六～前七四）に上書して請い、前七三年に即位したばかりの宣帝にも上書した。これを承けて帝は漢兵十五万を発して公主と烏孫王を救出しようとした（西域伝）。この公主解憂を救出するための出兵の話と混線している可能性もないとはいえない。『漢書』の所述との類似を求めるならばそうした可能性を指摘することもできようが、一方、王城守護のために召し集められた異域の民に対する「栴陀羅」という呼称は、この冒頭部の原話に関して漢籍以外の出自、あるいは伝承経路を予想させるものがある。それにしても、本稿の冒頭で触れた中国文学者たちはいずれも伝奇・雑劇・小説の世界に造詣ゆたかな碩学であったけれども、このような錯雑した『平家物語』の叙述は、それについて言及する意欲を失わせる底のものと見えたのであろうか、とくに取り立てることはしていない。

黒田彰氏[21]は、この問題をやはり「中世史記の世界」という視点から精査している。氏は『平家物語』覚一本の本文から九箇所の特徴的な記事を選び、諸伝本間の本文異同を見渡し、その特異な要素を記載している多くの文献を渉猟した。その主たる資料は、『和漢朗詠集』の諸注と『古今集』の諸注（弘安十年古今集歌注・古今秘註抄・大江広貞注・顕注密勘抄・古今為家抄）で、これらによって「中世における汎蘇武理解」を捉えている。そのようにして描き出された「中世史記の世界」は、たしかに『平家物語』の蘇武説話ときわめて親密な関係があると見なし得る要素を含んでいる一方で、それをはるかに上回る放埒で猥雑な光景を呈してもいる。その混沌とした伝承の広がりの中から、『平家物語』の蘇武説話が取捨淘汰してその叙述を整えていき、さらに覚一本などの叙述へと刈り込んでいく形成力は何なのかということが『平家物語』の側の問題となろうし、中国文学との関係という視点からいえば、黒田氏が『千字文注』『百詠注』『蒙求抄』『琱玉集』『注好選集』及び『芸文類聚』『初学記』『太平御覧』『類林雑説』等の類書の記載を援用して、「蘇武伝承の展開の引金となったのは、やはり中国の類書であろう」とし、さらには、特異な説話要素が明代の戯曲『蘇武牧羊記』や演義小説『全漢志伝』（蓬左文庫蔵）にも共通して伝承されている事実を指摘した、そのような方向の探求がいっそう推進される必要があると思う。

五　白居易『新楽府』の摂取

『白氏文集』が日本文学に広範な影響を及ぼしていること、とくにその諷諭詩『新楽府』『秦中吟』や、感傷詩『琵琶行』『長恨歌』（及び陳鴻『長恨歌伝』）が賞翫されたことについては、すでによく知られている。神田秀夫氏[22]は、『白氏文集』は鎌倉時代に至ってじっくりと読み返され、「そこには鎌倉時代という古代社会から封建社会への過渡期を生きた人々が、自身の痛切な体験を以て白氏文集を裏附けようとした感動がある」と言ったのは、白居易の本領と評される諷諭詩の摂取の増加に鑑みた発言でもあったろう。その傾向は、斎藤慎一氏[23]の調査の結果にも如実に現れている。氏は、『平家物語』の増補系三本における『白氏文集』摂取状況を調査し、その結果を次のような数字で示している。ただし、表示の形式は私に組み替えて掲げる。

	引用箇所	朗詠集と重複	長恨歌・琵琶行	新楽府	他の諸巻
盛衰記	七二	一八	一〇	三六	八
延慶本	四二	一〇	一一	一七	四
長門本	三八	九	九	一九	一

増補系三本の中でも、ことに『源平盛衰記』に「新楽府」からの引用事例の多いことを指摘し、さらに、それが「断章の文飾のための引用例でなく、何等かの意味で彼我の内容に参入したと考えられるもの」として、「新楽府」の「古塚狐」（盛衰記巻六）・「天可度」（巻七）・「八駿図」（巻七）・「司天台」（巻一六・二一）・「驪山高」（巻一七）・「隋堤柳」（巻七）・「杜陵叟」（巻四三）・「新豊折臂翁」（巻三〇）の八詩から引用された九箇所の事例を挙げて、その諷諭精神の摂取の実際を検討している。

太田次男氏[24]によって、真福寺蔵の信救の著作『新楽府注』と『新楽府略意』が紹介された。柳瀬氏[25]はこれら信救の注釈書について、「『新楽府』の受容史に新しい展開軸を作った」と指摘し、「中世期の『新楽府』理解を支配したばかりか、それは読み方をも方向づけるほどの影響力を持った」と評している。その実状を、岡田三津子氏[26]は『源平盛衰記』に即して検証して、『新楽府注』は、『新楽府』の主題把握の面でも表現の面でも『源平盛衰記』の本文に大きな影響を与えていること、また、『新楽府略意』の注では詩の大意を説明した部分が『源平盛衰記』の本文と関わっていることを明らかにした。

佐伯真一氏[27]は、『平家物語』が『白氏文集』に依拠している箇所を、白詩の作品単位に列挙し、それを「覚一本・延慶本・源平盛衰記・四部合戦状本」の諸本ごとに整理し、さらにその受容態度に関しても、先行の諸説の要点に自説を加えて付言している。ここでも目立つのは「新楽府」からの受容の多さである。延慶本に関しては、横井孝氏[28]に詳細な基礎調査がある。『白氏文集』からの引用として八十七事例を挙げて、その依拠本文が古鈔本に類するか刊本に属するかの検討を加え、さらに慣用表現などで「引用」と見なしがたい事例は「参考事項」として別に掲げている。

白居易自身が「感傷詩」に分類している「長恨歌」であるが、牧野和夫氏[29]は、やはり「諷諭」という観点から、延慶本『平家物語』の独自記事である楊貴妃譚（第三末「大伯昂星事付楊貴妃被失事并役行者事」）を詳しく分析している。ただし氏は、その主な典拠として『長恨歌』ではなくて陳鴻の『長恨歌伝』を選んでいることを重視し、高倉院亡き後の建礼門院を後白河院の後宮に据えようとする動きのあったことを踏まえて、

延慶本『平家物語』は、主に『長恨歌伝』に拠った「付　楊貴妃被失事」を設け、楊貴妃を後白河院の子高倉帝の妃建礼門院に、兄楊国忠を宗盛等に配し、暗示的に玄宗を後白河院に比することによって、養和二年前後の宮廷政治（院政）と『長恨歌伝』に展開する玄宗の御代（天宝ノ末）の宮廷政治とを重ね合わせにして、以て院の政治を痛切に批判したのではなかろうか。

と指摘している。また、第六末「平大納言時忠之事」に「彼時忠卿ト申ハ出羽前司知信ガ孫、兵部権大輔時信子也。故建春門院ノ御妋《せうと》ニテオワセシカバ、高倉ノ上皇ニハ御外戚也。昔陽《ママ》貴妃ガ幸シ時、陽《ママ》国忠ガ栄シガ如シ」とあって、

建春門院を楊貴妃に、その兄時忠を楊国忠に准える記述のあることにも触れ、後白河院の名は挙げられていないが、「建春門院を寵愛した後白河院に、玄宗を擬して暗に批判している」と言及している。『長恨歌』と『長恨歌伝』との関係については、柳瀬氏[30]に両者は「その意向する世界を異にしている」とする説がある。すなわち、『長恨歌』が玄宗と寵妃楊貴妃との愛を叙情的に歌い上げるのに対して、『長恨歌伝』は、『長恨歌』の構成と表現を取捨選択して史書的叙述の方法で再構成して、「君主が美女に惑溺することから起る政治の混乱」を政治道徳の立場から批判したものであるというのである。牧野氏の指摘する、延慶本『平家物語』が後白河院の政道を批判する拠り所として、『長恨歌』ではなくて『長恨歌伝』の方を選んでいるという事実は、そのことと深く関わっていると言えるだろう。

わが国の古代末期以降の内乱を、『長恨歌』及び『長恨歌伝』によって理解した安史の乱の構図に当てはめて、それによって時代の動向を認識し、政治道徳の退廃を批判するのは、例えば『六代勝事記』における承久の変批判に見るように、中世に普遍的な歴史認識の形だったようである。[31]『太平記』の巻一「立后事」、巻三七「楊国忠之事」等においても見られるところであり、これらについても柳瀬喜代志氏[32]に一連の考察がある。また、斎藤慎一氏[33]は、『太平記』の記述の根底には『白氏文集』の諷諭詩と共通する制作態度があることを、巻十三「竜馬進奏の事」における万里小路藤房の諫奏の説話を軸にして『新楽府』「八駿図」「採詩官」「紫毫筆」等との関係によって実証するなど、適切な事例を蒐めて説得性のある論を構築して、『太平記』の文学的特質を明らかにした。

思うに、わが国の古典にはば広い感化を及ぼした漢籍として、『白氏文集』にまさる作品はないであろう。多くの朗詠詩句を提供して人々に親しまれ、文雅な情性と豊かな言語表現をつちかったばかりでなく、人生の哀歓を感得させ、処世の知恵を示唆するなど、感化の質も多様である。なかんずく政道や世相に対する批判精神は、変革期の文学である軍記において、中世の注釈の発展にも媒介されることで、より深刻な影響を与えるに至ったと言うことができる。

注

(1) 幸田露伴「支那文学と日本文学との交渉」(日本文学講座第一巻『日本文学総説』新潮社、昭和7・1)
(2) 塩谷温「支那文学と国文学との交渉」(『国語と国文学』第15巻第4号、特輯「日本文学と支那文学」、昭和13・4)
(3) 例えば、久米邦武「太平記は史学に益なし」(『史学会雑誌』明治24・4〜9)
(4) 御橋悳言「平家物語の典拠ありと思はるゝ文につきて」、『国語と国文学』大正15・10)
(5) 御橋悳言「太平記の辞句の白氏文集に拠るものに就いて」(『歴史と国文学』昭和15・5)
(6) 青木正児「国文学と支那文学」(『岩波講座「日本文学」』昭7・9。『支那文学芸術考』所収、弘文堂書房、昭和17・8)
(7) 狩野直喜「太平記に見える支那の故事」(『支那学論藪』所載、みすず書房、昭和48・4)
(8) 『五百家注音弁昌黎文集』は南宋の慶元(一一九五〜一二〇〇)ごろの書賈、魏仲挙の編。桂五十郎『漢籍解題』(明治38年)によれば、わが国の嘉慶元年(一三八七)に柳宗元文集とともに翻刻されたという。
(9) 増田欣『太平記の比較文学的研究』第二章第一節(角川書店、昭和51・3)。「太平記の韓湘説話」(『広島女学院大学日本文学』3、平成5・7)
(10) 柳瀬喜代志「韓湘子説話の展開」(『中国詩文論叢』11、平成4・10)
(11) 川口久雄「敦煌変文の素材と日本文学—楚滅漢興王陵変・蘇武李陵執別詞とわが戦記文学—」(『金沢大学法文学部論集』文学篇3、昭和30・12)。「伍子胥変文と我が国説話文学」(『国語』昭和32・4)
(12) 増田欣「太平記における呉越説話」(広島大学付属福山高校『中等教育研究紀要』6、昭和35・6)、「盧舜至孝説話の伝承—太平記を中心に—」(『中世文芸』22、昭和47・11)、「太平記における程嬰・杵臼の説話」(『国文学攷』24、昭和35・11)。ともに『太平記の比較文学的研究』(前出)に所収。

（13）早川光三郎「変文に繋がる日本所伝中国説話」（『東京支那学会報』6、昭和35・6）

（14）小川環樹「変文と講史—中国白話小説の形式の起源—」（『日本中国学会報』6、昭和29。『小川環樹著作集』第四巻所収、筑摩書房、平成9・4）

（15）近藤春雄「中国の叙事文学と平家物語」（『平家物語講座』第一巻、創元社、昭和29・2）。因に、承和五年（八三八）に遣唐使に随行して入唐した円仁が武宗の会昌元年（八四〇）正月九日に長安の左街の四処（資聖寺・保寿寺・菩提寺・景公寺）と右街の三処（会昌寺・恵日寺・崇福寺）において、五年間途絶えていた俗講が勅によって開かれたのを目にしている。（円仁『入唐求法巡礼行記』2、足立喜六訳注、塩入良道補注。平凡社、昭和60・2）

（16）渥美かをる『平家物語の基礎的研究』上篇、第一章平曲の発生事情　第一節天台宗の民衆教化（初版、三省堂、昭和37・3、再版、笠間書房、昭和53・7）

（17）黒田彰「驪姫外伝—中世史記の世界から—」（『説林』第34号、昭和61・2。『中世説話の文学史的環境』所収、和泉書院、昭和62・10）

（18）今成元昭「平家物語と宝物集の周辺—蘇武談を中心として—」（『文学』38巻8号、昭和45・8。『平家物語流伝考』所収、風間書房　昭和46・3）

（19）山田昭全「平家物語「卒都婆流」の成立—延慶本作者が宝物集に依って創作した—」（『文学・語学』一六二号、平成11・3）

（20）増田欣「平家物語と源光行の蒙求和歌」（『富山大学教育学部紀要』17、昭和44・3）

（21）黒田彰「蘇武覚書—中世史記の世界から—」（『文学』52巻11号、昭和59・11）。『中世説話の文学史的環境』（前出）所収。

（22）神田秀夫「日本文学と中国文学」（日本比較文学会編『比較文学—日本文学を中心として—』所載、矢島書房、昭和28・10）

（23）斎藤慎一「源平盛衰記の一性格—白氏文集新楽府の摂取をめぐって—」（峯村文人先生退官記念論集『和歌と中世文学』東京教育大学中世文学談話会、昭和52・3）

(24) 太田次男「釈信救とその著作について―附・新楽府略意二種の翻印―」(『斯道文庫論集』五輯、昭和41・3)、「真福寺蔵新楽府注と鎌倉時代の文集受容について」(『斯道文庫論集』七輯、昭和43・3)

(25) 柳瀬喜代志「『新楽府』受容の新傾向と「立后之事」(『太平記』巻第一)―「白楽天ガ書タリシモ理也」の周辺―」(白居易研究講座4『日本における受容(散文篇)』、勉誠社、平成6・5)

(26) 岡田三津子「『源平盛衰記』と新楽府注釈」(和漢比較文学叢書15『軍記と漢文学』汲古書院、平成5・4)

(27) 佐伯真一「白氏文集と平家物語」(『白居易研究講座』4、前出)

(28) 横井孝「延慶本平家物語における白氏文集の引用に関する覚書(上)(下)」(『静岡大学教育学部研究報告』44・45、平成6・3、同7・3)

(29) 牧野和夫「延慶本『平家物語』の一考察―「諷諭」をめぐって―」(『軍記と語り物』16、昭和55・3)

(30) 注(25)に同じ。

(31) 「長恨歌絵」を帝王の「慎二政教之得失一」鑑誡の画巻とする意見は、信西入道の平治元年十一月十五日記の「一紙之反古」(『玉葉』建久二年十月五日条所載)に既に見える。池田利夫『日中比較文学の基礎研究』(笠間書院、昭和49・1)参照。

(32) 柳瀬喜代志「『長恨歌』『長恨歌伝』と「楊国忠之事」―『太平記』作者の嚢中の漢籍考―」(早稲田大学教育学部『学術研究』39・40、平成2・12、同3・12)。注(9)(24)(28)とともに『日中古典文学論考』所収、汲古書院、平成11・3)

(33) 斎藤慎一「太平記における白氏文集の摂取」(『言語と文芸』昭和35・1)

海外における日本軍記研究の現状

福田秀一

一　はじめに

表題の中で「海外」と「現状」とについて、初めに断っておきたい。「海外」は日本の場合「諸外国」と同義語であるから、欧米のみならずアジア・アフリカ・オセアニアの諸国・諸地域をも見渡さねばならぬわけであるが、筆者の知見はほとんど欧米諸国に限られ、近隣の中国・韓国にさえ目が及んでいない。その欧米における研究状況についても、果して「現状」と言えるような最近の情勢まで把握できているかと言うと、甚だ心もとない。例えばハーヴァードやコロンビア大学の研究所や図書館、ヨーロッパならベルリンやパリの国立図書館あたりを平素利用していれば、英独仏語圏の新刊書を手にすることも容易かと思うが、筆者が以下に挙げるような論著の刊行を知りそれらを入手・閲覧するルートはかなり限られていて、この約三十年間、雑誌類は主に勤務先の国文学研究資料館や国際基督教大学で、単行書は稀に著訳者から贈呈を受ける場合もあるが、大抵は丸善やドイツ語、フランス語、イタリア・スペイン・ポルトガル語、ロシア語その他の各図書を輸入販売するいくつかの書店から届く目録で、あるいはそれらの書店に時折足を運んで新刊を知り、個人で購入するという程度であるから、その網はかなり小さいと言わざるを得ない。ただそれでも、筆者の知る以外の国・地域では、日本語とその教育や日本文化に関する研究・啓蒙書は出ていても、日本文学それも日本古典文学についての研究はあまり出ていないであろうとは言える。

そこで今回は、「現状」の語をやや広く解して、筆者の目と手に入ったものの中から、主として戦後も落ち着いた一九五〇年（昭和二五年）以後（その辺から見ないと、全部の軍記物語を拾えない）の状況を報告して責めをふさぐことにする。ところで、課題の中の「研究」という語についても、若干の弁明が要る。第一に事典の解説や文学史の記述は、それ自体は研究とは言いがたいが研究の成果や水準を見得るものであり、また今後の研究の指針となる面もあるので、本稿でも次節で一応の顧慮を払っておく。

もう一つは、筆者の知る限り海外（欧米）では、日本で言うならば古くは例えば五十嵐力・後藤丹治、その後で言えば佐々木八郎・冨倉徳次郎、近年の山下宏明らの著書のような、軍記物語を全般的に取り上げた著作は文学研究としてはまだ無く[1]、ましてこうした講座のようなものは無くて、あるのはほとんどが個々の作品についてで、しかもその翻訳だということである。

その翻訳にも、博士論文のような学界向けのものと一般読書界向けのものとあるが、どちらにしても通例解説・解題（英語で言えばIntroduction, そこにこのジャンルについての概説があることも多い）が付されており、その内容は訳者の研究の成果を、対象とする読者向きに説いたものであるし、何よりも翻訳は原作に対する訳者の学識を反映しているので、本稿でも「研究」の一段階として取り上げる。

二　全般的解説

そこで先ず、*Kodansha Encyclopedia of Japan*（英文日本百科大事典）[2]の索引で「Gunki monogatari 軍記物語」を検

索してみると、項目中の記述としては次の箇所がある。項目（大きな項目ではその区分）ごとに、和文または英文の文献が示されている。

Chinese literature and Japanese literature の“Kamakura and Muromachi Periods”（今村ヨシオ執筆）――「戦闘や復讐を語る武士の物語」とし、「平家物語」「太平記」「源平盛衰記」（～SEISUIKI と書く。以下の各項でも同じ）「曽我物語」の名と「和漢混淆文」の術語、中国故事伝説からと能その他の文学への影響、などを説く。

dicipline of Japanese history: a guide to research（注、日本史研究法の意）の“History as Story”（尾藤正英執筆）――歴史叙述の一形式として「将門記」「陸奥話記」「平家物語」の名を挙げ、「平家」に顕著な無常観を一つの歴史観とする。

literature の中の Heian literature（Edwin A. Cranston 執筆）――“The Record of Masakado”に「将門記」と「軍記物語」の語、“Prose Literature 1150－1200”に「軍記物語」のジャンル名を記すのみ。

同じく medieval literature（Douglas E. Mills 執筆）の“Hōjōki and Heike Monogatari”――中世の主要作品の一つとして「平家物語」の名と「～塵に同じ」までの冒頭をサドラー訳（後文参照）によって引用し、「保元物語」「平治物語」の名をも挙げる。

同じ項目下の“War Chronicles and Tales of Heroes（注、戦記と英雄物語の意）”――「保元物語」「平治物語」「平家物語」「源平盛衰記」「太平記」の内容を略説し、「平家」については「琵琶法師」にもふれる。更に「曽我物語」の名を出してそれと「神道集」「吾妻鏡」「瞽女」との関係、「平家」と「琵琶法師」、「太平記」と「物語僧」、また「絵解き」と「熊野比丘尼《クマノ・ナンズ》」、「座頭」そして「義経」と「浄瑠璃姫物語あるいは浄瑠璃十二段草子」といった作品名や術語が見える。

monogatari（Phillip T. Harries 執筆）の "Gunki Monogatari (Military Tales)" ——「保元物語」「平治物語」「平家物語」「源平盛衰記」「太平記」の名を挙げて短く説く。

kōdan（ナガイヒロオ執筆）——室町時代を通じて将軍や大名が「御伽衆」に語らせた話の多くは、素材を「軍記物語」に仰いでいると説く。

この他に「明徳記」が「殉死」、「陸奥話記」が Early Nine Years' War（前九年の役）の項に見えるが、単独で立項されているのは、次の八個（七作品と一事項）である。

Shōmonki（Giuliana Stramigioli 執筆）　小項目

Hōgen monogatari（Douglas E. Mills 執筆）　中項目

Heiji monogatari（同右）　同右

Heike monogatari（同右）　大項目

heikyoku（David B. Waterhouse 執筆）　中項目

Taiheiki（William R. Wilson 執筆）　中項目

Gikeiki（Susan Matisoff 執筆）　中項目

Soga monogatari（Douglas E. Mills 執筆）　やや小項目

以上によって、軍記物語についての知識・情報の欧米における普及・浸透の大概は知られるであろう。

次に、『日本文学選集』の類ではどのように取り上げられているかを見る。少し古いが今でも欧米で広く利用されているキーンの選集（*Anthology of Japanese Literature*, 1955）は、このジャンルとしては "Kamakura Period" に「平家」

（サドラーの訳による）の「敦盛最期」「壇浦合戦」（抄略）「女院御出家」「女院大原入」「大原御幸」「女院御往生」の六章を採り、初めに一頁弱の解説を冠するだけである。

これに対して近年のヘレン・マッカラ Helen Craig McCullough の大冊 *Classical Japanese Prose—An Anthology* (Stanford University Press, 1990) は、かつて自身の英訳した「太平記」第一部から「中宮御歎事」（巻四—三）、「先帝遷幸事」（巻四—六）、「備後三郎高徳事」（巻四—七、「呉越軍事」の部分省略）、「相模入道弄田楽并闘犬事」（巻五—四）、「六波羅攻事」（巻九—六）、「長崎高重最期合戦事」（巻十—一四）、「高時并一門以下於東勝寺自害事」（巻十—一五）と、比較的多くの章（訳文合計二〇頁）を採っているのが注意される。「平家物語」は別に *Genji & Heike*（後述）を編んだので、採らなかったのであろう。

この章の最後に、欧米で読まれている日本文学史について一言する。近年の業績で最も注目すべきはキーンの詳しい著作で、古代・中世の部分は *Seeds in the Heart—Japanese Literature from Earliest Times to the Late Sixteenth Century, A History of Japanese Literature*, Volume I (1993) と題する大冊として出た。この書は『日本文学の歴史 古代・中世篇 1〜6』（毎日新聞社・一九九四〜九五）として邦訳が出ているので、紹介は簡略に止める。

全二九章の中で軍記物語を取り上げたのは「中世 The Middle Ages」の二章、冒頭の「一六 軍記物語 Tales of Warfare」と「二三 中世軍記物語 Medieval War Tales」とである。一六章では、先ず前史を「戦記物」として、「将門記」「純友追討記」「陸奥話記」を解説しあるいは名のみ挙げた後、「軍記物語」として「保元物語」「平治物語」「平家物語」の三作品についてかなり詳しく解説し、「琵琶法師」によって語られたことにもふれている。

二三章は初めに「敗北の惨めさを悲劇的に描き出した中世の軍記物語」の見出しを立てて「『平家物語』の影響下に

書かれ」「十三世紀から十五世紀初頭にかけて成立した作品」を「年代記」と「歴史的ロマン」との「二種類に分け」、前者では「承久記」「太平記」「明徳記」[3]の三作品、後者では「曽我物語」「義経記」「増鏡」の三作を、それぞれ相当(一六章で解説したものとほぼ同等)の頁数を与えて説いている。特に「承久記」や「明徳記」の感動的場面や人物像を、前者では流布本のみならず慈光寺本をも参照し、後者では能「小林」への影響をも指摘して紹介したような著者の視野の広さと独創的で柔軟な文学性への評価は注意される。なお本書は各章末に「Bibliography 参考文献」を挙げているが、そこにはほぼ岩波古典大系(旧版)以降一九八九年頃までの注解本文と主要研究書が、時には紀要に出た翻刻までも列挙されており、その博捜が知られる。

また近年のゴレグリャード(ロシア)の『八―一六世紀日本文学史』(一九九七)は「鎌倉時代」に「軍記物語」の章を立てて「保元」から「義経記」までをかなり詳しく説く。

加藤周一・小西甚一両氏の文学史は欧米でも訳されて(特に加藤氏のは独仏伊その他にも)読まれ利用されているが、「海外の」研究ではないから、ここでは取り上げない。

三　各作品の翻訳と研究

さて、個々の作品の翻訳と研究の紹介に入る。作品ごとには、刊行順に示すのも一案だが、読者の便宜を考えて最初に英訳を、その後に他の言語のものもあれば挙げるということにしたい。敬称の有無は文の勢いによる。また英文の誌名は、*HJAS*＝*Harvard Journal of Asiatic Studies*, *MN*＝*Monumenta Nipponica*, *TASJ*＝*Transactions of the Asiatic Society of Japan* と略記する。

1　将門記・陸奥話記、付今昔物語集巻二十五

先ず「将門記」には、二つの英訳がある。一つはジュディス・ラビノヴィッチ Judith N. Rabinovitch のもので、*SHŌMONKI—The Story of Masakaso's Rebellion*（A Monumenta Nipponica Monograph, Sophia University＝上智学院，1996）である。

変態漢文を学ぶ意図で取組み出して、一九七九～八〇年には東京で早大の梶原正昭氏に指導を受け、氏の『将門記』（東洋文庫、二冊）や林陸朗氏の『将門記』（新撰日本古典文庫）およびそれに竹内理三氏の「将門記」（日本思想大系『古代政治社会思想』所収）といった校注書や峰岸明氏の助力などによって成ったが、次に述べるストラミジョリー女史の英訳があることは脱稿後に知ったという（以上、序文）。

内容は、序文・解題の後、第一章　史的分析、第二章　諸本、成立、作者、第三章　用語、文体、文学伝統の三章に亘る研究と訳文、そして系図・年表・文献目録および索引ならびに折込地図二図一葉から成る。

解題は将門伝説と神田明神の由来、将門の乱の史的背景と唯一の詳細な一次史料としての「将門記」の性格を説き、第一～三章はそれぞれ標題のような内容計六〇頁。本文批判や史実・官職名その他に関する脚注には必要に応じて漢字や原文も挙げ、専門的な研究である。

右にふれたストラミジョリー Giuliana Stramigioli 女史の英訳とは、当時在任していたローマ大学文学部の東洋研究紀要に発表したもので、

"MASAKADOKI" (*Rivista degli Studi Orientali*＝*Journal of the Oriental Studies*, Scuola Orientale—Facoltà di Lettere e Filosofia, Università di Roma, Vol. LIII, Fasc. I〜II, 1979)

と題し、「将門記」の最初の西洋語（今は英語）訳。訳者はこれに先立って"Preliminary Notes on *Masakadoki* and the Taira no Masakado Story" (*MN* XXVIII No. 3, 1973) を書いている。

永積安明・石井進両氏の援助と矢代和夫・梶原正昭両氏の助力・激励によって成ったという本訳は、現存二本（真福寺本・楊守敬本）を基に、必要に応じて林陸朗・梶原正昭各氏の校注（前出）を参照して全体を、源氏や同族平氏を襲った将門の勝利、将門同族に敗れ後勝つ、将門貞盛に遭遇しその仲介を受ける、将門関東を占拠し新皇と号す、将門の忠平宛書状、将門の権力観と和歌、将門の敗死と後日談・影響、将門の霊の消息、の八章に分け、平易な英語に訳したもの。原文の香りを残すとともに、必要な語句は文中に補って読みやすくしたと「まえがき」(Introduction) に言う。注解の補説や固有名詞・官職名等を脚注に手書きの漢字で示すなど、高度に学術的な作業である。

「陸奥話記」には、H・マッカラ（前出）の雑誌に載った訳注

"A Tale of Mutsu" (*HJAS*, Vol. 25, 1965)

がある。内閣文庫本によって校訂したという新校群書類従本を底本とした由で、固有名詞や術語（例えば「浮囚」）には漢字を挿入し、全体に詳しい注を付した、高度に学術的な翻訳である。冒頭の解説（Introduction）では、史的背景や軍記物語の略説、本作の特質（「平家」などとの対比）を要領よく説く。

ついでに、「今昔物語」の武士譚については、W・ウィルソン（前出）の労作

"The Way of the Bow and Arrow（注、「弓矢の道」の意）. The Japanese Warrior in *Konjaku Monogatari*" (*MN*,

Vol. XXVIII No. 2, 1973）があある。平安時代の武士の倫理的歴史的特質やここに取り上げる説話のジャンル的位置などを説き、軍記物の成立・流伝に西洋中世の Gesta Romanorum（ローマ武勲物語）をも対比した長い緒言の後に、「今昔」の巻二十五の全文と巻二十三第十四話との英訳を示したもの。人名・地名・官職等についての脚注には漢字も記す。

2　保元・平治物語

「保元物語」には、古くケロッグ Edward R. Kellogg の僅か九〇余頁の抄訳（*TASJ* Vol. XLV Part 1, 1917）があるが、先年ウィルソン William R. Wilson の完訳が出た。（追記二参照）

HŌGEN MONOGATARI—Tale of the Disorder in Hōgen（A MN Monograph, Sophia University, 1971）

「保元物語」流布本の英訳と考察（Essay on the Tale of the Disorder in Hōgen）に付録七章（後述）と文献目録（英・仏文のと和文のとに分ける）・索引（主として本文の登場人物）を添えたもの。流布本を採った理由は序文 Preface に明記されており、文学性が高いとされている金刀比羅本よりも中国史書の方法に叶った流布本が長く一般の好尚にも合って流布してきたばかりでなく、サンソム（*A History of Japan to 1334*）やライシャワー（*Translations from Early Japanese Literature*,(4) その「平治物語」）もそれを採っていることを力説している。そして、吉村重徳の『保元物語新釈』を底本にしたと記している。

続いて序文では、翻訳のむずかしさや人物を官職名で表している原文をそのように訳したこと、またそれまでの軍記物語の英訳状況について述べる。

本文は詳しい脚注を付した学術的な訳。その後に、保元の乱に至る歴史的経緯の略述や為朝のような英雄像の成立と展開、軍記物の文学史的位置と展開、「保元物語」諸本（半井本・杉原本・金刀比羅本・流布本）の相互関係の推測（複数案）などを説く。

付録は、A「愚管抄」抄出（中島『愚管抄評釈』より一三九、二七三、三〇七、三八〇の各頁）、B「保暦間記」抄出（群書類従本から二箇所）、C「撰集抄」抄出（佐佐木他『西行全集』から一箇所）、D「平井本保元（物語）」抄出（未刊国文資料本一〇二頁）、E「金刀比羅本保元（物語）」抄出（古典大系本の最後の章）、F「源平盛衰記」抄出（池辺義象「校註国文叢書」本より）の七章。

「平治物語」の英訳は近年は無く、かなり古くライシャワー Edwin O. Reischauer とヤマギワ Joseph K. Yamagiwa の共編 *Translations from Early Japanese Literature*（注4参照）に "The *Heiji Monogatari*" としてライシャワーが、『参考保元平治物語』に採られた諸本や校註日本文学大系・岩波文庫その他を参照して、巻上のほとんど（「唐僧来朝の事」「叡山物語の事」の二章は梗概のみ）と巻中の冒頭「待賢門の軍附信頼落つる事」を訳出し、省略部分は梗概を示している。その訳は、本文にも脚注にも、固有名詞や術語に適宜漢字を示し、補足しないと解りにくい語句（官職名で記されている人物の実名など）を角括弧で示すなど学術的である一面、きわめて格調高い英語で、かつて五十嵐力が称揚した光頼と別当惟方との緊迫した問答（光頼卿参内の事）も逐語訳がそのまま名訳になっている。

また冒頭には、戦前のレベルではあるが、戦記物語もしくは軍記物語（war tales or military novels と言い換え、後者を定訳としている）の発生・展開や日本での研究状況を述べ、更に本作の要点と読解に必要な有職故実の知識などを説いた解説（Introduction）を置き、末尾には絵巻詞書の英訳を付す。

「保元」「平治」両物語には、シフェール René Siffert の仏訳（一冊）

LE DIT DE HŌGEN/LE DIT DE HEIJI—le Cycle épique des Taïra et des Minamoto（POF＝Publication orientalistes de France, 1971)

もある。先年来シフェールが公刊を続けている *Les oeuvres capitales de la littérature japonaise*（日本文学主要作品シリーズ）の一で、一般向。

書名の dit は、仏和辞書の一つに「《古》（韻文の）物語」とある。「物語」に当る最も普通のフランス語は histoire だが、「歴史」の意もあるし、dit の方に古典的・文学的な響きがあるので採用したのであろうか。シフェールは「平家物語」（後掲）や「源氏物語」にもこの語を用いている。

冒頭に「源平叙事詩の時代」と題して一頁で、十二世紀後半の叙事作品である「保元」「平治」「平家」の三部作を（フランス読書界に）提供し、続いて「義経記」「曽我物語」に及ぶ計画を述べる。次いで一五頁に亙る解説「保元平治物語」を置き、摂関時代以来の両氏の勃興、院政期の宮廷と貴族界、保元・平治の乱の概略、そして両作品の題材や描写の特質を、節を分け諸本間の成長や琵琶語りにもふれて説き、最初の成立は「平家」に先立つであろうが両者は影響し合って成り、一三世紀前半、いや一二世紀後半には存在したと考えられると述べる。

そして今回の翻訳は金刀比羅本を底本にした古典大系本により、できるだけ忠実に、特にいくさ語りの部分は原文のリズムを保つよう心がけ、退屈になるリスクも避けなかったが、人物の官職を毎度残すのは苦痛かつ気障なので、しばしば実名に変えたと言っている。

訳文は一般向というこのシリーズの性格から注を一切省いて、例えば「三条大路」を la Troisième Avenue、「午の刻」を l'heure du Cheval と訳してすませているが、歴史的・文化的背景を知らない読者にどの程度原作の状況が伝わるか、不安でもある。和歌は、ややゆったりとイタリックで五行に、なるべく各行の音節数を五—七—五—七—七となるように訳している。

なおこの両物語には、「将門記」と同じ紀要にストラミジョリー女史の伊訳もある。"Hōgen Monogatari"（Vol. XLI〜XLII-1・2, 1966〜67）と"Heiji Monogatari"（Vol. XLIX〜LI, 1975・77）で、金刀比羅本に依り、詳しい脚注を付したもの。

また「保元」（散佚）「平治」各物語絵巻の考察 Penelope E. Mason: *A RECONSTRUCTION OF THE HŌGEN-HEIJI MONOGATARI EMAKI*（ニューヨーク大学美術学科一九七〇年博士論文、Garland Pub. Inc. 1977）もある。

3　平家物語

「平家物語」は、今世紀初めにサドラー A. L. Sadler の英訳（*The Heike Monogatari, TASJ* Vol. XLVI Part 2, 1918; Vol. XLIX Part 1, 1921 に分載、内海弘蔵『評釈』などに依り剣巻を付す。後昭和二六年に君和田書店より二冊本として単行、方丈記の訳に抄出を付した一九二八刊本はペーパーバックで今も市販）や「祇王」を一般向にリライトした薄冊（*THE STORY OF GIO—From the Heike Monogatari*, Japan Society, N. Y. 1935）がある（更に古くは一八七一年にフランス語で短い抄訳がある）[5]が、近年英・仏・露・チェコ語の各全訳が出た。ただそれに先立って、バトラー　Kenneth D. Butler の二論文がある。

"The Textual Evolution of the *Heike Monogatari*"（*HJAS* 26, 1966）

"The *Heike Monogatari* and the Japanese Warrior Ethic"（同 29, 1969）

で、念のために各表題を和訳すれば、「平家物語諸本の展開」「平家物語と日本の武士道」、当時の日本の学界の水準をよく理解し紹介している。（追記一参照）

近年の英訳と言ったのは、H・マッカラの

THE TALE OF THE HEIKE（Stanford University Press, 1988）

である。覚一本「平家」の全訳で、「まえがき Preface」によれば古典大系本を底本とした——微疵だが同本を Ryutani Daigaku Version と呼んでいる——が、龍大本が本来欠く巻十の「高野御幸」は訳出してない（北川・ツチダ両氏の訳〈後述〉を見よとある）。すなわち底本が元来「祇王」と「小宰相」も欠くことを見落している。

そうした瑕疵はあるが、一一頁に亙る解説（Introduction）は、武士階級の起こりから保元平治の乱と源平両氏の勃興、平氏政権の成立から崩壊までの過程（物語の主要内容を追う）、更に成立と諸本——平曲の特性や旋律にふれ、また一元的成立とする——、後代芸能・文学への影響などを要領よく説いている。

そして主要人物説明と章題も出した目次とを置いて本文に入るが、その冒頭を見ると、次に言う北川氏らのより流麗かつ簡潔である。Gion Shoja や sara flowers には何の注マークも付していない。巻末の Glossary に挙げてやや詳しく注してあるので、知りたければそれを見ればよいのであるが、察しのよい読者には訳文だけでも「諸行無常」や「盛者必衰」の観念は伝わると思われる。

短歌の各句をその音節に合わせて五行に記すことはこの本も採っており、例えば初出の忠盛の歌もそのようにして十分正確に訳した上、脚注を付して

The poem puns on *akashi*（“bright”; place-name）and *yoru*（“come in”, “approach”; “night”）.

と説明している（最後の“come in”は無くてもよいが）。

本文が七五調のリズミカルな部分に簡潔な文体を用いた例は「祇王」の「かくて春過ぎ夏たけぬ〜」の条や「小督」

の「亀山のあたり近く〜峰の嵐か松風か〜」の部分にも見られ、訳文は歯切れがよい。歯切れのよい文体は合戦描写ではもちろんで、例えば「橋合戦」の浄妙房の奮戦の条なども、名乗りも描写も朗誦するに足る英文である。

なお巻末に「参考資料」として、地図（諸国、七道、ほぼ畿内の三図）、付録A＝関連知識（時刻、年号、歴代天皇、皇室・源平両氏系図、保元・平治の乱の略説）、同B＝年表、同C＝文学としての「平家」（論攷）、および前述の語彙を付す。

なお右にふれたように、これに先立って北川弘氏（当時同志社大学）の

THE TALE OF THE HEIKE—Heike Monogatari, 2 vols.（University of Tokyo Press＝東大出版会, 1975）

がある（巻六までは在米のツチダ氏に添削を乞うた由）が、海外向けではあっても海外の研究とは言えないから、詳細は省く。

H・マッカラはこの後、

GENJI & HEIKE—Selections from The Tale of Genji and The Tale of the Heike（1994）

を出した。学生・一般のために両作品を抄出したもので、「平家」に関しては全一三巻から数章ずつを採っているが、「祇園精舎」のごときは初めの二文（「〜塵に同じ」まで）だけという、思い切った選択である。

仏訳はこれもシフェールので、

LE DIT DES HEIKÉ—Le cycle des Taïra et des Minamoto（POF, 1976）

である。冒頭の二八頁に亙る解説で、「保元」「平治」以来の軍記物語史と「平家」の内容の概略、平曲（流伝はホメロスに似ると言う）、後代（吉川英治まで）への影響、諸本などを要領よく説き、翻訳に当っては現在最も流布している古典

大系本と日本古典文学全集本、中でも前者に依拠したと断っている。

全体の目次は無く、各巻の扉裏に章題の訳が掲げられていて（これは「保元平治」も同じ）、本文には原文の調子をある程度生かそうとした跡が見られる。例えば「祇園精舎」の最初の二文は詩のような語順にしており、「祇王」の「かくて春過ぎ～」も同様、逆に「橋合戦」「宇治川」などは歯切れのよい仏文になっている。和歌は音節数を保とうとし、引歌・懸詞の訳にも工夫が見られるが、固有名詞にも官職その他の術語や史的背景にも一切注を付さず、ローマ字とするか直訳する（例えば俊成を指す「三位卿」を Sire du Troisième Rang とする）かだけの訳文に、年表・地図・系図といった付録も無い翻訳が、一般の読者にどの程度理解・鑑賞されるか、やや疑問である。

露訳は先年他界したリヴォヴァ Ilena L'vova（印刷と読者の便宜のためロシア語は解りやすくローマ字に直して〈必ずしも普通の翻字法を採らない〉記す）女史の手になるもので、

POVEST' O DOME TAIRA（Hudojestvennaya literatura＝文芸[社], 1982）

と題する。直訳すれば *Story about [the] House Taira* で、先ず Povest'（ポーヴェスチ）は現代では物語小説の中編を言うが、古語では（何かにまつわる）物語の意もあるので、それを採ったのであろう。一方 dom（ドーム、dome はその格変化）は普通には建物としての家屋やビルを言うが、ロマノフ家のような王家のときには使うので、ここはその用法であろう。いずれにしても、読者に古風な感じを抱かせるための工夫と考えられる。

訳者の「イリーナ・リボワが心血を注いで書いた」（『今日のソ連邦』一九八三・一二）という「緒言」は、「徒然草」第二二六段の記事から説き起してその成立や院政期前後の状況、武士（サムライ）階級の勃興や仏教その他の思想的基盤とその登場人物（例えば熊谷）への投影などを、一二頁に互って詳述し、和文・露文の文献を脚注に挙げている。

本文は古典大系本により、佐々木八郎『平家物語［評講］』を参照したと言う。また、韻文の部分は弟子のドーリン Alexander Dolin の訳になると、奥付にある。その韻文と言うのは、挿入された和歌・今様・漢詩句ばかりでなく、「祇園精舎」の「～風の前の塵に同じ」や「祇王」の「かくて春過ぎ～比なれや」の部分なども含み、それらは一段小さい活字で、ある程度リズミカルに訳してある（このこと自体は、サドラー以来よく行われる）。また短歌は五行詩として、第一・三行はやや短めにしているが、各句の音節数を守っているわけではない。そして詩歌翻訳の常として、内容の過不足は避けがたいが、情報の付加の方が多い。

リヴォヴァ女史の訳した散文の部分はむしろ引きしまった文体で、恐らくこの作品にふさわしいと思われる。末尾には、固有名詞や故事成句・術語などに関する詳しい注、皇室と源平両氏の略系図（主要人物には生没年を西暦で示す）、主要天皇の生没と在位年、主要年号一覧、目次を付す。

チェコ語訳はフィアラ Karel Fiala の

PŘÍBĚH RODU TAIRA（Mladá Fronta＝Young Front, 1993）

で、題名は *Story of [the] Taira Clan* の意。底本は古典大系本か。年号・史実の西暦年代は脚注に、その他の注は各巻末に記し、巻頭に林原美術館の絵巻の抄出をカラー版で載せ、翻訳法の一端を新編日本古典文学全集本（上）の月報に述べている。

この他に、清盛の実像・虚像や祇王・静ら女性の中世芸能における展開を論じた Barbara Louis Ann の博士論文（インディアナ大、一九八四）*MEDIEVAL FICTION AND HISTORY IN THE HEIKE MONOGATARI STORY TRADITION* や、国内での発表だが「語り」における異文の発生を体験から論じた Eric Rutledge: "ORALITY AND TEXTUAL VARIATION IN THE *HEIKE MONOGATARI*—Part One: The Phrase and its Formulaic Nature"（上

参郷祐康編『平家琵琶――語りと音楽――』、ひつじ書房・一九九三）もある。

4　承久記と太平記

「承久記」は、MNに分載したウィリアム・マッカラ（ヘレンの夫君）の英訳がある。

"Shōkyūki: An Account of the Shōkyū War of 1221"（*MN* Vol. XIX No. 1–2, 3–4, 1964）

で、Account は「記事」の意。冒頭の「解説 Introduction」で本作の文学史的位置と内容の要点および諸本につき略説した後、翻訳は慈光寺本の写真を基として国史叢書本を参照したと言う。

本文は、厄介な仏教語も略さず、全体を忠実に訳出することを心がけ、年号や天皇の在位年代の西暦などは訳文中に角括弧で補い、固有名詞・成句・術語の説明、更には「吾妻鏡」などから知られる史実との対比などの脚注も豊富。

なお訳者には、その後に

"The *Azuma kagami* account of the Shōkyū War"（*MN* Vol. XXIII No. 1–2, 1968）

がある。「吾妻鏡」承久三年五月九日～閏十月廿九日の該当記事を英訳して詳しい脚注を施したもの。

「太平記」は、第一部（巻一～十二）をH・マッカラが英訳した。

THE TAIHEIKI—A Chronicle of Medieaval Japan（Columbia University Press, 1959, 1976 Green Wood より再刊、1979 Tuttle paperback edition）

古典大系も朝日古典や角川文庫（それぞれ第一冊・第二冊で打ち切り）も無かった時期で、新釈日本文学叢書本を底本とし、必要に応じて西源院本・神田本や「参考太平記」に挙げる諸本で校訂し、現代の注解として石田吉貞（キチサダと誤読）氏の『太平記新釈』（抄釈）と永積安明氏の日本古典読本（同前）とを参照したという。

四九頁に及ぶ解説は、軍記物語というジャンルとその主要作品、「太平記」の特質・作者ならびに史的価値、南北朝期までの社会体制や思想史的背景の概説と武士像の変遷、そして両統迭立以降の宮廷史と本作第一部の概略を説き、当時の時刻制度と作中に見える年号の一覧とを付しているが、その重要な点は市古貞次氏（『国語と国文学』昭三五・四）も紹介している。

訳文（後代の付加とされる序は省く）は、あの漢文脈も濃い原文をよく理解した跡が見え、例えば巻一「後醍醐天皇御治世事」の冒頭の「人皇」を mortal sovereign と訳したり少し後の「これより」に wherefore と古語を当てたりして原文の調子を出そうとした工夫は認められる。こうした訳語は読者に古風な感じを伝えて意味があると思われるが、“barbarian-subduing-shogun”（征夷大将軍）とか “The Great Subject of the Right”（右大臣）とかで読者に該当人物の地位やイメージが伝わるかどうかは疑問である。

もう一つ訳者を毎度悩ませる、詩歌や引歌更には縁語・懸詞や七五調美文などについては、一律でなく臨機応変に処置している。巻二の俊基朝臣の道行が長い韻文に訳出されている（そこでも懸詞はほとんど訳しきれていない）ことは市古氏も冒頭を例示しているが、巻五の大塔宮熊野落の道行は、やや詩的な文体に訳しているだけである。注は簡潔な脚注とし、末尾には和漢の人名索引、巻頭および途中には肖像や住居（絵巻物から採る）のモノクロ図版計九葉を挿入する。

5　曽我物語・義経記・応仁記等

「曽我物語」には、コーガン Thomas J. Cogan の英訳がある。

THE TALE OF THE SOGA BROTHERS（University of Tokyo Press, 1987）で、「まえがき Acknowledgements」によれば一九八二年にハワイ大学に提出した学位論文を修訂したもの、指導はJ・アラキ教授、日本では野々村正英・梶原正昭両氏の助力を得たという。

二八頁に亙る「解説 Introduction」では、先ず古典大系本の本文と頭注に依ったが、随時他の諸本や高木卓（昭和三六年刊の古典日本文学全集本を指す）らの現代語訳をも参照したと述べ、次いで「歴史的背景」「曽我物語の構造」「文学的源泉」「後代への影響」「本文と流伝」などについて、日本の学界の成果をよく消化し伝達している。訳文は、固有名詞や仏教語・故事・引歌などに多くの注を付し、努めて原文に忠実でありながら一方で解りやすく文を切るなどの工夫も加えている。和歌は左に原歌を五行にローマ字で、その右に訳を五行に記している（但し句の順序は必ずしも対応しない）。そして末尾に「主要人物略解」「系図」「注」「資料・文献目録」「索引」、巻頭に東国の地図を入れ、高度に専門的な作業である。

なお「曽我物語」にも北川弘氏の英訳がある。勤務先から刊行したもので、

THE TALE OF THE SOGA BROTHERS, Part I・II（滋賀大学研究叢書第7・10号、同大学経済学部、昭56・60）

であるが、むしろD・ミルズ（前出）の

“*Soga Monogatari, Shintōshū* and the Taketori Legend—The Nature and Significance of Parallels between the *manabon Soga Monogatari* and *Shintōshū*, with Particular Reference to a Parallel Variant of the Taketori Legend”（MN XXX No. 1, Spring 1975）

が注意される。ミルズには「外国における日本古典文学研究の課題——曽我兄弟の伝説をめぐって——」（『東方学』第五十輯、昭五〇・七）や “Kataki-uchi: The Practice of Blood Revenge in Pre-modern Japan”（*Modern Asian Studies*,

Vol. 10. No. 4, 1956）もある。

因みに、曽我伝説と曽我物の展開を追った Lawrence R. Kominz: *AVATARS OF VENGEANCE—Japanese Dramas and the Soga Literary Tradition*（Center for Japanese Studies, the Univ. of Michigan, 1995, 一部はMNなどに発表）は演劇史、伝承文学資料集（彰考館本を村上学氏らが翻刻）本の本文批判を試みた Günter Wenck: *TEXTKRITISCHE STUDIEN ZUM SOGA-MONOGATARI*（Otto Harrassowitz, 1991）は文献学の作業である。

一方「義経記」には、英訳と露訳とがある。英訳はこれもH・マッカラの手になり、

YOSHITSUNE—A Fifteenth-Century Japanese Chronicle（Univ. of Tokyo Press, 1966）

と題する。古典大系本に依り、高木卓の現代語訳（古典日本文学全集本）をも参照したという。

六六頁に及ぶ長文の「解説 Introduction」は、初めに源平の争乱以降の史的背景と義経伝説の形成を概観した後、Ⅰ史的人物像とⅡ伝説の二章を立て、Ⅰでは義経の生涯を六節に分けて説き（史料は平治・平家物語と本作）、Ⅱでは「平家物語」に見える「坂落」以下の史実と室町期成立の牛若伝説を「平家」「盛衰記」幸若舞・能・お伽草子の諸作品を挙げて略説する。島津久基に負うところが多いがよくまとめてあり、人物形象の妙や儒仏呪縛の少ない（その点で「曽我物語」の対極にあると言う）ことなどを称揚して、あるいは室町期最上の作品かと結ぶ。

訳文は現代的に過ぎるかと思うような読みやすい英語で、人物が官職のみで記されているものは比定した人名に置き換えたり、人名・地名が列挙される箇所は"There were at least a dozen"などとして具体的には注に譲ったり、また一部の道行文は韻文形式にするなど、いくつかの工夫がなされている。

末尾に付録として、A義経の潜伏（黒板勝美『義経伝』二四〇～二七六頁の要約）、B人名・地名（略解説）、C省略部分（前述のように羅列された人名二二箇所）と索引（人名・地名・書名・術語等）を付し、前後見返しに日本地図（琵琶湖周辺や

鎌倉周辺など局地拡大図四を含む）を掲げ、一般の読者をも視野に入れた研究書と言える。

露訳は

SKAZANIE O YOSITSUNE—Roman（Hudojestvennaya literatura, 1984）

で（skazanie は中世の物語・伝説、roman は物語・小説の長篇を言う）、訳者はストゥルガーツキー A. Strugatskii。梶原正昭氏校注・訳の日本古典文学全集本を底本とし、固有名詞や術語等に簡潔な注を付す。また「あとがき」で故ピヌス教授が、本作の題材・内容・史的位置などを簡潔に解説している。

なお日本での外国人の研究として、モチーフを西洋と比較した小論 Jeffrey E. Clark「日本の戦記文学——『義経記』の義経と頼朝——」（駒沢大学大学院国文部会『論輯』5、昭五二・五）と「エジプト中世の英雄伝説」との対比研究の力作アフマド・M・ファトヒ「『義経記』と『ベーバルス王伝説』——英雄に対する神の庇護と主従関係の成立——」（『中京国文学』第十一号、平四・三）が管見に入った。

後期軍記の翻訳・研究は、応仁の乱を考察して「応仁記」（類従本と思われる）の抄訳（英語、省略部分は多くない）を添えた史家ヴァーレイ H. Paul Varley の

THE ŌNIN WAR—History of its Origins and Background, with a Selective Translation of the Chronicle of Ōnin（Columbia University Press, 1967）

を見るだけである。

なお軍記からはやや外れるが、新古典大系『室町物語集下』の「弁慶物語」と新潮古典集成『御伽草子集』の「浄瑠璃十二段草紙」をシフェールが一般向の薄冊に仏訳した（絵は省く）*HISTOIRE DE BENKEI*（POF, 1995）、*HISTOIRE DE DEMOISELLE JÔRURI*（POF, 1994）がある。

四　おわりに

管見に入った戦後の欧米における軍記研究はほぼ以上で、総じて日本の研究成果を消化・紹介する面が強く、彼等独自の見解があまり見られないのは、読解も諸本論も相当に面倒だからであろうか。また、佐藤輝夫『ローランの歌と平家物語』のような、西洋中世の武勲詩や吟遊詩人との比較も、「ローランの歌」や「イーゴリ公」等の研究については知らないが、少なくとも日本の軍記物語をベースにした研究は、海外には右に言及した一、二位しか無いようである。ただ、一般向の仏文「祇王物語」の「緒言」には「日本の中世物語はヨーロッパのそれによく似ている」とあり、国内ではマイケル・ワトソンの雄篇「クロニクルからナラティヴへ――『平家物語』と『アルビジョワ十字軍の歌』――」（山下宏明編『平家物語研究と批評』、有精堂・一九九六）がある（追記をも参照）。

以上の他に、「平家物語」や「太平記」も引いて義経と楠正成をも扱ったモリス Ivan Morris の *THE NOBILITY OF FAILURE—Tragic Heroes in the History of Japan*（1975, 邦訳『高貴なる敗北――日本史の悲劇の英雄たち』、中央公論社・昭五六）や今井兼平・安徳帝・北条一門・正成らの死を取り上げたパンゲ Maurice Pinguet の *LA MORT VOLONTAIRE AU JAPON*（1984, 邦訳『自死の日本史』、筑摩書房・一九八六、文庫版もある）、また「平家」諸本や「太平記」の道行文にもふれたピジョー Jacqueline Pigeot 女史の大著 *MICHIYUKI-BUN—Poétique de l'itinéraire dans la littérature du Japon ancien*（1982）もあるが、すでに紙数も超過したので、タイトルと刊年を挙げるに止める。

最後に本稿をふりかえって、英語の論文や英訳が多いのはある程度うなづけるにしても、それ以外には「平家」の訳がロシア語・チェコ語にあるのを除けば、シフェールの仏訳いくつか位しか無いのは、初めに断ったような筆者のネットワークのせいか、それともこれが実態なのか、今は断言を控える。ただ近年までに筆者の目と手に入った業績は、以上のごとくである。

注

（1）これは物語文学や近世小説などについても同様で、研究はもっぱら個々の作品や作家について行われており、一つのジャンルを全体として扱ったものは、古典和歌や連歌俳諧以外には、まだほとんで出ていない（『中世説話文学論』や『古代中世日記随筆論』とでも呼ぶべき書は、ロシアでは出た）。

むしろ歴史家ヴァーレイ Paul Varley に *WARRIORS OF JAPAN—As Portrayed in the War Tales*（Univ. of Hawaii Press, 1994. 将門記・今昔物語集・陸奥話記・奥州後三年記、保元物語・平治物語、平家物語、義経記、太平記の各武士像を追う）という著作がある。

一方、豊田武、ジョン・ホール共編『室町時代——その社会と文化』（吉川弘文館・昭五一、英語版は *JAPAN IN THE MUROMACHI AGE*, 1977）に収められたバーバラ・ルーシュの報告「中世の遊行芸能者と国民文学の形成」は、当代文学に美学論を持たず直接感情に訴える「観衆向きレパートリー文芸」のあること、「音声文学」、「国民文学」等の特徴を指摘し、平曲と琵琶法師のことも取り上げている。

（2）講談社・昭和五八年（一九八三）刊。なお、その後その簡約版として出た一冊版の『対訳日本事典 *The Kodansha Bilingual Encyclopedia of Japan*』（1998）は甚だ簡略で、Culture の項の中の「Medieval Literature 中世の文学」の条に、中世に発達した主な散文文学として the war tale（*gunki monogatari*）があり、琵琶に合わせて語られた「平家物語」が「無常」観の影響を受けていると説くに過ぎない。

（3）その解説中の「室町時代に書かれた各種戦記」の部分の注に「最も有名な作品は、（中略）『応仁記』だろう」と言い、ついで『嘉吉物語』の名を挙げているが、いわゆる後期軍記についての言及はこれだけである。

（4）ここで言うのは一九五一年の初版であるが、「大鏡」を省いた第二版（Second edition, abridged, 1972）も「平治物語」の部分は同じである。

（5）François Turrettini がいくつかの和書を仏訳した薄冊シリーズ *ATSUMEGUSA pour servir à la connaissance de l'extrême orient* の第一冊（ジュネーヴ・一八七一）で、「祇園精舎」「殿上闇討」「祇王」の訳。続けて「日本外史」の「平氏」の条を訳した *HEI-KE MONO-GATARI—HISTOIRE DES TAIRA tirée du NIT-PON GWAI-SI*（1874－75）も出した。更にこのシリーズでは、「一谷嫩軍記組討の段」に「盛衰記」「平家」の該当箇所を加えた仏訳 Charles Valenziani: *LA MORT D'ATSU-MORI—Épisode de la BATAILLE D'ITI-NO-TANI dans le drame et dans les chroniques*（1893）も出た。

（追記一） 本稿提出後に、以下の論攷類を知った。本文とのバランスや紙幅の制限から、筆者・表題・所載誌等を記すに止める。

K. D. Butler："The *Heike Monogatari* and Theories of Oral Epic Literature"（邦訳目次題「平家物語と口伝叙事詩の理論」、『成蹊大学文学部紀要』第2号、昭四一・一二）

M. G. Watson："W. G. Aston, Japanese Studies, and the *Heike Monogatari*"（明治学院大学国際学部『国際学研究』第十号、一九九三・一）

同　："W. G. Aston's Annotations to the Rufubon *Heike Monogatari*"（同右第十一号、一九九三・三）

同（Michael Watson）："Genre, Parody, and the 'Middle Fligt'：*Heike Monogatari* and Chaucer"（*Poetica*［Shubun International Co., Ltd.］44, 1995）

同　："Modes of Reception：*Heike Monogatari* and the Nō Play *Kogō*"（『国際学研究』第十六号、一九九七・

三)　同(マイケル・ワトソン)「『平家物語』の絵画化――プリンストン大学蔵『平家物語』絵本を中心に――」(本叢書7『平家物語――批評と文化史』、平一〇)

(追記二) 更に校正中に、「保元物語」の露訳を入手した。

HŌGEN MONOGATARI—Skazanie o godakh Hōgen (Giperion＝ヒュペリオン社, 1999)で、訳者はロシアにおける日本古典文学(特に中古中世文学)研究の第一人者ゴレグリヤードV. N. Goreglyad, 副題は *Legend on Hōgen years* の意(skazanie は中世ロシア文学の一ジャンルとしての物語・伝説の類)。岩波古典大系本により、固有名詞・年号・有識故実その他の注を付す。

執筆者一覧（目次順）

正《まさ》木《き》信《のぶ》一《かず》

武《たけ》久《ひさ》　堅《つよし》　関西学院大学教授

桜《さくら》井《い》好《よし》朗《ろう》

山《やま》下《した》宏《ひろ》明《あき》　愛知淑徳大学教授

山《やま》中《なか》玲《れい》子《こ》　法政大学助教授

小《こ》峯《みね》和《かず》明《あき》　立教大学教授

近《こん》藤《どう》好《よし》和《かず》　国学院大学講師

西《にし》本《もと》晃《こう》二《じ》　政策研究大学院大学教授

奥《おく》富《とみ》敬《たか》之《ゆき》　日本医科大学教授

福《ふく》田《だ》　晃《あきら》　立命館大学教授

山《やま》田《だ》昭《しょう》全《ぜん》　大正大学教授

増《ます》田《だ》　欣《もとむ》　広島女学院大学教授

福《ふく》田《だ》秀《ひで》一《いち》　国際基督教大学大学院教授

軍記文学研究叢書1

軍記文学とその周縁

平成十二年四月二十七日発行

編　者　梶　原　正　昭
発行者　石　坂　叡　志
整　版　中　台　整　版
発　行　汲　古　書　院

東京都千代田区飯田橋二―五―四
電　話〇三(三二六五)九七六四
FAX〇三(三二二二)一八四五

第九回配本

ISBN4－7629－3380－5　C3393